JE TE VEUX !
PAS SANS TOI...

DU MÊME AUTEUR

Saga « *Je te veux !* »
3/6 tomes

1 - Loin de moi…
1ère édition : Reines-beaux - 2015/Réédition en 2018 : autoédition

2 - Près de moi…
1ère édition : Reines-beaux - 2016/Réédition en 2018 : autoédition

3 - Contre moi…
1ère édition : Reines-beaux - 2016/Réédition en 2018 : autoédition

4 - Avec moi…
Autoédition - 2018

5 - Rien qu'à moi…
Autoédition — 2019

6 - Parce que c'est toi…
Autoédition — 2021

7 — Pas sans toi…
Autoédition — 2022

8 — Toi et moi…
Autoédition — 2023

Saga « *À votre service !* »
2 tomes
2018-20

Roman simple « *De la pluie entre nous.* »
2020

JORDANE CASSIDY

Le Code de la propriété intellectuelle interdit les copies ou reproductions destinées à une utilisation collective. Toute représentation ou reproduction intégrale ou partielle faite par quelque procédé que ce soit, sans le consentement de l'Auteur ou de ses ayants cause est illicite et constitue une contrefaçon sanctionnée par les articles L335-2 et suivants du Code de la propriété intellectuelle.

Ce livre est une œuvre de fiction. Les personnages et les situations de ce récit étant purement fictifs, toute ressemblance avec des personnes ou des situations existantes ne saurait être que fortuite et indépendante de la volonté de l'auteur.

L'auteur reconnaît que les marques déposées mentionnées dans la présente œuvre de fiction appartiennent à leurs propriétaires respectifs.

Avertissement sur le contenu : cette œuvre dépeint des scènes d'intimité explicites entre deux personnes et un langage adulte. Elle vise donc un public averti et ne convient pas aux mineurs. L'auteur décline toute responsabilité pour le cas où le texte serait lu par un public trop jeune.

SUIVRE MON ACTUALITÉ :

Inscrivez-vous !

PREMIÈRE ÉDITION – Disponible en numérique et papier.
ISBN papier : **9782491818043**

Autoédition – MARS 2022 -Tous droits réservés.

Nuance Web, 8 rue du Général Balfourier, 54000 NANCY
© 2021 Jordane Cassidy, pour le texte et l'édition.
© 2021 Nuance Web, pour la couverture.

Rien ne va plus !
Kaya a lancé la pire sentence à Ethan, la plus délicieuse aussi. Alors qu'il s'efforce de l'oublier, voilà qu'elle décide de ne rien lâcher entre eux et lui crie la plus belle preuve d'amour qu'il puisse recevoir. Bien plus belle qu'un « je t'aime ! ».

Comment réagir dans ces conditions alors que le docteur Courtois s'amuse à disséquer son comportement et le pousse dans ses retranchements ? Comment Kaya va-t-elle mettre en pratique sa menace ? Quelles cartes va-t-elle jouer pour le faire flancher ? Ethan n'est pas au bout de ses surprises !

Retrouvez votre princesse préférée prête à tout pour séduire M. Connard !

1

DÉTERMINÉS

Kaya inspira un bon coup et regarda une dernière fois l'enseigne d'Abberline Cosmetics.
— Allez, Kaya ! Tu peux l'atteindre. Tu peux lui sortir la tête de l'eau. Tu peux lui faire changer d'avis !
Elle entra dans le bâtiment et se dirigea vers l'accueil. Un réceptionniste lui sourit.
— Bonjour, je souhaiterais voir Ethan Abberline, s'il vous plait.
— Bonjour Madame. Avez-vous pris un rendez-vous avec lui ?
— Non, c'est... une surprise ! répondit alors Kaya, plutôt gênée.
— Je suis désolé, Madame, mais même avec la plus belle intention du monde, il faut passer par sa secrétaire pour obtenir une entrevue de quelque nature que ce soit.
L'homme tenta de sourire poliment malgré la déconvenue annoncée. Kaya grimaça. Elle n'avait pas pensé à Abbigail. Elle aurait préféré éviter ce rempart entre lui et elle. Quand elle lui avait donné la bague d'Adam, il était tard et elle n'avait rencontré aucune difficulté à aller jusqu'à son bureau. Le personnel avait fini sa journée et elle avait eu beaucoup de chance de le trouver. Oliver

avait été de bons conseils pour lui recommander de venir tard le soir, lorsqu'il faisait des heures supplémentaires. Aujourd'hui, tout était différent.

— Est-il ici ? demanda-t-elle toutefois.

— C'est sa secrétaire qui détient son emploi du temps, mais je ne l'ai pas vu sortir, donc il est peut-être encore ici avec elle.

Résolue malgré elle, elle soupira.

— Peut-on la contacter, s'il vous plait ?

L'agent d'accueil la sonda quelques instants. Kaya inspecta sa petite robe en même temps que lui et se mit à rougir. Avait-elle choisi quelque chose de trop suggestif ?

À trop me concentrer sur mon plan « faire tomber Ethan Abberline », je n'ai pas pensé au jugement des autres personnes que je provoquerai ici. Je vais passer pour une énième allumeuse qui veut se taper le patron ! Bon, ce n'est pas tout à fait faux, mais… arrgghh ! Me voilà cataloguée midinette chaudasse !

— Que contient votre panier ? lui demanda alors l'agent, bien plus professionnel qu'elle ne le pensait.

— Oh ! Ah oui ! C'est… mon panier qui vous interpelle !

Cruche !

L'agent lui sourit toujours poliment.

— C'est… son repas ! avoua-t-elle d'une petite voix, rouge de honte.

L'homme face à elle sourit plus franchement.

— Je devrais demander à ma femme qu'elle m'apporte aussi mon panier-repas, tiens ! Il a bien de la chance, le boss !

Ne suspectant sans doute pas en elle un mauvais fond, l'agent attrapa son téléphone et appuya sur une touche. Kaya relâcha tout à coup le stress qui s'était niché dans son ventre.

Elle n'avait pas vraiment eu l'occasion de parler à Abbigail jusqu'à présent. C'était une femme de l'ombre d'Ethan. Elle lui avait obtenu un passeport rapidement pour son départ aux USA, mais c'était Ethan qui avait tout géré en coulisses. Elle ignorait quelle serait sa réceptivité à l'accueillir aujourd'hui, au vu de leur séparation. Elle lui avait semblé très bienveillante la première fois qu'elle l'avait rencontrée. C'était lorsqu'il l'avait conduite ici même après la signature de leur premier contrat. Ils avaient pris l'ascenseur et il l'avait conduite à une salle de réunion. Il y avait tous les amis d'Ethan et Abbigail.

— Oui, bonjour ! Une jeune femme souhaiterait rencontrer M. Abberline.

Le réceptionniste éloigna son combiné quelques secondes de sa bouche, le temps de s'enquérir de son identité. Kaya le regarda bêtement, jusqu'à ce qu'il lui souffle « votre nom, s'il vous plaît ? »

— Ooh ! Pardon ! Kaya Levy ! Je m'appelle Kaya Levy.

— Kaya Levy, répéta l'homme au combiné. Bien, Madame. Je l'en informe.

L'agent reposa le téléphone et Kaya sentit toute sa vie suspendue à la réponse qu'il allait lui relayer. Elle regarda ses lèvres comme la pire des sentences. La réponse de la secrétaire avait été trop rapide pour que cela soit positif pour elle.

— Je suis recalée, c'est ça ? lui déclara-t-elle, complètement défaitiste, avant même qu'il ne prononce un mot.

— Je dirais plutôt que vous avez passé la première étape. Elle accepte de vous recevoir.

— C'est vrai ?

L'homme hocha la tête tandis qu'un énorme sourire se dessinait sur le visage de la jeune femme.

— Merci ! lui répondit-elle, les mains jointes en prière, emplie d'une nouvelle motivation.

— Je n'ai passé qu'un appel ! s'en amusa le réceptionniste.

— Vous m'avez aidée à passer la première étape ! C'est déjà beaucoup !

— Prenez l'ascenseur là-bas et…
— Oui, je sais ! le coupa-t-elle, tout en regardant le fameux ascenseur. Quatrième étage ! enchaîna-t-elle, une lueur nostalgique dans les yeux. Je suis déjà venue deux fois.
— Elle vous attend.
Elle se tourna vers le réceptionniste et regarda le prénom écrit sur sa veste.
— Merci… Monsieur Édouard !
L'agent s'esclaffa.
— À votre service, Madame Kaya Levy !

Cette fois, les conditions étaient différentes. Pas d'ex-copine pour les accueillir et afficher sa jalousie, pas de contrat, pas de rupture non plus, et surtout plein de sentiments nouveaux entre eux depuis. Kaya sourit en réalisant le chemin parcouru. Elle avait vu sa vie radicalement changer en signant ce contrat avec Ethan. Ils avaient changé tous les deux. Ils avaient réappris à avoir confiance en l'amour, elle avait repris goût à la vie et souhaitait, aujourd'hui, qu'Ethan en fasse de même. Les souvenirs lui revenaient facilement en mémoire en entrant dans cet ascenseur. Ethan l'avait mise en garde.
« Ne tombez pas amoureuse, Princesse ! »
Elle caressa le panneau de contrôle de l'ascenseur avant d'appuyer sur le bouton la menant à Abbigail. Elle avait fini par tomber amoureuse, tout comme lui. Son angoisse augmentait en même temps que l'ascenseur gravissait les étages. Si elle avait passé une étape, elle n'était pas encore face à son objectif. Elle observa une nouvelle fois son panier qu'elle tenait dans les mains. Elle doutait encore de son plan. Elle inspecta sa tenue une nouvelle fois à travers le miroir de l'ascenseur. Tout était en ordre. Il ne

restait plus que son mental. Elle sourit en repensant aux mots d'Oliver.

« Il ne sera pas indifférent à une bonne leçon de séduction ! Tu vas l'avoir ! Courage ! Tu l'auras à l'usure ! »

Elle caressa son ventre.

— On va y arriver, tu crois ?

Elle inspira un bon coup. Elle vérifia une dernière fois sa petite robe, tenta de se convaincre que son ventre n'avait pas bougé depuis et pénétra dans l'étage, lorsque les portes de l'ascenseur s'ouvrirent. Très vite, elle repéra Abbigail, debout, attendant son arrivée avec un petit sourire.

— Bonjour, Mademoiselle Levy.

— Bonjour, désolée de vous déranger.

— Vous ne me dérangez pas. Nous allions prendre notre pause.

— Il est là ?

— Oui, dans son bureau, mais il ne sait pas que vous êtes là. J'ai préféré vous laisser lui faire la surprise, vu qu'il ne m'a pas prévenue de votre arrivée et ne m'a laissé aucune consigne vous concernant. Enfin, si ! Mais... disons que je ne vous ai pas vue !

Elle lui fit un clin d'œil complice qui surprit Kaya.

— Quelles consignes ? s'inquiéta alors Kaya.

— Quelle importance ? L'essentiel n'est-il pas dans ce panier ?

— Oui..., c'est un repas.

— Je m'en suis doutée. Je vous laisse, je vais manger un bout.

— Merci… fit Kaya, émue de sa gentillesse.

— Bon rendez-vous !

Kaya inspira un bon coup. Elle n'arrivait pas à croire que les choses se soient passées si simplement entre Abbigail et elle.

— Allez, tu peux le faire !

Elle repensa alors aux paroles d'Oliver.

« Tu as tout en main pour le faire fléchir. Ne doute pas de tes capacités pour l'atteindre. Je sais qu'il capitulera, surtout après ta sortie de scène à l'hôpital. Il a forcément été retourné, même s'il veut absolument le nier et le cacher. »

Elle soupira. Elle se demandait encore comment elle avait pu lui débiter autant d'âneries en une fois.

Comme si j'avais le quart de son comportement de connard... Qu'est-ce qu'il m'a pris de le provoquer comme ça ?

Son panier dans la main demeurait sa seule issue. Il était une partie de son plan A : reconquérir Ethan Abberline. Elle en serra l'anse et frappa à la porte du bureau de sa cible avec l'image d'une guerrière prête à aller au front, entre peur et détermination, doute et courage.

— Entrez ! put-elle entendre.

Elle s'exécuta et pénétra dans l'antre du bourreau de son cœur. C'était la seconde fois qu'elle voyait son bureau. La première était lorsqu'elle lui avait laissé la bague de fiançailles d'Adam. Le bureau d'Ethan était à son image : sans fioritures, allant à l'essentiel. Elle pouvait prendre aujourd'hui plus de temps pour en admirer son ameublement à la lumière du jour. Ethan leva les yeux de sa pile de dossiers et s'interrompit alors qu'il écrivait quelque chose. Il posa son stylo en silence et se raidit. Kaya put déceler la tension immédiate entre eux, par sa posture tout à coup plus ferme. Elle releva le menton et s'avança. Chaque pas fait en sa direction accentuait un malaise certain.

Ethan n'avait pas revu Kaya depuis sa visite à l'hôpital. Elle l'avait complètement déboussolé. Câlin, puis gifle, puis ultimatum à son cœur... S'il s'en était plutôt bien sorti physiquement à la suite de son accident de voiture, la prestation de Kaya avait fini par l'achever psychologiquement. Comment pouvait-il se relever après une telle attitude ? Il se posait encore la question chaque matin. Il appréhendait, depuis, la mise en action de ses belles paroles. Il redoutait chaque initiative à venir de la jeune femme. Il savait que le combat serait compliqué pour lui. D'ailleurs, le docteur Courtois lui avait bien signifié dans quelle panade il était.

Tu parles d'un docteur censé soigner les gens ! À part me foutre plus de stress, il est nul !

Il s'en souvenait encore !

« Je te veux, Ethan Abberline ! »

Kaya avait fait sa tirade devant tout le monde, un blanc hyper gênant avait suivi, elle était devenue toute rouge au point que sa honte l'avait poussée à une retraite immédiate et qu'elle avait dû quitter la chambre sans attendre de réponse. Lui-même, à ce moment-là, avait trouvé sa prestation mignonne avant de sentir tous les regards se poser sur lui et que la gêne se répercute aussi sur son visage.

Je crois que c'est la première fois que je me suis senti aussi mal à l'aise !

Ethan avait tenté de faire comme si de rien n'était, mais le docteur Courtois avait coupé court à sa mascarade en sifflant son émerveillement.

— Je crois que je suis tombé amoureux de cette femme ! Quelle douce puissance ! Quelle volonté admirable ! Quelle émotion touchante dans toute son attitude ! Si vous me permettez, je dois aller lui parler.

Il avait alors quitté la chambre sans attendre. Ethan s'était senti attaqué dans son cœur par les propos du Docteur. Il ne savait si c'était une nouvelle provocation ou un réel coup de foudre pour Kaya. Kaya était capable de faire chavirer n'importe qui. Aujourd'hui, il n'en doutait plus. Alonzo Déca, Oliver, Eddy ou son boss, la liste s'allongeait toujours. Mais ce docteur devenait réellement un ennemi à ses yeux. Pour sa tête et pour son cœur. Il ignorait ce qu'il s'était passé entre Kaya et lui après, mais il avait acquis la certitude que ce type était un manipulateur. À la suite de son entrevue avec Kaya, il avait signé son autorisation de sortie de l'hôpital sans même revenir le voir. Comme si son cas n'était finalement plus une énigme aussi captivante à résoudre qu'il l'avait laissé sous-entendre.

Il a trouvé mieux à analyser...

Depuis ce fameux jour, il ravalait sa rancœur et sa peur. Il redoutait aussi bien que Kaya mette en action son ultimatum qu'elle l'oublie pour ce fameux Docteur. Pire ! Il en arrivait même à vouloir la protéger de ses manigances. Le psychiatre avait réussi son tour de maître : le reconnecter à Kaya, de n'importe quelle manière. Pourquoi ? Il l'ignorait. Il se demandait même s'il ne cherchait pas à présent un prétexte pour réellement se raccrocher à Kaya et le docteur Courtois devenait son excuse : le vilain ennemi aux mauvaises intentions.

Kaya posa son panier sur un coin du bureau, mal à l'aise. Elle avait pourtant révisé son scénario, mais le regard plus qu'intimidant d'Ethan en mode connard effaçait son courage.

— Je t'ai cuisiné des lasagnes. Tu les adores, n'est-ce pas ?

Ethan jeta un œil au panier. Cette attention était touchante.

Elle va donc jouer sur ma corde sensible pour me faire plier ?

— J'ai déjà prévu mon repas, désolé.

La froideur dans la réponse d'Ethan n'étonna pas Kaya.

— Comment vas-tu ? J'ai su par Oliver que tu avais repris le boulot rapidement.

— Je vais bien. C'est pour ça que j'ai repris le boulot… pour rattraper mon retard !

Il reprit son stylo et ses occupations, sans plus de considération pour Kaya. Cette dernière, piquée au vif, reprit confiance en elle pour renverser son attitude froide. Elle s'assit alors sur le bureau, à côté de son panier. Sa robe se releva sur ses cuisses, ce qui détourna Ethan de ses obligations professionnelles un instant, avant de se reprendre. Kaya esquissa un petit sourire.

— Il fait bon aujourd'hui...

Ethan ne répondit rien et se contenta de raturer quelque chose sur sa feuille.

— Tu n'as pas chaud ? Il fait chaud dans ton bureau. Le printemps est bien là !

Elle déboutonna un peu le haut de sa robe tout en agitant sa main en éventail.

— Kaya, j'ai du boulot. Je n'ai pas le temps de discuter. Va raconter ta vie à une autre personne. Ça ne m'intéresse pas.

Kaya prit l'attaque directement en plein cœur. Il n'était pas tendre avec elle. Elle se doutait qu'il réagirait ainsi, mais elle devait tenir.

— Parfois, il est bon de faire des pauses pour laisser souffler son cerveau !

— Je n'ai pas le temps ! J'ai du retard. J'ai des employés que je ne veux pas licencier !

— Si tu te tues à la tâche, effectivement ton entreprise coulera parce que le patron ne pourra plus la diriger. Dois-je te rappeler le burnout que tu as fait au gala de ta gamme ?

Ethan posa son stylo une nouvelle fois et la fusilla du regard. Il se leva et se posta devant elle.

— Et donc, tu es là pour me proposer de passer du bon temps, c'est ça ?

Il jeta un œil à son décolleté, puis sourit.

— Tu es donc ce genre de femme ? Très bien !

Tout à coup, il l'attrapa par l'avant-bras, l'attira à lui pour que ses fesses quittent son bureau et l'obligea à se retourner. Sans plus d'élégance, il souleva sa robe.

— Ethan, qu'est-ce que tu fais ?

— Ça se voit, non ?

Il baissa alors sa culotte d'un geste rapide et la plaqua contre le bureau. Le rebord du meuble vint taper le ventre de Kaya et tout son être se mit instinctivement en alerte.

Mon bébé !

Elle tenta de se redresser, mais il la repoussa contre le bureau en l'immobilisant d'une main sur sa nuque.

— Ethan, lâche-moi !

— Je ne fais que répondre à ta demande ! C'est bien ce que tu voulais, n'est-ce pas ?

Kaya l'entendit baisser son pantalon et paniqua.

— Ethan, arrête ! Ce n'est pas comme ça que je veux faire les choses.

— Ah oui, c'est vrai ! Mademoiselle Princesse veut du sentiment !

Il se pencha à son oreille.

— Tu n'auras plus ça dorénavant avec moi ! Mais bon, ça ne te dérangeait pas au début, il me semble.

Kaya s'agita. Il l'écrasait contre le bureau et, à présent, elle craignait plus pour la santé du bébé que pour elle.

— Ethan, ça suffit !

D'une force qu'elle tira du fond d'elle-même, elle se détacha de sa contrainte et se redressa tout en le repoussant en arrière. Surprise par sa contre-attaque, Ethan fit plusieurs pas en arrière et manqua de peu de tomber, s'il ne s'était pas rattrapé de justesse à son fauteuil. Le pantalon baissé, à moitié affalé sur son siège, Ethan découvrit une Kaya plus guerrière que d'habitude. Malgré de petites larmes aux coins des yeux et sa culotte baissée sur les genoux, elle se tenait droite, indomptable. Son regard était dur, mais il la trouvait aussi magnifique qu'il se sentait alors pitoyable.

— Ne me touche pas ! dit-elle alors d'une voix grave. Je t'interdis de le faire de cette façon. Je ne mérite pas cela, et toi non plus. Je n'aime pas ce genre d'approche. Que tu veuilles me faire peur pour que je m'éloigne de toi, c'est une chose, mais je ne te laisserai pas devenir un type abject et que tu te détruises un peu plus en agissant ainsi.

Elle remonta sa culotte en silence et réajusta sa robe.
— Je ne renoncerai pas, Ethan. Même après ce qui vient de se passer. Je sais que tu n'agis pas par plaisir, mais par peur. Ce qu'il s'est passé aux USA, je le regrette, mais je ne t'abandonnerai pas. Ce qui me désole le plus finalement, c'est que je ne sais pas comment m'y prendre avec toi. Être connasse ? Rester moi-même ? Devenir quelqu'un d'autre et sortir de ma zone de confort ? Je sais que je demeure maladroite, mais je te promets que je vais trouver la solution pour te ramener à moi. En attendant, remonte ton pantalon ! La pause est finie.

Elle contourna aussitôt le bureau et le laissa seul. La porte claqua derrière elle et Ethan resta inerte quelques secondes avant de poser sa main sur son visage et de rire de son ignominie face à la merveilleuse attitude de Kaya. Un rire jaune le ramenant devant cet homme aussi minable qu'affligeant qu'il était.

Kaya rentra chez elle à grandes foulées. Était-ce une fuite ? La colère ou le besoin de se réfugier dans un lieu sécurisé ? Elle ne le savait, mais elle ressentait le besoin de s'éloigner d'Ethan pour le moment. Sa tristesse était à la hauteur de ses désillusions. Comment être une connasse aux yeux du pire connard au monde, lorsque l'on a une vie en soi à protéger ? Elle referma la porte d'entrée de son appartement et s'y adossa un instant pour reprendre son souffle. Elle ferma les yeux et caressa son ventre. Elle devait se calmer. Elle avait eu peur. Elle l'admettait. Au-delà du comportement discutable d'Ethan, elle avait craint les conséquences sur le bébé. Elle se savait novice en la matière. La maternité était quelque chose d'assez mystérieux encore et le devoir de protection d'une mère pour son enfant, encore plus. Elle réalisait que son instinct maternel prenait le pas face à son attachement à Ethan. Le bébé passait avant tout, même avant Ethan. Elle rouvrit les yeux et sourit.

— Qui aurait cru que je m'unisse à quelqu'un d'autre qu'à Ethan aussi rapidement ? Petit Bébé, je me surprends à ton contact.

Elle repensa alors aux paroles du Docteur Courtois, à l'hôpital, après sa visite à Ethan, à la suite de son accident. Il l'avait appelée dans le couloir et avait attendu avec elle l'ascenseur. Elle était tendue, perdue, gênée.

— Excusez-moi, vous êtes la petite amie d'Ethan Abberline ?

Kaya avait observé cet homme avec interrogation. Très vite, elle avait posé ses yeux sur son badge.

— Vous êtes psychiatre ?

— Docteur Courtois, enchanté !

Le docteur lui sourit tout en retirant sa sucette de la bouche.

— J'ai trouvé votre intervention super !

— Oh... Je me suis ridiculisée, j'ai l'impression.

— Pas du tout ! Vous avez été admirable ! Très franchement, une femme me fait votre discours, je cours après !

Kaya baissa les yeux.

— Vous peut-être, oui, mais lui...

Le psychiatre avait posé alors sa main sur le menton en réfléchissant.

— Ce n'était pas destiné à ma personne, mais je vous ai quand même courue après, c'est vrai ! Ah ah ! Dommage pour moi !

Il me fait du rentre-dedans, là ?

Kaya l'avait fixé un instant, incertaine de ses intentions à dévier la discussion sur lui plutôt que sur Ethan.

— Oui, dommage, ce n'est pas la bonne personne qui est venue me trouver.

— Désolé de ne pas être l'élu de votre cœur ! répondit le psychiatre en grimaçant.

— Oh ! Ce n'est pas contre vous, seulement...

— Je sais bien, j'ai compris... Je voulais juste vous dire de ne rien lâcher ! Ne pas l'abandonner est important !

— Pourquoi me dites-vous cela ? l'interrogea-t-elle alors, surprise. Vous... comptez devenir son docteur ?

— Vous pensez qu'il devrait consulter un docteur dans ma spécialité ? lui répondit le psychiatre, intéressé par ses pensées.

— Si ses amis ou moi ne pouvons rien faire pour l'aider, qui le peut ? Vous pensez le pouvoir ? J'avoue avoir songé que seul un spécialiste pourrait à ce stade soigner ses maux de l'âme...

Le docteur Courtois posa sa main sur l'épaule de Kaya.

— Ne lâchez rien ! Vous semblez être une battante. L'amour peut détruire une personne, mais elle peut aussi en sauver beaucoup ! S'il vous aime vraiment, si vous l'aimez vraiment, rien n'est impossible. Il se battra pour vous.

— S'il m'aime vraiment... Le problème est bien là, je ne sais plus vraiment quoi penser. Je suis la seule à me battre, on dirait.

Le psychiatre avait pouffé alors.

— Croyez-moi, il n'est pas insensible à vos sentiments. Au contraire, une personne malade dans sa tête a conscience du mal qu'il fait aux autres. S'il en a conscience, c'est parce qu'il tient à ces personnes. Que ce soit vos amis ou vous, il sait que le frein qu'il met vous blesse autant que ça le blesse. Bref ! Ne soyez pas dure envers vous. Restez auprès de lui le plus possible. Le reste deviendra une évidence à ses yeux. Il lui faut juste le déclic qui le pousse à consulter et à trouver une solution de soins...

Kaya regarda son salon et baissa les yeux.

— Le déclic... Est-ce que je peux croire que tu pourrais être ce déclic, petit bébé ?

Son téléphone sonna alors. Oliver tentait de la joindre.

— Allo ? Oliver ? Salut !

— Hello toi ! Alors ? Comment ça s'est passé avec Ethan ? Tu es allée le voir ?

— Oui, mais ça a été une catastrophe...

— Comment ça ? Qu'est-ce qu'il s'est passé ?

— Il a voulu me faire peur et il a réussi... Enfin, disons que j'ai eu davantage peur pour le bébé que pour moi.

— Qu'est-ce qu'il a fait ?

Kaya hésita à lui parler de l'agression sexuelle qu'il avait essayée d'exercer sur elle. Ce n'était pas l'Ethan qu'elle voulait lui relater.

— Cela n'a plus d'importance. Il a juste voulu me prouver quel connard il pouvait être pour m'éloigner de lui. Si j'ai pris la fuite, ce n'est pas parce qu'il a réussi à m'impressionner, mais parce que j'ai sous-estimé le facteur bébé dans l'équation. Je dois faire attention à cette grossesse dans la reconquête de son cœur. Je me rends compte que je ne dois plus penser les choses seule, mais pour deux...

Elle posa sa main sur son front et souffla.

— Je n'arrive pas à croire la manière dont je parle. Penser pour deux... Incroyable !

— Tu parles joliment, dis donc !

Kaya s'esclaffa.

— Ne te moque pas, s'il te plaît ! Ce n'est pas drôle. Je ne sais pas quoi faire ! J'ai l'impression d'être prise entre deux feux ! Entre le bébé et Ethan. Et ma balance penche d'un côté ou de l'autre, alors que je ne devrais pas vivre cette hésitation, je ne devrais pas avoir à favoriser l'un au détriment de l'autre.

— Kaya, il est clair que la découverte de ta grossesse te déstabilise mentalement. Je pense que tu devrais d'abord te focaliser sur ta maternité avant Ethan. Ethan a le temps de revenir à toi. La grossesse, c'est maintenant. Pas dans un an ! Quand as-tu rendez-vous pour l'échographie ?

— L'échographie de datation est jeudi.

— Tu veux que je t'accompagne ?

— C'est gentil, mais je ne crois pas que ce soit pertinent qu'un autre homme que le père de ce bébé vienne le rencontrer... Ne m'en veux pas, mais...

— Je comprends... Je sais que ce moment va t'être difficile. Tu m'appelles si besoin, hein ?

— Oliver... Je ne sais pas quoi faire concernant le bébé...

Elle l'entendit rire au bout de la ligne.

— Tu crois ? Moi, je sais ce que tu vas faire...

Un silence entre eux s'installa avant qu'Oliver reprenne.

— Ne doute pas de toi. Le bébé ou Ethan, la question ne s'est pas posée jusque-là. Ce sont les deux, c'est évident ! Même si aujourd'hui, tu dois surtout t'occuper de toi ! Cette grossesse va t'affecter, toi, au-delà du bébé. Je sais que l'avortement est loin d'être une option réelle pour toi, n'est-ce pas ?

— Je me sens tellement perdue... J'aimerais tellement qu'Ethan ne prenne pas mal cette grossesse.

— Je sais. Tu trouveras une solution.

— Je dois trouver un plan B à mon ultimatum de connasse...

— Tu n'en es pas une, tu ne le seras jamais. Est-ce nécessaire d'aller jusqu'au bout ?

— Je n'ai pas le choix, je dois lui instiller... un déclic en lui. Tu crois que, si je le provoque au Mario Kart, genre « je gagne, tu reviens », il voudra ?

Elle se mit à rire jaune de son idée ubuesque.

— Je suis vraiment pitoyable à chercher des idées pareilles !

— Tu l'auras, Kaya. Rien ne te résiste longtemps...
— Tu me surestimes, je pense.
— Non, je te connais maintenant suffisamment pour savoir combien ta force est dans ton naturel ! Ne cherche pas à être ce que tu n'es pas.
— Je crois que je vais aller dormir un peu. Je me sens lasse.
— Les hormones te travaillent ! put-elle l'entendre se moquer gentiment d'elle. Oui, pense à toi d'abord.
— Merci d'être là... lui dit-elle finalement dans un souffle.
— Je t'en prie. Surtout, garde le moral.

2

MATERNEL

— Tout est clair ?

Chacun des employés assistant à la réunion sonda son voisin avant de hocher la tête. Ethan jeta son stylo sur son dossier ouvert devant ses yeux.
— Vous pouvez y aller.
Tout le monde se leva en silence. Aucun ne pipait mot. Le ton ferme, le regard incisif et l'attitude autoritaire d'Ethan jetaient un froid dans la pièce. BB soupira. La tension allait enfin s'apaiser. Sam lui frotta le dos.
— Tout est OK ?
— Oui ! Je suis juste fatiguée par son attitude trop rigide ! lui murmura-t-elle tout en regardant Ethan ranger ses dossiers dans son attaché-case.
— Tu devrais lever le pied. Tu entres dans ton cinquième mois de grossesse.

— Ça devrait aller s'il atténuait cette tension permanente que je ressens dès qu'il entre quelque part.

— On risque d'endurer cela encore un moment, vu que sa situation avec Kaya ne semble pas revenir à quelque chose de positif.

— Va savoir ce qu'il a en tête la concernant... murmura BB.

— Tu lui as parlé de ton congé maternité ? Il va falloir qu'il y songe.

— Je n'en ai pas encore eu l'occasion. J'appréhende bizarrement.

— Tu veux qu'on y aille tous les deux lui en parler ?

— Ça ira. Je suis une grande fille ! Arrête de me materner !

— Je ne cesserai jamais d'être protecteur avec toi, BB.

Sam lui caressa les cheveux affectueusement.

— C'est toi, et c'est de notre bébé dont on parle.

BB lui sourit tendrement. Il déposa alors un baiser sur son front et se leva.

— Parle-lui maintenant ! C'est l'occasion !

Sam la laissa et très vite, elle se retrouva seule avec Ethan qui éteignait le rétroprojecteur. Elle s'approcha de lui timidement.

— Tu as deux minutes pour moi, Ethan ?

Ethan la jaugea des pieds à la tête, puis l'invita à s'asseoir.

— Tout va bien ? lui demanda-t-il alors.

— Ça va... Enfin, justement, c'est de ma santé dont je voulais te parler... De ma grossesse, en particulier.

— Je doute être de bon conseil concernant ce sujet.

BB grimaça.

— Ce n'est pas un conseil que je souhaite...

— Bien. Et donc ?

Le ton toujours aussi sec d'Ethan agaça BB.

— Quand tu es aussi autoritaire et froid, j'ai mon bébé qui bouge ! lui lâcha-t-elle alors dans un même flot de paroles.

Ethan la fixa, sans trop comprendre. Elle soupira alors, relâchant au passage la tension cumulée sur ses épaules.

— Ethan, tu ne t'en rends peut-être pas compte, mais... il faut que tu te relaxes un peu. Tu es... angoissant !

— Angoissant ?

BB opina du chef.

— Ce sont tes hormones qui parlent ! se moqua Ethan avec dérision.

Brigitte fronça les sourcils.

Mes hormones ! Bah tiens !

— J'ignorais que les hommes connaissaient aussi bien les hormones liées à la grossesse ; vous les vivez pleinement également ?! lui lança-t-elle plus durement. Tu pollues le mental de tout le monde, Ethan ! C'est toi qui devrais revoir tes pics hormonaux !

— Tu me prends donc à part pour me dire cela ? C'est une vengeance parce que je refuse d'être le parrain de ton bébé ? C'est votre contre-attaque, à Sam et toi ?

— Mais pas du tout ! Ethan... Je suis ton amie... Du moins, je pense l'être et je veux t'avertir de quelque chose qui influe sur le comportement de tout le monde. Si je le fais, c'est parce que... je ne serai bientôt plus là pour te le dire.

Ethan tenta de sonder ses propos, mais BB comprit vite qu'il ne voyait pas où elle voulait en venir.

— Je suis bientôt à mon cinquième mois de grossesse. Il va falloir que tu songes à une solution dès lors que je prendrai mon congé maternité.

Brigitte lui tint le regard pour qu'il comprenne ce que son départ impliquait.

— Oh ! fit-il alors. Oui, ton congé...

— Tu vas devoir me remplacer, Ethan. Et si tu ne veux pas que d'autres personnes quittent aussi le navire, il va falloir que tu freines un peu dans ton attitude.

Ethan baissa les yeux.

— Tu pars quand ?

— Je te donnerai les dates de mon congé, mais Sam voudrait que j'arrête au plus tôt. Il me voit de plus en plus fatiguée et il est vrai que tu ne m'aides pas à lui prouver le contraire, en particulier avec ce que tu viens de me donner à faire lors de la réunion !

— Oui, j'ai peut-être été trop gourmand.

BB posa alors sa main sur celle d'Ethan.

— Je t'aiderai autant que je le pourrai, mais comprends bien que mon soutien s'arrêtera dès lors que mon bébé montrera des signes de danger. Je suis Maman avant d'être amie !

— Pfff ! Entendez-moi là ! Crâneuse !

Brigitte pouffa devant sa boutade. Il relâchait enfin la pression et souriait. Pourtant, une question la taraudait.

— Ethan... pourquoi es-tu aussi froid concernant ce qui touche à la parentalité ? Je ne veux pas juger ton choix de ne pas être le parrain de notre bébé. Tu sais, je peux comprendre qu'on ne veuille pas de cette charge, à défaut de considérer cela comme un honneur ou un beau cadeau de confiance. Je ne m'en formalise pas autant que Sam et je te connais assez pour savoir qu'il y a des limites chez toi à ne pas franchir.

Ethan écarquilla les yeux.

— Pourquoi te mets-tu cette limite concernant les enfants ?

Le visage d'Ethan se referma.

— Je sais que cela ne me regarde peut-être pas, mais... je crois qu'on a besoin de te comprendre. Par moments, ton comportement nous échappe et nous ne trouvons pas de réponses...

Le silence d'Ethan faisait de plus en plus écho à la prise de conscience de BB d'être allée trop loin dans sa demande. Ethan se leva alors et serra les poings.

— Je commence le recrutement pour ton remplacement dès que possible. Donne-moi tes dates de congés. Je m'arrangerai pour faire venir quelqu'un pour une passation en douceur et que tu puisses te retirer plus tôt si besoin.

Il prit ensuite ses affaires et quitta la pièce. BB le regarda partir avec tristesse.

Qu'as-tu dans le cœur qui te blesse au point de n'accorder ta confiance à personne ?

Kaya regarda l'entrée de l'hôpital avec une certaine angoisse. Par définition, ce n'était pas un lieu des plus agréables. Quand on y va, c'est quand ça ne va pas, quand notre corps nous lâche. Il suffisait de croiser quelques malades en balade prenant deux minutes de soleil sur leur peau blafarde pour comprendre que l'hôpital n'était pas une partie de plaisir et cela empiétait indubitablement sur le moral et la motivation de la jeune femme. Kaya avait l'impression d'absorber toute la souffrance de l'hôpital. Cela lui rappela l'époque où son père était malade jusqu'à ce qu'il meure. Des images qu'elle tenta de vite d'effacer de sa mémoire.

Elle regarda son ventre et le frotta à travers ses vêtements. Aujourd'hui, elle allait rencontrer cette autre partie d'elle pour la première fois. Elle voulait se convaincre du côté positif de ce rendez-vous malgré le contexte de la conception.

C'est censé être un événement heureux, une grossesse...

Elle ignorait encore ce qu'elle allait faire de ce bébé. Pourtant, elle voyait déjà en cet enfant une sorte d'allié lui donnant une force pour faire plier Ethan. Elle ne voulait pas se projeter avec lui, mais trouver en son arrivée un peu d'espoir bienvenu.

Tu es là avant tout pour confirmer le test de grossesse et les analyses, Kaya. Ne t'éparpille pas.

Pourtant, plus elle avançait vers le service gynécologie, plus son stress augmentait. Croiser des couples heureux, des mamans souriantes avec une échographie à la main et un ventre énorme la confrontaient à sa propre solitude et son propre échec de couple. Ethan aurait dû être là, avec elle, à fêter cet événement incroyable dans la vie de deux amoureux. Au lieu de ça, cet enfant était un enfant non désiré, un accident. D'emblée, elle avait pitié pour ce bébé pas encore formé. Il avait déjà un avenir triste avec deux parents qui n'arrivaient plus à se reconnecter l'un à l'autre et elle ressentait de la compassion pour ce pauvre enfant privé de la présence de son père.

Elle arriva au comptoir du secrétariat dans un état de peur qu'elle avait du mal à comprendre. Elle craignait à la fois la détection d'une anomalie lors de l'examen, tout comme elle avait peur que tout aille bien et que son développement soit pour l'instant normal. Si quelque chose clochait, elle aurait l'excuse de mettre un terme à cette grossesse sans avoir de remords, de regrets ou de se sentir coupable d'avoir à le rejeter. S'il s'avérait être en bonne santé, elle se sentirait soulagée de voir que le fruit de son amour avec Ethan était quelque chose de solide, même si dans les faits, cet enfant n'était pas désiré par son père.

La secrétaire lui souhaita la bienvenue.

— Bonjour, je suis Kaya Levy. J'ai rendez-vous à 15h15.

— Bonjour Madame. C'est bon, vous pouvez attendre en salle B1, juste en face. Le docteur Fritz va vous recevoir dès que possible.

Kaya offrit un sourire crispé à la secrétaire et alla s'asseoir dans la salle d'attente. Elle n'avait pas de gros ventre, mais se sentait aussi lourde qu'un boulet. Une autre femme attendait son tour. Elle semblait être à un stade beaucoup plus avancé de la grossesse, mais ce qui rassura Kaya, c'était de voir qu'elle passait également son examen gynécologique seule. Elle avait l'impression de voir en cette femme l'élan de solidarité qu'il lui manquait. Elle regretta presque son refus d'accepter l'accompagnement d'Oliver, mais elle savait que ce n'était pas réglo vis-à-vis d'Ethan. Cette femme devant elle la rassura sur la force des femmes à gérer parfois leur grossesse sans la présence du père.

Un homme apparut alors à l'entrée de la salle et appela la femme par son nom. Kaya comprit que c'était sans doute le gynécologue qu'elle allait aussi consulter. Il lui jeta un regard avec un petit sourire bienveillant avant de repartir vers son cabinet avec sa nouvelle patiente. Kaya se demanda alors s'il avait pu lire son stress sur son visage. Les minutes qui s'égrainaient étaient autant d'ongles qu'elle rongeait en espérant à la fois que son tour arrive et n'arrive pas. Lorsque le docteur apparut à nouveau et l'appela, son cœur dans sa poitrine se serra. Elle savait que le moment fatidique se présentait enfin et que ses sentiments allaient être mis à rude épreuve. Elle se leva doucement et avança le pas lourd. Le docteur la guida vers son bureau, referma la porte derrière eux et s'assit derrière ses dossiers.

— Madame Levy, c'est bien ça ?
— Oui... répondit Kaya, la gorge serrée.
— Donc vous venez pour une premier écho. Vous avez fait le test de grossesse qui, je suppose, s'est avéré positif.

Kaya opina du chef.

— Avez-vous fait les tests sanguins ?

Kaya secoua à nouveau la tête affirmativement avant de plonger sa main dans le sac à main pour y ressortir ses résultats de laboratoire. Le gynécologue jeta un œil dessus.

— Je dois remplir un dossier d'informations vous concernant afin de mieux gérer l'évolution de votre grossesse. Il attrapa son stylo et une double feuille colorée dans un des tiroirs du bureau et entama son interrogatoire. Kaya le scanna, cherchant la faille lui permettant de s'excuser et de partir, mais elle n'arrivait pas à lui trouver un défaut, hormis peut-être ce côté un peu expéditif et peu loquace.

Il lui demanda sa date de naissance, son adresse, son emploi, son groupe sanguin, la date présumée des dernières règles, les contraceptions antérieures ? Il s'enquit de ses antécédents gynécologiques et familiaux, lui demanda les allergies connues, les vices tels que l'alcool et la cigarette. Puis il demanda des renseignements sur le père. Kaya se raidit.

— Le père a eu des soucis de santé, tels que diabète, hépatites ou autres ?

— Pas... que je sache.

— Pas de problème génétique dans sa famille non plus ?

Kaya se trouva prise au dépourvu.

— Je l'ignore.

— Est-il joignable en cas de problème ?

Si les deux premières questions l'avaient un peu déstabilisée, la troisième fut la plus douloureuse à laquelle répondre.

— Non... je suis... une maman solo.

Les yeux de Kaya s'humidifièrent en s'entendant dire une vérité atroce. Le gynécologue n'insista pas. Sans doute en avait-il vu suffisamment pour comprendre que la vie était compliquée et qu'on ne pouvait en vouloir aux femmes qui se retrouvaient seules devant cette responsabilité. Il ratura sa feuille, posa son stylo fermement, puis se leva.

— Très bien ! Allons voir ce bébé ! lui lança-t-il alors, énergiquement.

Kaya se leva à son tour et le suivit vers la partie auscultation du cabinet.

— Pour la première échographie, nous allons passer par voie vaginale afin de mieux voir le bébé. Donc, je vais vous demander d'enlever le bas. Ne vous inquiétez pas, ça ne fait pas mal, j'insère juste une sonde. Vous n'avez pas la vessie pleine ?

Kaya ne répondit rien. Elle était envahie par l'angoisse. Ses gestes devinrent moins fluides, plus robotisés. Elle perdait complètement confiance en elle. Le docteur remarqua l'hésitation de sa patiente, mais ne dit rien. L'expérience lui avait appris qu'il ne fallait pas se montrer positif, encourageant, tant que l'examen n'était pas terminé.

Kaya s'allongea sur la table d'auscultation et posa ses pieds dans les étriers. Le docteur alluma sa machine et Kaya regarda instantanément l'écran.

— Nous n'aurons pas besoin de spéculum. Je vais juste mettre un préservatif autour de la sonde avec du gel.

Il posa sa main sur le ventre de Kaya et la regarda.

— Détendez-vous, Madame Levy. J'entre la sonde. Inspirez.

Le docteur Fritz s'exécuta et bientôt les premières images apparurent sur l'écran. Les battements du cœur de Kaya se perdirent au moment où il enclencha un bouton et que des bruits sourds se firent entendre de l'appareil. Concentré sur l'écran, l'ouïe aux aguets, le docteur fit bouger la sonde jusqu'à ce qu'un petit sourire s'esquisse sur son visage et que des battements retentissent dans le cabinet.

— Le voilà, le coquin ! Tu te cachais, mais je t'ai trouvé !

Il jeta un œil vers sa patiente et put y lire toute la perplexité d'une première rencontre entre un bébé et sa mère fraîchement diplômée.

— C'est... son cœur qu'on entend ? demanda-t-elle, incertaine de comprendre quelle réaction était la meilleure à adopter devant l'inconnu.

— Il bat vite, mais c'est bien lui ! confirma le gynécologue. Ne vous inquiétez pas, son rythme cardiaque est normal à ce stade de la grossesse. Tout semble plutôt normal à première vue.

Il appuya alors sur une touche et Kaya put voir les courbes du cœur du bébé sur un monitoring.

— Ça m'a l'air assez régulier. C'est bien ! C'est un bon début. Nous allons passer à la datation et le mesurer.

Kaya observa l'écran avec grand intérêt. Elle pouvait apercevoir les éléments de mesure qu'ajustait le docteur sur l'image du bébé.

Une crevette. C'était une petite crevette. Elle savait que c'était toujours ainsi quand une femme tombait enceinte. Toute maman voyait à ce stade une crevette, mais c'était un sentiment étrange que de se dire que cette crevette était dans son propre ventre. Le lien à cet être vivant, la perception intérieure de cette grossesse et le besoin de protection grandissaient en même temps qu'elle découvrait cette petite crevette.

— Les mesures de l'embryon semblent correspondre à vos pronostics de conception.

Kaya grimaça. Elle était certaine de la datation vu qu'il n'y avait pas eu énormément de fois où elle avait couché avec Ethan durant cette période. Cette grippe, elle s'en souviendrait toute sa vie !

— Je ne vois pas à ce stade de malformations. À confirmer tout au long de la grossesse...

Kaya remarqua l'insistance du gynécologue à faire bouger la sonde dans son utérus.

— Un problème ? demanda-t-elle alors, plus inquiète.

— Je vérifie votre poche et s'il n'y en a pas un second.

— Un second quoi ?

Le gynécologue se mit à sourire.

— C'est vrai, je ne vous ai pas demandé s'il y avait des cas de gémellité dans votre famille.

Kaya sentit la panique l'envahir à la mention de potentiels jumeaux. Elle se concentra davantage sur l'écran, espérant ne pas voir une seconde crevette, voir une brochette de crevettes !

— Dois-je dire « ouf ! » ou « zut ! » ? s'en amusa le docteur Fritz.

Kaya déglutit tout en cherchant à sonder le regard du docteur, même si elle n'avait pas de sonde pour le vérifier.

— Il n'y en a qu'un ! se montra-t-il alors plus rassurant.

Kaya lâcha un soupir de soulagement et se laissa reposer sur le dossier.

— Tout va bien ! Bébé va bien pour l'instant. Il suit son développement. Attention, ça ne veut pas dire que vous êtes hors de danger. Une fausse couche est tout à fait possible, mais pour l'instant, ça tient. Reposez-vous, ne faites pas d'excès et tout ira bien.

Kaya baissa les yeux. C'était un discours positif qu'elle ne savait comment interpréter. Il y avait plus une intention de laisser ce bébé vivre que d'interrompre son évolution dans le discours du docteur. Il lui donna alors du papier pour qu'elle s'essuie et l'invita à se rhabiller. Elle retrouva le docteur à son bureau. Il lui tendit alors un feuillet contenant plusieurs clichés de son expérience. Kaya posa le bout de ses doigts sur les photos. Elle aurait voulu plus d'informations concernant l'avortement, mais voir sa crevette sous les yeux, se remémorer ses petits battements et imaginer tous les espoirs et la confiance que cet être mettait en elle la rendirent muette face au docteur.

— On se revoit le mois prochain pour voir si tout va bien.

Elle paya la consultation et sortit du cabinet dans un état second. Les clichés de l'échographie dans la main, elle erra dans les couloirs sans trop savoir où aller. Si elle n'avait aucune certitude en entrant dans le cabinet, en cet instant, tout se mélangeait. Elle regarda une nouvelle fois chaque photo du bébé, chaque observation laissée par le gynécologue, même les plus incompréhensibles, scruta le moindre détail de sa forme et son cœur se serra. C'est alors qu'elle sentit quelqu'un s'approcher d'elle. Elle leva la tête et ne put retenir ses larmes. Oliver lui offrit un petit sourire désolé et lui tendit ses bras. Elle fonça sur lui et se mit à pleurer à gros sanglots.

— Tu m'as dit de ne pas venir avec toi pour l'échographie, ce que je comprends complètement. Mais je pouvais toutefois être là pour la sortie. Je savais que tu aurais besoin d'une présence...

— Je ne peux pas avorter, Oliver. Je ne peux pas faire ça à notre bébé ! lui confia-t-elle alors, contre lui. Je ne peux pas me débarrasser de lui comme si c'était un simple objet. C'est notre bébé !

— Je sais, Kaya. Je me doutais bien que tu n'aurais pas de choix à faire face à ce que représente ce bébé à tes yeux.

Il lui caressa les cheveux et Kaya se laissa bercer par cette main bienfaitrice et compatissante.

3

SAUVEUR !

Voilà une semaine que Kaya avait vu Ethan pour la dernière fois. Sept jours chargés en émotions, entre rejet, découverte, prise de décision et incertitudes, où elle se sentait prise dans un étau et ressortait lessivée. Sa dernière entrevue avec lui avait été un fiasco. Elle ignorait aujourd'hui comment s'y prendre. Elle l'avait annoncé elle-même à Oliver : elle était loin d'être une connasse. Elle n'avait pas le niveau d'Ethan. Elle n'avait pas cette froideur en elle qu'elle pouvait activer dès qu'il fallait mettre une distance entre les autres et elle. C'était un fait. Elle était incapable d'agir comme lui, de rentrer dans son jeu. Elle pouvait se défendre de ses attaques sournoises, mais il lui était impossible de contre-attaquer avec les mêmes armes que lui. Cette impasse la minait. Elle enchaînait depuis les journées au magasin Armadio avec cette tristesse infinie de ne pas trouver d'évolution favorable à leur histoire.

Hormis ranger des vêtements sur des cintres, je ne fais pas grand-chose pour l'informer d'une nouvelle menace de ma part. Comment puis-je te faire plier, Ethan ?

— Vous semblez dans vos pensées, Kaya ? Tout va bien ?

La jeune femme sursauta, avant de réaliser qu'elle venait d'être prise en flagrant délit de rêvasserie par son patron.

— Monsieur Lorenzo, vous m'avez fait peur !

— Loin de moi cette intention ! Mais appelez-moi Andréa ! Tout va bien ?

— Ah ! Euh... oui ! lui répondit-elle avec un petit sourire.

— Vous vous tracassez encore sur la couleur du doudou ?

Le ton plaisantin de son patron finit par faire sourire Kaya.

— Je suis désolée pour l'autre fois. Mon ami y est allé un peu fort.

— Je ne l'ai pas mal pris. J'ai trouvé ça... amusant ! finit-il par dire de façon songeuse.

— Moi, ça ne m'a pas fait rire. Par moments, il peut être horrible, très odieux.

— Il est certain en tout cas qu'il est très protecteur vis-à-vis de vous. Je peux le comprendre...

Andréa Lorenzo laissa sa phrase en suspens tout en considérant Kaya avec attention. Kaya baissa les yeux, gênée tout à coup par sa phrase équivoque.

— Et du coup, vous l'avez acheté, ce doudou ? demanda-t-il pour faire cesser cette gêne.

— Non ! Je n'y suis pas retournée depuis. J'ai eu beaucoup de choses à faire malheureusement.

Kaya repensa à tout ce qu'elle avait vécu depuis et jeta un regard discret vers son ventre. Devait-elle signaler sa grossesse à son patron ou était-ce encore trop tôt pour prendre ces dispositions ? Elle ignorait ce qu'elle devait faire, alors elle se contentait de jouer la montre, pour y voir plus clair.

— Et vous, vous avez trouvé votre ensemble pour votre petit filleul ?

— J'ai acheté ce que vous m'avez recommandé ! Je dois dire que vous m'avez été d'un grand secours parce que je n'y connais vraiment rien en bébé et ce fut un succès, aussi bien pour sa maman que pour lui !

— Vous m'en voyez ravie !

Kaya rangea un vêtement sur un portique et Andréa Lorenzo se pencha un peu plus au-dessus d'elle.

— À ce propos...

Il toussota, tout à coup un peu plus gêné.

— Je dois garder mon filleul toute la journée de demain, mais je suis en panique totale ! Les couches, les bibis et tout le reste, ça me panique complet ! Je n'ai jamais eu d'enfants, comment je pourrais savoir comment ça fonctionne ?!

Kaya le dévisagea, puis pouffa.

— Je crois que personne n'est prêt à sa première fois avec un bébé...

Elle repensa à sa première rencontre avec sa crevette et sourit. Combien de premières fois allait-elle vivre avec son bébé, dans les prochains mois ?

— Vous n'auriez pas d'autres tuyaux à me donner ? lui demanda-t-il alors, suppliant.

Surprise par sa demande, Kaya ne sut quoi répondre.

— Je ne vois pas en quoi je peux vous orienter. Je n'ai moi-même pas d'enfants pour le moment, donc il me serait compliqué de me poser en experte.

Andréa se montra chagriné par sa réponse. Kaya resta alors encourageante.

— Je suis sûre que ça se passera bien. C'est une journée pour vous familiariser avec lui, créer du lien. Sa maman vous donnera toutes les directives qu'il faut pour vous rassurer.

Andréa grimaça.

— Ma sœur est tout sauf pédagogue ! C'est plutôt « je te refile le colis et je fonce, je suis en retard ! ». Ça l'a toujours été d'ailleurs.

Kaya se mit à rire en écoutant sa dernière remarque blasée sur sa sœur.

— Au pire, n'oubliez pas que Google est votre ami ! dit-elle en se saisissant d'un nouveau cintre et d'un nouveau vêtement à mettre sur le portant.

Andréa regarda deux clientes rentrer dans la boutique d'un air tracassé. Il préférait dix fois plus vivre un grand rush dans ses magasins que de se retrouver impotent face à un bébé.

— Je sais que ce que je vais vous demander va vous paraître incongru, mais... et si vous veniez garder ce bébé avec moi ?

Kaya fit tomber son cintre et son vêtement. Tous deux regardèrent les deux objets au sol en même temps et se baissèrent pour le ramasser.

— Je suis maladroite, pardon.

Chacun attrapa un objet et se releva.

— Non, ma proposition vous a surprise, je peux le comprendre. Je ne cherche pas à paraître rentre-dedans avec une de mes employées, mais... cette histoire me terrifie vraiment et je crois... que j'en viens à dire des bêtises.

Kaya souffla d'amusement devant la mine honteuse et désemparée de son patron.

— Je ne peux pas vous aider, de toute façon. Je travaille au magasin demain.

Andréa fit une moue tout à coup ingénue.

— S'il n'y a que ça, je vous donne votre journée...

— Eh bien, c'est que...

— Oh ! Oui, je comprends ! Disons que je vous embauche pour une polyvalence particulière. Oh ! Et je vous paierai en conséquence ! Disons que c'est vendeuse avec option babysitting !

Andréa leva un sourcil et tenta de se montrer le plus réglo possible, mais son sourire crispé dévoilait tout le malaise qu'il pouvait ressentir à lui faire cette demande autant qu'à attendre une réponse favorable.

Cela faisait bien longtemps qu'un homme n'avait pas autant espéré d'elle. Le dernier fut Ethan. Elle se rappelait encore clairement sa voix suave lui soufflant un « console-moi, Kaya, s'il te plaît ! ». Son cœur se serra ainsi que sa gorge. Il lui manquait. Au-delà du père absent, c'était l'amant, le confident qui avait surtout disparu.

— Disons que c'est une formation ! Une formation pour comprendre les mamans dans le choix des vêtements de leurs bébés !

Andréa se trouvait clairement ridicule à trouver des arguments aussi foireux pour la convaincre de l'aider.

Une formation ?

La curiosité de Kaya trouva un écho favorable dans la notion de formation. Après tout, elle était novice dans son rôle de mère et cette proposition pourrait peut-être l'aider à appréhender elle aussi les bons réflexes à s'occuper d'un bébé. Elle sourit et se toucha le ventre, avant de vite retirer sa main pour ne pas éveiller les soupçons de son patron.

Décidément, ce geste devient un foutu réflexe !

— C'est d'accord ! J'accepte !

L'émerveillement et le soulagement qu'elle put lire sur le visage d'Andréa Lorenzo la confortèrent sur son choix d'accéder à sa requête.

— Merci infiniment ! Vous êtes ma sauveuse ! lui dit-il en lui attrapant les mains et en les serrant l'une contre l'autre devant lui.

— Ne criez pas trop vite victoire, le plus dur reste à venir ! lui répondit-elle amusée. Je ne suis pas certaine que vous me considèrerez comme votre sauveuse quand on se retrouvera complètement démunis devant les hurlements de votre filleul !
— Ne soyez pas défaitiste ! J'ai pleine confiance en vous !

Kaya regarda la porte d'entrée de l'appartement d'Andréa Lorenzo avec indécision. Elle persistait à penser que cela restait bizarre de passer une journée avec son patron au-delà du cadre professionnel. Si d'autres employées venaient à apprendre cette visite, elle serait cataloguée d'office comme arriviste et cela ne lui plaisait guère, préférant rester discrète.

Pourtant, quand elle entendit les pleurs d'un bébé à travers la porte, la seule pensée qui balaya toutes les autres était de l'imaginer en panique totale avec ce bébé dans les bras. Elle se décida donc à sonner pour l'avertir de son arrivée. Elle put entendre des bruits de précipitation, devinant qu'il accourait vers elle avant de lui ouvrir la porte. Leurs regards se croisèrent et un sourire soulagé apparut sur le visage d'Andréa.

— Ma sauveuse ! furent les seuls mots qui parvinrent aux oreilles de Kaya.

Il lui céda alors le passage pour qu'elle entre dans le lieu du fauve qui continuait à s'époumoner. Rapidement, Kaya s'approcha du bébé, à la fois déjà agacée par ses pleurs, mais attendrie par sa bouille.

— Voici Nolan ! Nolan, c'est Kaya, ta seconde nounou, parce que Tonton n'est... vraiment pas doué avec toi !

Kaya se mit à rire et détacha le bébé du cosy auquel il était harnaché, pour le prendre dans ses bras. Andréa observa Kaya avec admiration.

— Ma sœur vient juste de repartir. Vous vous êtes ratées de peu. Bien évidemment, il pleurait déjà quand elle est arrivée et elle n'a pas su me dire le problème.

Kaya le berça quelques minutes, tentant de calmer la bouille agacée.

— Parfois, il suffit de peu pour calmer un bébé, comme juste sentir une protection contre lui... ou pas.

Andréa lui sourit avec sympathie et soulagement.

— J'ai bien fait de vous inviter ici ! Vous me prouvez que j'ai eu un bon discernement.

Le bébé commençait à se calmer dans les bras de Kaya. Nolan était plus jeune que le bébé qu'elle avait croisé aux États-Unis avec Ethan.

— A-t-il mangé ? demanda-t-elle alors.

— Non, elle m'a dit d'attendre 16h pour lui donner son bibi.

— On peut peut-être vérifier sa couche ?

— Je vous suis ! Moi, je ne sais pas du tout comment on change une couche !

— Allez me chercher une serviette de bain, s'il vous plaît ! Nous allons utiliser votre canapé comme matelas de lange.

Sans attendre, Andréa fonça obéir à la demande de Kaya et revint avec une grande serviette qu'il plia pour en faire un petit matelas de fortune. Kaya y déposa le bébé pendant qu'Andréa lui apportait le sac de langes.

— Nolan, je vais regarder l'état de ta couche ! Je compte sur ta coopération parce que je n'ai jamais fait ça !

Elle tourna sa tête vers Andréa, embêtée.

— Peut-être qu'un tutoriel sur Google ne serait pas de trop pour m'aider.

À son entière disposition, Andréa dégaina avec rapidité son téléphone et exécuta la recherche. Kaya déshabilla le bébé délicatement.

— J'ai ! s'exclama Andréa.

La tête presque collée l'une à l'autre, tous deux regardèrent la vidéo avec attention, alors que Nolan jouait avec le doigt de Kaya.

— Donc l'étiquette adhésive derrière... commenta Andréa.

— Et pensez à couvrir le sexe du bébé pour éviter les jets intempestifs ! continua Kaya.

Ils observèrent tous deux le bébé avec angoisse. Cela leur semblait être une mission des plus délicates, pourtant Kaya se trouvait ravie d'y participer. Voir ce nourrisson la ramenait à sa propre situation. Elle imaginait déjà ce bébé comme le sien : elle, ne jouant plus à la maman, mais en en devenant véritablement une à son contact. Elle lui caressa la joue affectueusement, ce qui n'échappa pas à Andréa.

— On lui donnerait le Bon Dieu sans confession, n'est-ce pas ?!

— C'est sûr, ça doit changer radicalement sa vie d'avoir un petit être à chérir sans limites...

— Je suis sûr que cela vous arrivera !

Kaya tourna sa tête vers Andréa, surprise, puis lui sourit.

— C'est sûr... On ne sait jamais ce que la vie nous réserve...

Andréa prépara le carré de coton et le lait de toilette et Kaya commença son opération commando. Après plusieurs minutes à se concentrer sur la tâche et à se mettre d'accord, Nolan se trouva les fesses au sec et visiblement heureux. Ses gazouillis avaient remplacé ses pleurs. Kaya et Andréa se laissèrent aller, le dos contre le canapé, assis au sol, pour reprendre leurs forces après cette première épreuve assez stressante.

— Je ne sais pas si je vais survivre à autant de pression ! fit Andréa avec humour.

— Ne vous plaignez pas, vous n'avez été que l'assistant cette fois ! La prochaine est pour vous !

Andréa ne cacha pas sa réprobation à cette idée.

— Chacun son tour et c'est vous le parrain, pas moi ! Assumez !

— J'avoue que je n'ai pas réalisé ce que cela entraînerait !

— Rappelez-vous ! Ça vous prépare aussi pour votre future paternité !

— J'espère dans ce cas que ma future femme sera aussi courageuse et volontaire que vous !

— Toutes les mamans ne le sont-elles pas ?

Andréa sourit.

— Un point pour vous !

Kaya passa une partie de l'après-midi à trouver des occupations pour Nolan avec Andréa. Autant de défis pour elle que pour son patron où finalement, chacun devait faire abstraction du ridicule pour obtenir un résultat garanti auprès du bébé jusqu'à ce qu'il s'endorme paisiblement.

Andréa profita de ce répit pour offrir à boire et à manger à Kaya.

— Je ne suis pas doué avec les bébés, mais je sais cuisiner ! déclara-t-il fièrement. Je nous ai préparé des cookies !

Épatée, Kaya se montra enthousiaste à répondre à sa gourmandise.

— Tout n'est donc pas si catastrophique !

Andréa se mit à rire.

— J'ai quand même des qualités, merci ! se défendit-il alors qu'il déposait son assiette de cookies sur le comptoir de la cuisine les séparant.

— Vous avez plutôt intérêt si vous voulez trouver votre future femme ! s'en amusa Kaya.

Andréa s'accouda sur le comptoir tout en l'appelant à la confidence.

— Selon vous, quelles sont les qualités qu'un homme doit avoir pour plaire à une femme ?

Malgré la complexité et le côté inattendu de cette question, Kaya accepta d'y réfléchir et d'y répondre.

— J'ai rencontré dans ma vie deux hommes diamétralement opposés, mais ce qui m'a fait craquer pour chacun d'eux, c'est leur prédisposition à vouloir m'apporter de la tendresse dans mes moments difficiles. Je crois que ce qu'on désire le plus, c'est une personne qui vous... réconforte quand on en a besoin.

Kaya sourit amèrement en évoquant le mot qui avait été le ciment de sa relation avec Ethan. S'il l'avait réconfortée, elle doutait encore aujourd'hui d'avoir rempli leur deal et de l'avoir bien réconforté en retour. La preuve en était : l'accident de la salle de bain et la suite avec la rupture qu'il avait décidée entre eux par réflexe défensif. Elle n'était plus indispensable à son réconfort. Il ne trouvait plus de réconfort en sa présence.

Andréa posa son menton dans sa main, toujours accoudé au comptoir, et l'observa se perdre dans ses pensées. Il remarqua immédiatement de la tristesse dans ses yeux. Il la trouvait aussi intéressante que mystérieuse. Depuis son entretien d'embauche, il y avait toujours quelque chose en elle qui l'attirait. Il ne savait quoi, mais Kaya dégageait une spontanéité rassurante. Il était happé par sa capacité à envelopper d'une douce chaleur ceux qu'elle croisait. Du moins, c'était son cas et il trouvait cela aussi déconcertant qu'intrigant. Kaya sortit tout à coup de sa douloureuse torpeur et se força à ne pas pleurer devant son patron. Épancher ses petits problèmes amoureux était la dernière chose qu'elle souhaitait montrer d'elle à cet homme.

Andréa se redressa, ne voulant pas mettre une ambiance gênante entre eux.

— Cette réponse me plaît ! Je crois que je peux être ce type d'homme ! Je préfère ça à la liste de qualités physiques, matérielles ou autre qu'on pourrait m'établir comme on en voit tant dans les sites de rencontres.

— Vous êtes inscrit dans l'un d'eux ? s'étonna Kaya après sa remarque.

— Non ! J'aimerais éviter d'y avoir recours par désespoir !

— Je vous comprends... Mais soyez heureux ! D'ici la fin de la journée, vous pourrez mettre sur votre liste, en plus des cookies, que vous savez vous occuper d'un bébé ! C'est tout bon pour plaire à une femme !

L'amusement de sa boutade s'arrêta soudainement, quand Kaya réalisa une chose à laquelle elle n'avait pas pensé. Interloqué par son changement d'attitude soudain, Andréa en attendit la raison avec attention.

— Mais oui ! C'est ça ! s'écria-t-elle tout en tapant son poing sur l'autre main. Pourquoi je n'y ai pas pensé avant ! Je sais comment être une parfaite connasse à ses yeux !

Un grand sourire ravi et épanoui apparut sur le visage de Kaya tandis qu'Andréa écarquillait les yeux à l'écoute de ses mots pour le moins vulgaires.

Elle a bien dit connasse ? J'ai bien entendu ?!

Kaya réalisa tout à coup son emportement déplacé en constatant l'air choqué de son patron. Elle se mit à rougir tout à coup, gênée d'être parue grossière à ses yeux.

— Pardon ! Vous devez me prendre pour une folle... C'est que... ma vie est un peu compliquée !

— Je vous trouve assez déroutante, je le concède.

Kaya tiqua à l'écoute de ce qualificatif. On lui avait déjà signifié cela. Elle ne voyait toujours pas en quoi, bien que vouloir passer pour une connasse pouvait être une raison suffisante.

— Je peux vous demander un service ? tenta-t-elle alors.

Andréa sourcilla.

— Je vous écoute.

— Je vais vous paraître sans doute encore plus déroutante avec ma demande, mais j'ai besoin de votre aide. C'est... une demande assez dingue, je le conçois, mais c'est la seule solution que j'ai pu trouver actuellement qui tienne vraiment la route.

— Vous avez le don pour me mettre l'eau à la bouche et qu'on finisse par ne rien vous refuser !

Kaya lui rendit un sourire reconnaissant.

— J'aurais besoin de Nolan... et de vous... pour jouer un tour à quelqu'un. Seriez-vous prêt à jouer la comédie avec moi ?

Andréa considéra longuement Kaya. Le mystère qui l'entourait s'épaississait, mais devenait de plus en plus addictif.

— Si on m'avait dit que cet après-midi avec vous allait tourner au jeu de rôle, je ne pense pas que je l'aurais cru !

Kaya baissa la tête.

— Pardon... J'abuse. Vous êtes mon patron et je réalise que j'ai des idées complètement insensées. Je crois que je perds un peu la boule.

— Je pense surtout que votre désespoir se transforme en une force qui peut tout balayer, y compris ce qui peut être inconvenant. Ce... quelqu'un, je l'envie autant que je le plains ! En arriver à concevoir de telles indispositions, de tels sacrifices, pour vous faire remarquer de quelqu'un, c'est... Je ne trouve pas les mots.

— Laissez tomber ! Ce n'est pas grave ! Je comprends votre surprise.

— Est-ce l'homme au doudou gris ?

Kaya se raidit un instant et arrondit son dos devant l'évidence.

— Oui...

— Alors j'accepte ! J'adore déjà l'idée d'agacer encore un peu plus ce type ! Je ne sais pas pourquoi, mais il m'est antipathique !

Kaya sourit avec dépit.

— Il peut paraître défiant... connard même, mais...

— Il a su vous réconforter.

Kaya dévisagea Andréa, devant tant de perspicacité. Bizarrement, elle pouvait lire dans son regard autant de désaccord que de déception, comme si Ethan n'était pas forcément une bonne personne pour elle.

Face au silence de la jeune femme, Andréa se reprit et souffla. Il ne pouvait se montrer trop partial avec elle. Il ne connaissait pas leur relation, même si plus ou moins consciemment, ça l'indisposait pour une raison qui lui échappait. Il tenta donc de la rassurer.

— Ne vous inquiétez pas, je vais vous aider. Si ça peut vous faire du bien, je vous dois bien ça...

4

PATERNEL

Ethan tapait du pied. L'invitation d'Oliver à boire un café sur la terrasse d'un café à cinq heures de l'après-midi était suspecte. Tout sauf normale. Jamais ils n'avaient pris ce style de pause en plein travail. C'était incongru d'aller à l'extérieur, surtout quand on a une salle de pause au bureau. Et plus il contemplait Oliver déguster son café avec son air complètement détendu, plus il doutait de ses intentions louables. Il avait pourtant accepté. Malgré l'improbable innocence de son ami, il avait dit « OK ». Malgré le fait qu'il ressentait quelque chose de louche aussi bien dans l'objet de sa demande que dans son air trop souriant et trop aimable pour être honnête, il avait suivi Oliver. Et s'il y avait une chose dont maintenant il était certain, c'était qu'Oliver et Kaya étaient cul et chemise tous les deux et qu'ils pouvaient se liguer contre lui. Et son air trop décontracté laissait penser surtout qu'ils tramaient bien quelque chose. Il n'arrivait pas à en démordre, son intuition lui criait de se sortir de ce guêpier.

— Ça y est ! Tu as fini ton café ? On peut y aller ? le questionna-t-il alors, la patience lui faisant définitivement défaut.

— Détends-toi ! répondit Oliver, amusé de sa hâte. Regarde-toi, Ethan ! Tu es crispé comme jamais ! Tu devrais moins penser au travail et plus à toi !

Oliver loucha sur sa tasse, ce qui agaça encore plus son ami.

— C'est ce que je fais ! s'agaça Ethan. Je pense à moi, et mon for intérieur me dit d'aller bosser !

Oliver posa sa tasse sur la petite table de terrasse les séparant et soupira.

— Pourquoi es-tu si stressé ? lui demanda-t-il alors. Qu'est-ce qui te rend si autoritaire et ronchon ? Serait-ce ton histoire avec Kaya ?

— À toi de me le dire ? Pourquoi tu m'as proposé d'aller boire un café à l'extérieur ?

Oliver haussa les épaules devant le regard suspicieux d'Ethan.

— Pourquoi as-tu accepté si cela te gêne tant et que tu doutes de mes intentions ?

Ethan croisa les jambes d'agacement. Ce jeu d'une question répondant à une autre question l'agaçait encore plus que le reste et confirmait son pressentiment que quelque chose allait arriver. Il se renfrogna jusqu'à ce qu'il répète sa question.

— C'est bon ? On y va ?

— Je voudrais en commander un second ! J'ai besoin de ma dose de caféine ! Tu ne te rends pas compte de ce que c'est la compta d'une entreprise.

— Non, c'est vrai ! Être patron d'une entreprise, c'est de la rigolade à côté ! vociféra Ethan.

Oliver grimaça, lui accordant que son excuse était peu acceptable. Chacun avait son niveau de difficulté, mais il devait gagner du temps.

Kaya l'avait appelé à la hâte, lui disant de trouver n'importe quelle excuse pour emmener Ethan dans le café qu'elle avait choisi, que le « plan connasse » numéro deux était enclenché et que ça devait être maintenant ou jamais et qu'il ne devait rien dire à Ethan évidemment. En raccrochant, il n'avait pu s'empêcher de rire. Il savait que la jeune femme pouvait s'avérer surprenante, mais il adorait l'idée d'être le confident de mission spéciale contre le méchant Ethan qui ne comprenait rien et il aimait encore plus la façon dont elle pouvait prendre de court tout le monde. Mais par-dessus tout, il avait hâte de voir son plan en action et la tête d'Ethan en conséquence. Cependant, devant son empressement et sa méfiance, il doutait de pouvoir le retenir encore longtemps.

Kaya, qu'est-ce que tu fous ?!

Il n'osait pas regarder son téléphone ou sa montre, de peur de paraître plus suspect qu'il ne l'était déjà aux yeux de son ami.

Il trouva enfin son répit quand il vit la jeune femme arriver, non sans son lot de surprises. Ethan tourna immédiatement la tête vers l'objet d'attention soudaine de son ami et comprit que le piège se refermait. Pourtant, au-delà du piège, ce fut le même état de surprise qu'Oliver qui prédomina. Kaya tenait un bébé dans ses bras et était accompagnée.

Mais c'est l'enfoiré au doudou ! C'est son boss ! Qu'est-ce qu'elle fout avec lui ? Et il est à qui ce bébé ?!

Tant de questions fusèrent dans sa tête, mais la seule émotion qui le gagnait restait la colère de voir ce type avec elle. Et le regard plein de provocation qu'il venait de lui lancer renforçait sérieusement son hostilité déjà présente.

— Bonjour Oliver ! fit-elle de la façon la plus innocente du monde devant un Oliver amusé et jouant à merveille son rôle d'excuse à sa mise en scène. Désolée pour l'attente. Bonjour Ethan !

Ethan grogna en guise de réponse, les bras et les jambes toujours croisés. Kaya ne s'offusqua pas de son attitude sur la défensive.

— Oliver, je te présente Andréa Lorenzo. C'est le directeur des boutiques de vêtements Armadio… et mon patron.

Les deux hommes jouèrent le jeu des salutations polies, au grand dam d'Ethan qui leva les yeux.

— Ethan, je ne te le présente pas, je suppose que tu l'as reconnu ?

— Tu l'as déjà rencontré ?! s'en étonna Oliver.

— Oui et je peux savoir ce qu'il fait là, avec toi ? demanda Ethan à Kaya, peu dupe de sa fausse sympathie.

Il y était ! Ses nerfs lâchaient et son hostilité prenait de l'ampleur, ce qui n'échappa à personne. Kaya voulut répondre, mais Andréa prit les devants.

— Je suis le parrain de ce bébé ! déclara-t-il fièrement, tout en montrant du pouce le nourrisson en question. Et Kaya est ma nounou pour la journée !

— Votre… nounou ? répéta Oliver, stupéfait par la situation.

Il s'esclaffa avant d'essayer de retenir son rire.

Ainsi donc tu as décidé de le mettre au défi sur son rapport avec la paternité ? Intéressant !

Ethan serra les dents. Sa familiarité avec Kaya l'insupportait.

Ce n'est pas à toi que je cause, connard !

Il fit semblant d'ignorer les mots d'Andréa et regarda avec insistance Kaya pour avoir sa version des faits. Andréa sourit devant sa stratégie d'évitement.

— C'est… une longue histoire… répondit-elle face aux yeux insistants d'Ethan.

Oliver cacha ses lèvres de sa main pour ne pas montrer son amusement en constatant le rapport de force qui s'installait entre les deux hommes. Et Kaya en rajoutait une couche pour pousser

Ethan dans ses retranchements. Il n'y avait pas de phrases plus agaçantes que celle qui consiste à dire « je pourrais te raconter, mais je n'en ai pas envie ! »

Kaya confia alors le bébé à Andréa et sortit un énorme livre de cuisine de son sac.

— Tiens, Oliver ! Merci pour le prêt ! J'ai pris quelques recettes vraiment sympas !

Oliver contempla le livre un instant. C'était la première fois qu'il le voyait. Il jeta un regard vers Ethan qui observait la scène avec suspicion, puis sourit aimablement à Kaya, continuant à jouer son jeu même s'il ignorait en quoi il consistait.

— De rien, avec plaisir ! Il est... volumineux ! Tu as dû t'amuser à le trimballer jusqu'ici !

— Je ne te le fais pas dire ! s'exclama Kaya en lui faisant de gros yeux. Merci de m'avoir attendu ici pour que je te le rende !

Voilà donc l'excuse de votre venue dans ce café : un livre et l'autre enfoiré avec son mioche ! Et ils comptent tous m'avoir avec ce plan ?

Ethan examina attentivement le livre aux « 100 recettes pour faire fondre votre palais » et s'énerva davantage en imaginant Kaya en soirée tête à tête avec l'un des deux hommes, dégustant une de ces recettes « à faire fondre le palais ».

Je t'y mettrais bien du poivre à ces deux-là pour leur faire ravaler leur sourire de complaisance avec elle ! Putain ! Ça m'énerve ! Pourquoi je m'agace comme ça ! Qu'elle fasse ce qu'elle veut, bordel !

Ethan remarqua cependant que le livre paraissait en très bon état, comme s'il avait peu servi. Il tiqua un instant, mais n'eut le temps d'y réfléchir davantage, car Oliver posa la question qu'il redoutait.

— Vous buvez un coup avec nous ?

Ethan stoppa immédiatement son analyse du livre pour revenir à la conversation et faire de gros yeux à Oliver.

— Avec plaisir ! répondit Kaya, ravie. En plus, Nolan n'a pas pris son biberon, il faut le lui donner ! Nous avons réussi à le faire patienter, mais ça ne va pas durer !

Paniqué, Ethan regarda tout ce petit monde prendre des chaises pour s'installer et envahir son espace, quand soudain, Kaya se redressa et lança un regard catastrophé à Andréa.

— Nous n'avons pas payé le parcmètre !

Andréa prit aussi un air embêté.

— Oui, on en a pour plus de cinq minutes du coup, si on s'assoit à cette terrasse.

Tous deux hochèrent la tête d'un commun accord.

— Pas le choix ! On y retourne ! fit Kaya, déterminée.

Andréa acquiesça. Elle posa alors le sac de langes sur une chaise, en sortit un bibi tout prêt et jeta Nolan dans les bras d'Ethan.

— Commence à lui donner son biberon ! On revient ! Il a déjà son bavoir !

— Vous êtes sûre qu'on peut lui laisser le bébé ? s'inquiéta alors Andréa de confier son filleul à un inconnu.

Kaya sourit.

— Je lui donnerais ma vie ! dit-elle alors avec un petit sourire tandis qu'Ethan comprit de quelle façon le piège se refermait sur lui.

Il ne pouvait objecter quoi que ce soit. Il n'allait pas passer pour l'idiot de service devant l'autre crétin en se montrant incapable de gérer un bébé et ainsi, lui donner l'occasion de gagner des points face à lui. De plus, il restait touché par le fait qu'elle lui confierait sa vie.

C'est la merde ! Je suis vraiment un con ! Et elle... vient de décrocher son diplôme de connasse experte !

Après ces mots, Kaya et Andréa reprirent le chemin inverse, laissant Oliver et Ethan avec le bébé.

Ethan n'osait plus bouger. Le regard dans le vague, il se repassait la scène, cherchant à comprendre comment il avait fini par se faire avoir. Oliver pouffa, en voyant la posture maladroite de son ami avec ce bébé dans les bras. Il sortit son téléphone et prit une photo de l'événement : Ethan avec un bébé dans les bras.

— Au lieu de rire comme un idiot, récupère-le ! vociféra Ethan.

Ethan se leva pour tenter de se défaire du fardeau qu'on lui avait confié en le refilant à son ami, mais Oliver esquiva habilement.

— C'est à toi qu'on l'a confié ! Assume ta responsabilité !

Les mains en l'air et les genoux pliés sur sa chaise, Oliver n'offrit aucune ouverture à Ethan pour s'en débarrasser.

— Assume ? Tu rigoles ?! s'énerva Ethan. Je n'ai rien demandé ! Je n'ai pas demandé qu'on me colle ce marmot dans les bras ! Tu le savais ! Avoue ! Avoue que tu savais qu'elle me ferait un coup pareil !

— Je t'assure que j'étais à mille lieues d'imaginer cette scène ! répondit Oliver, tout en riant. Mais la photo vaut son pesant d'or !

— Efface ça tout de suite ! Tu m'as fait venir ici et, comme par hasard, elle débarque ! Ne me prends pas pour un con ! Tout était calculé ! C'était donc ça, votre piège ! cria-t-il, détestant être le dindon de la farce.

La colère d'Ethan se répercuta sur l'humeur du bébé qui commença à pleurer.

— Putain ! Merde ! Non ! Tais-toi ! ordonna-t-il à Nolan, tout en le tenant à bout de bras, ne sachant quoi faire.

— Tu crois que tu vas le calmer en lui criant dessus ? lui rétorqua Oliver, amusé de le voir si mal à l'aise avec ce bébé.

— C'est tellement facile de critiquer quand on ne se sent pas concerné ! lui invectiva son ami.

Le bébé pleura un peu plus fort, attirant le regard des autres clients du café et mettant un peu plus mal à l'aise Ethan.

— Bordel de merde ! Aide-moi, Oliver !

Oliver gloussa en le voyant si démuni devant ce bébé. Jamais il n'aurait imaginé de scènes aussi jouissives que celle-ci.

— Pourquoi le ferais-je ? lui dit-il alors calmement. C'est à toi qu'on a confié cette tâche..., futur parrain !

— Connard ! J'ai refusé l'offre de Sam justement parce que JE N'EN VEUX PAS !

— Eh bien voilà de quoi revenir sur ta décision !

— Jamais !

Le bébé hurla, mettant Ethan dans un désarroi extrême.

— Tais-toi ! Putain ! s'alarma-t-il, complètement désœuvré.

Ne trouvant aucune aide du côté d'Oliver qui se délectait de le voir patauger dans la semoule, il chercha une aide extérieure. Malheureusement, il sentait plus des regards réprobateurs sur sa situation de père indigne, incapable de gérer son gosse, que de visages compatissants. De désespoir, il se saisit du biberon laissé sur la table et le colla dans la bouche du nourrisson qui se tut immédiatement, à son grand soulagement.

— Oui, voilà, c'est ça ! dit-il alors au bébé, d'un sourire vainqueur. Là, on ne braille plus quand on a la bouche obstruée !

Oliver sourit.

— Quel père Fouettard !

— La ferme ! Traître !

— Ne sois pas mauvais ! Tu es très mignon avec ce bébé dans les bras !

— J'ai dit : « la ferme » !

Oliver leva les mains en signe de capitulation. Le bébé téta son biberon goulument et la tension sur les épaules d'Ethan redescendit. Il leva les yeux, soupira et se rassit, cherchant une meilleure position à tenir pour le bébé et lui.

— Je te jure que tu me le paieras, Oliver ! grommela Ethan.
Oliver lui sourit avec bienveillance.
— Tu t'en sors très bien..., Papa !
— Très drôle !

Si seulement tu voyais ça, Kaya ! Dis-moi que tu es planquée pas loin pour le voir ! Tu as été géniale ! Il n'y a pas plus belle leçon à lui donner !

— Bordel ! Qu'est-ce qu'elle fout ?! Faut pas deux heures pour mettre deux pièces dans un parcmètre !

— En tout cas, Nolan semble t'avoir adopté ! Regarde, il t'agrippe le doigt.

Surpris par les propos de son ami, Ethan visa ses mains et constata le délit.

— Lâche-moi ! somma-t-il au bébé tout en secouant son doigt pour qu'il le lâche.

— On ne croirait pas comme ça, fit Oliver tout en se penchant au-dessus de la table, mais ça a de la force, un bébé ! Il semble vraiment vouloir te tenir le doigt.

Ethan grogna pour la forme et se laissa aller à la contemplation du bébé louchant sur son biberon. Un être si frêle, mais avec beaucoup de poigne.

— C'est bien, Mec ! Faut savoir avoir de la poigne dans la vie ! Faut montrer qui est le patron !

Oliver s'esclaffa devant cette subite leçon de vie sortant de la bouche de son ami. Ethan lui lança un regard noir.

— Tu as totalement raison ! se dédouana Oliver, tout en se réadossant à sa chaise. Très bon conseil !

Ethan pesta alors que les glouglous s'intensifiaient.

— Quelle soif ! Il devait l'attendre, ce bibi ! constata Oliver.

— Tu parles d'un parrain ! Quelle honte de laisser ce gosse mourir de faim !

— Effectivement, tu ferais un meilleur parrain ! Nul doute !

— La ferme !

— Avoue qu'il est mignon, ce gamin !

— Je ne rentrerai pas dans ton jeu, Oliver ! Inutile de me chercher sur ce terrain !

— Imagine si c'était le tien ! Un bébé que tu aurais avec Kaya !

Ethan le dévisagea et fronça les sourcils.

— Elle sait que je ne veux pas de bébé, donc il n'y a rien à imaginer ! Surtout qu'on est séparés, je te rappelle !

Oliver le contempla avec ce bébé, une impression de gâchis immense devant lui. Il ne pouvait lui dire la vérité concernant la grossesse de Kaya, mais il pouvait toutefois le faire réfléchir.

— Moi, quand je l'ai vue arriver avec ce bébé dans les bras, je me la suis tout de suite imaginée maman. Je ne sais pas, je pense qu'elle ferait une maman rayonnante. Et quand je te vois maintenant avec lui, j'ai vraiment la sensation que vous feriez de chouettes parents.

Ethan observa le bébé finir son biberon.

— Ce que tu peux imaginer ne sera pas la réalité. Ce n'est pas parce que ce bébé boit un biberon dans mes bras que cela fait de moi un bon futur père.

Oliver fixa Ethan, interloqué.

— Ethan, ton histoire avec ta mère, c'est une chose. Celle que tu peux avoir avec la famille que tu créeras en est une autre. Ce n'est pas parce que tu as vécu quelque chose de regrettable que tu vas le reproduire.

Ethan quitta du regard le bébé pour le toiser.

— Je ne ferai jamais vivre à un enfant ce que j'ai vécu et je refuse de me poser en exemple à suivre. Je refuse qu'il porte sur ses épaules le poids de mes erreurs passées. Il n'y a rien à ajouter.

Ethan posa le biberon sur la table et redressa le bébé qui, instinctivement, lâcha un rot. Oliver soupira. Il réussissait l'épreuve de Kaya haut la main et pourtant, refusait toute implication parentale. Il se sentait désolé d'assister à cette scène et de rester impuissant. Il avait mal pour Kaya qui se démenait pour ramener Ethan à elle, en vain.

Andréa et Kaya observèrent de loin le café. Immédiatement, le cœur de Kaya se serra en constatant que Nolan jouait avec une cuillère sur les genoux d'Ethan et que le biberon était vide. Ethan semblait plutôt calme. Elle ne pouvait s'empêcher de se projeter avec lui sur cette parentalité possible entre eux deux, maintenant qu'elle se savait enceinte. Si elle avait voulu être connasse en le mettant face à ce qui le rebutait, comme le fait d'être père et lui prouver que tout pouvait être surmontable, elle réalisait aussi combien il pouvait être douloureux de le voir réussir sans pour autant que cela règle tous les problèmes.

— Tout va bien ? lui demanda Andréa. Vous semblez triste. Votre plan a pourtant fonctionné, non ?

— Oui, ça va... lui répondit-elle d'une petite voix. Il semble que M. Connard ait réussi à gérer Nolan. Vous pouvez être rassuré, vous aussi.

Andréa lui sourit avec soulagement.

— Oui, au premier abord, il semble en vie !

Kaya pouffa.

— Qui sait quelle expérience cet enfant a pu tirer de sa rencontre avec lui ?!

— À première vue, votre ami a vécu aussi une sacrée expérience, vu la façon dont il s'est agité avant de lui donner le bibi !

Tous deux s'esclaffèrent de cette boutade, avant de s'avancer vers la table.

— Désolée pour l'attente ! dit alors Kaya en arrivant près d'eux. On a eu un contrôle de flics ! Truc de dingue !

— Et tu crois que je vais gober ça ?! lui asséna Ethan, l'air mauvais. Tu vas me dire que tout cela n'était pas prémédité ?

Il se leva et rendit Nolan à Andréa.

— C'était quoi le but ? Tenter de révéler mon incompétence face à ce gosse ? Me prouver, comme me l'a souligné Oliver, que j'ai une hypothétique fibre paternelle ? Me faire changer d'avis sur nous peut-être à l'issue ? Kaya, tu peux essayer, ça ne changera rien. Tu as été un peu plus connasse que la dernière fois, je te l'accorde. Tu as bien joué sur la façon de me prendre au dépourvu et m'obliger à composer en réaction. Mais cela ne changera pas mes convictions. Tu peux essayer autant de fois, je ne changerai pas d'avis.

Kaya baissa la tête, blessée dans sa chair par chaque phrase prononcée par Ethan. Évidemment, Nolan ne pouvait résoudre un problème psychologique d'une telle ampleur chez lui. Elle espérait juste un déclic. Quelque chose qui le bouscule dans ses fondements, comme elle avait déjà pu le faire auparavant, mais visiblement, même ce déclic n'était pas apparu.

— Ethan... gronda Oliver, appréciant peu sa méchanceté contre elle.

— Quoi ? Tu n'aimes pas ce que je lui dis ? Bien évidemment, tu as choisi ton camp ! On voit où sont les amis ! Mais bon, ce n'est pas nouveau non plus ! Qu'attends-tu d'ailleurs pour te mettre avec elle, depuis le temps ? Ah, mais oui, c'est compliqué parce que Monsieur Doudou est aussi dans la course ! Ça se bat pour ramasser les miettes que j'ai laissées !

Andréa voulut se lever pour répondre, mais Kaya, toujours tête baissée, l'en empêcha en posant sa main sur torse.

— Je vois que tu lui mets déjà la main sur le torse ! continua Ethan, sarcastique.

Kaya éleva tristement la tête et sourit à Andréa.

— Pardon, j'ai été égoïste. Ce n'était pas la meilleure des idées. Je me suis servie de Nolan et de vous, et vous en payez le prix.

— Je ne doute pas que vous ayez eu de bonnes intentions derrière, même si visiblement, d'autres personnes ne le voient pas !

— Pitiéééé ! Arrêtez de vous constituer en poseur de leçon ! Pourquoi vous êtes là ? Vous êtes son patron ! Vous n'avez rien à faire avec une employée un jour de repos ! Avouez simplement que vous avez d'autres idées en tête concernant Kaya !

Andréa secoua la tête et s'esclaffa devant l'aplomb de son interlocuteur.

— Vous pouvez être acerbe contre moi autant que vous le souhaitez, ça ne me dérange pas, mais vous avez raison sur un point : Kaya sera bien plus heureuse loin de vous. Vous avez raison de la repousser, vous ne la méritez pas et vous ne la rendrez jamais heureuse. Preuve en est !

La réponse d'Andréa Lorenzo fut un uppercut violent dans le cœur d'Ethan. Plus violent que s'il l'avait vraiment frappé. Il avait tapé dans son estime, là où il était le plus blessé, là où cet homme ne pouvait pas viser plus juste. Il ne méritait pas Kaya et ne la mériterait jamais. C'était le constat douloureux qui l'avait poussé à rompre et c'est ce même constat que cet inconnu faisait sur son attitude. Ils en arrivaient à la même conclusion, mais l'entendre d'une autre personne était d'autant plus déchirant qu'il confirmait ses propres doutes. Il n'avait pas sa place au côté de Kaya. Quoiqu'il puisse arriver, il ne serait jamais assez bien pour elle. Il observa alors Kaya, le visage meurtri par cette altercation. Encore une fois, elle souffrait par sa faute. Encore une fois, il l'avait rabaissée à défaut de reconnaître que c'était lui la personne nulle dans cette histoire. Il contempla Kaya avec Lorenzo et ce bébé dans les bras. N'y avait-il pas de couple plus probable que celui qu'il voyait ? Il avait sous les yeux la parfaite petite famille, celle qu'il ne formerait jamais avec elle. Sa poitrine se serra au point que l'air eut du mal à passer dans sa gorge. Il avait besoin de partir. Fuir. Battre en retraite pour ne pas voir la vérité plus cruelle qu'elle ne l'était déjà.

— Que ce soit votre ami ou moi, continua Lorenzo, il est clair que nous avons bien plus d'estime pour elle que vous en avez actuellement et ce simple constat suffit à me permettre de vous dire qu'au-delà d'être un connard, vous êtes un loser et je ferai tout pour qu'elle oublie rapidement ce qu'il vient de se passer, car vous n'en valez pas la peine !

Kaya écarquilla les yeux en entendant les propos si protecteurs et bienveillants de son patron. Oliver fut lui aussi surpris de la façon dont il avait mis en touche Ethan, lui qui d'ordinaire s'avérait être un bulldozer avec ceux qu'il n'appréciait pas.

— Parfait ! déclara alors Ethan, tout à coup plus calme, la voix moins retentissante. Réconfortez-la bien...

Il quitta alors le café, laissant Kaya avec ces derniers mots lourds de sens.

5

BLESSÉS

Les larmes se mirent à couler sur les joues de la jeune femme. Elle pensait avoir un plan super pour lui faire comprendre qu'il n'avait pas à avoir peur d'un avenir avec elle, mais ce fut tout l'inverse qui arrivait. Oliver serra les poings en voyant son ami s'éloigner. Il savait qu'intérieurement, Ethan devait lui aussi être blessé par ce qu'il s'était passé. Mais il ne pouvait rien dire. Ethan devait lui en vouloir d'avoir accepté de le piéger ainsi. Et pour l'heure, Kaya restait la priorité.

— Pardon de vous avoir embrigadés de la sorte tous les deux. Vraiment ! Je ne pensais pas que ça finirait ainsi. Du moins, je n'ai pas réfléchi vers quoi tout cela aurait pu se conclure. J'ai été naïve sur le moment. J'étais tellement obnubilée par le fait d'être aussi connasse que lui, tout en espérant lui redonner envie de croire en nous, que j'en ai oublié à quel point il pouvait être dur et têtu. Résultat, vous en avez pâti par son attitude acerbe. Pardon.

— Kaya, je trouve que tu as été grandiose ! déclara Oliver, résolument optimiste. Regarde ! J'ai même pris une photo de lui avec le bébé !

Kaya pouffa en voyant le visage fermé d'Ethan avec le bébé qui semblait l'admirer, ses doigts entourant l'index d'Ethan.

Elle sentit alors la main d'Andréa se poser sur la sienne.

— Ce n'est pas comme si j'avais refusé de vous suivre... Tout va bien.

Elle lui sourit timidement et contempla sa main chaude recouvrant la sienne.

— Il n'y est pas allé avec le dos de la cuillère avec vous... Je suis navrée qu'il vous ait dit de telles inepties. Comme si vous et moi...

Andréa se mit à rire.

— Effectivement, il est clair que cette seconde rencontre a confirmé qu'on ne s'aimait pas, lui et moi ! Mais bon, en même temps, s'il est aussi hostile avec moi, c'est qu'il voit en moi un ennemi suffisamment dangereux pour montrer les crocs ! Je crois que c'est flatteur, finalement. Je trouve ça assez drôle de rivaliser avec ce genre d'homme sur quelque chose d'aussi chevaleresque que les beaux yeux d'une princesse !

Kaya écarquilla les yeux en entendant le mot « princesse » sortir de la bouche d'un autre homme qu'Ethan. Cela lui paraissait presque dérangeant. Oliver observa Andréa avec attention. Il ne saurait dire s'il était vraiment un prétendant ou pas. Il avait du mal à définir ses intentions envers Kaya. Patron, ami, potentiel amant ? Il était clair qu'il flirtait entre les lignes et semblait disposé à suivre Kaya jusqu'à impliquer un bébé pour trouver son plaisir avec elle.

Ethan a-t-il réellement des raisons de s'en méfier ? S'est-il renseigné sur lui ?

— En attendant, même Nolan a été son ennemi ! continua Andréa tout en faisant sauter le bébé sur ses genoux.

Kaya sécha ses larmes et joua avec les mains du bébé pour se réconforter.

— Tu as été très courageux, Nolan ! Pardon de t'avoir laissé dans les bras du monstre !

— Nolan l'a clairement attendri au bout d'un moment. C'est lui qui a finalement pris l'ascendant sur Ethan ! Ethan est allé plus loin qu'un simple baby-sitting. Ethan lui a fait une leçon de vie ! Je te le jure, Kaya ! C'était tellement improbable et pourtant mignon ! Nolan l'a vaincu, tu sais ! commenta alors Oliver. Il a baissé sa garde avec lui. Et je pense que si tu l'avais récupéré et lui avais fait des papouilles sur ses joues et son cou, Ethan aurait été jaloux du pouvoir d'attendrissement de Nolan sur toi ! Mais bon, il avait déjà à faire avec sa jalousie contre nous ! Quel homme autour de toi, Kaya, ne voit-il pas comme un ennemi de toute façon ? Tu peux te rassurer avec cette évidence : il reste un homme jaloux ! Et un homme jaloux est un homme amoureux !

— Un homme jaloux... répéta Kaya, perdue dans ce qu'elle devait continuer à croire.

— Oui, la jalousie entretient l'amour. Sois forte. Il est toujours là.

Andréa observa la réaction de Kaya devant les propos de son ami.

— Pourquoi insistez-vous avec cet homme ? Je comprends que l'on espère toujours quand on aime, mais là, il n'y avait rien à excuser de son comportement. Vous vous faites plus de mal que de bien en insistant.

Oliver fronça les sourcils. Andréa adoptait le discours allant à l'encontre d'une réconciliation.

— Croyez-moi ! le coupa Oliver. Sous ses airs durs, Ethan a été touché par ce qu'il s'est passé aujourd'hui. Il finira par revenir vers Kaya.

Le ton dur d'Oliver et son regard intraitable fut compris par Andréa comme un avertissement. Il sourit et contempla Nolan.

— Bien sûr ! C'est connu que l'amour rend aveugle... Reste à savoir qui de Kaya ou de lui va retrouver la vue en premier.

Oliver avait proposé à Kaya de la raccompagner chez elle. Il avait préféré s'interposer entre son patron et elle plutôt que laisser le champ libre à cet homme qui semblait être véritablement dangereux. Peut-être pas pour Kaya elle-même, mais pour le couple qu'elle formait avec Ethan.

Je n'ai pas renoncé à Kaya pour qu'Ethan se la fasse chiper par un autre ! Merde, Ethan ! Qu'est-ce que tu fous ? Je dois absolument trouver un moyen de le faire revenir vers Kaya !

— Tu n'as pas dit grand-chose depuis qu'on a quitté le café ! lui fit alors remarquer Kaya, un peu contrite. Je t'ai embarqué dans cette histoire et tu risques de t'être mis Ethan à dos par ma faute.

— Ne t'en fais pas ! J'en ai vu d'autres avec Ethan. Il bougonne sans doute encore dans son coin, mais je suis sûr qu'il a esquissé malgré tout un sourire en pensant à l'embuscade qu'on lui avait préparée. Tu as été épatante pour le coup ! Sincèrement ! Malgré les résultats plutôt en demi-teintes, on peut dire que tu as été une vraie connasse avec lui, en lui refilant ce bébé dans les bras. Il est resté comme un con. Même un bon film au cinéma n'aurait pas été à la hauteur de ce que j'ai vu. Il était complètement paniqué !

— Je ne suis pas fière de ce que j'ai fait avec le recul. Il aurait pu mal réagir et s'en prendre au bébé de façon plus mauvaise. Je n'ai pensé qu'à moi...

— Ethan ne lui aurait jamais fait de mal. Il est trop débrouillard pour se laisser noyer par un bébé et même s'il ne veut pas entendre parler de parentalité, il reste attentif au bien-être des enfants. Tu n'as pas à t'en vouloir. Tu as pensé à vous deux d'abord...

Oliver jeta un regard à son ventre avec un petit sourire.

— Tu dois penser à sa santé, avant de penser à son avenir avec son père ou non.

— Tu as sans doute raison. Je veux aller plus vite que la musique...

— Tu as défendu ce qui t'est cher avant tout. Ne te bile pas trop. Ce n'est pas bon pour le bébé que tu portes. Nolan va bien. Ta stratégie a prouvé qu'Ethan pouvait gérer un enfant. Tout va bien. Tu peux continuer d'espérer...

Tous deux continuèrent à marcher en silence. Oliver remarquait bien la mine défaitiste de la jeune femme, mais ne savait plus quoi faire ou dire pour qu'elle garde espoir.

— Tu commences à réagir comme une mère. C'est très mignon. Tu défends bien la famille que tu souhaites créer avec Ethan et ce bébé, et tu regrettes d'avoir été si peu protectrice avec Nolan. C'est un signe que ton instinct maternel se développe. Ne culpabilise pas de l'échec d'aujourd'hui. Vois plutôt les bons côtés que tu as gagnés.

Kaya sourit amèrement.

— J'ai plus l'impression d'échouer sur toute la ligne... Ethan, mon rôle de mère, celui d'employée... Ethan a raison. Je n'avais rien à faire avec Andréa aujourd'hui. C'est mon patron. Je me suis servie de lui pour atteindre Ethan. J'ai été aussi connasse avec Ethan qu'avec lui. Mon Dieu, je suis pitoyable.

Oliver cessa ses pas et la contempla, d'un air plus sévère.

— Tu le connais bien, ton patron ?

Kaya l'interrogea alors du regard, ne comprenant pas cette méfiance soudaine envers Lorenzo.

— Je ne peux pas te raconter toute sa vie, si c'est le sens de ta question, mais nous avons plutôt une bonne entente.

— Au point de devenir la nounou de son filleul ?

— Où veux-tu en venir, Oliver ?

Oliver reprit sa marche et regarda devant lui.

— Je ne sais pas. Je n'arrive pas à le cerner et je comprends quelque part la méfiance d'Ethan à son sujet.

— Je t'assure qu'il est très gentil !

— Ooooh ! Je n'en doute pas, qu'avec toi, il soit aux petits soins ! Je pense même qu'il a des vues sur toi pour accepter autant et vouloir autant d'une de ses employées.

Kaya se mit à rougir tout à coup, refusant de vraiment songer à cette hypothèse malgré les dires d'Ethan plus tôt.

— Toi aussi, tu penses comme Ethan à son sujet ?

— Je ne sais pas quoi en penser pour l'instant. Juste...

Il souffla alors et s'arrêta à nouveau pour se tourner vers elle.

— Fais attention ! S'il se positionne comme prétendant, Kaya, ça peut t'éloigner d'Ethan. La jalousie ne fait pas tout quand on doute déjà de soi et de ce qu'on peut apporter à l'autre. Ton patron risque de jouer sur ce tableau pour t'éloigner de tes ambitions de renouer avec le père de ton enfant.

Kaya caressa son ventre.

— Je n'ai aucune intention de trouver un autre père à ce bébé, si c'est ce que tu essaies de me dire.

— Pour l'instant, tu as cette vision idyllique d'Ethan et de toi entourant ce bébé d'amour, mais rien ne dit que cette vision ne s'effrite pas selon l'attitude d'Ethan et celle de ton patron. Si Ethan te voit heureuse avec un autre homme, cela confortera ses doutes sur sa capacité à en faire autant.

— Tu me penses si faible, au point de céder à la tentation d'un autre homme ?

Tous les jours, je me demande si tu aurais cédé à la mienne si j'avais vraiment insisté, Kaya...

— C'est vrai…Tu as un caractère fort et une grande volonté... et puis, tu m'as, moi !

Il lui fit un clin d'œil alors, auquel Kaya répondit par un sourire et un coup d'épaule contre la sienne. Elle lui attrapa alors la main et continua d'avancer, sa tête posée contre l'épaule de cet ami si précieux.

— C'est vrai ! Je n'ai pas de raison d'être si défaitiste ! Ça aurait pu être pire !

Ils continuèrent à marcher ainsi, main dans la main. Oliver apprécia ce moment entre plaisir et douleur. S'il avait pu imaginer ce moment, main dans la main, entre eux, l'amertume restait, car les conditions n'étaient pas celles de deux amants. Ils étaient loin de pouvoir l'être. Elle tenait avant tout la main de celui qu'elle considérait comme son ami et, par-dessus le marché, elle était enceinte de son meilleur ami. Il expira avec dépit et regarda au loin.

La vie est salement foutue, quand même...

— Oliver...

Oliver sortit de ses pensées au son de la voix de son amie qui se contentait de regarder leurs pieds avancer à l'unisson.

— Je ne peux pas continuer ainsi. Je dois lui dire la vérité sur l'existence de ce bébé. Il doit savoir, peu importe l'après. Je n'aimerais pas qu'on me cache quelque chose d'aussi important, alors...

— Tu es sûre ? Après, ce n'est pas comme si ta silhouette risquait de rester inchangée éternellement, c'est vrai...

— Tu trouves que j'ai grossi ?

— Non ! lui affirma Oliver, amusé. Pour l'instant, tu gères bien cette partie !

— Je n'aime pas lui mentir et lui cacher des choses. Tu as raison, ça va finir par se voir tôt ou tard. Comment pourrait-il aimer une femme qui n'est pas franche avec lui dès le départ ? Il m'a toujours reproché mon manque de franchise concernant mes sentiments pour Adam et pour lui. J'ai toujours hésité à admettre qu'ils avaient évolué. J'ai toujours éludé la question du « je t'aime » parce que j'avais peur de la suite. Mais je dois aujourd'hui me « botter les fesses ». Je veux cet homme parce qu'il me manque, parce que je porte son bébé et parce que je ne veux pas continuer cette vie sans lui. Je veux qu'il soit avec moi et qu'il partage tous les moments que je vis actuellement, avec cette grossesse. Passer ma première échographie seule a été un événement horrible. Je voulais qu'il voie ce bébé. Je sais que je me fourvoie sans doute en croyant qu'en lui disant la vérité, il viendra au prochain examen, mais... Je veux lui laisser ce choix. Je veux qu'il ait cette alternative, cette porte à ouvrir s'il le souhaite.

Oliver sourit en entendant ses paroles. Kaya était une femme droite et admirable et il l'aimait pour ça.

— Comment peut-il ne pas réaliser la chance qu'il a ?

— Mmmh ?

— Non, rien... Laisse tomber. Tu veux lui annoncer quand ?

— Je ne sais pas... Je dois avant tout me préparer mentalement !

Elle se mit à rire, bien consciente de la nouvelle épreuve qui l'attendait.

— Tu veux que je sois là, au cas où ?

— Non, je préfère lui annoncer en privé. Je lui dois bien ça.

Oliver frotta alors le haut de la tête de Kaya de sa main.

— Ça marche ! Mais bon, dis-toi que si vraiment il te rejette, moi, je t'épouserai !

Kaya le fixa alors, d'abord incrédule, avant d'éclater de rire.

— Là, c'est sûr, tu l'achèves !

Oliver se mit à rire également.

— Oui, l'amitié et l'amour, c'est vraiment un véritable casse-tête... murmura-t-il alors pour lui-même.

Ethan ferma un dossier qui prenait la poussière depuis quelques semaines avec soulagement. Il avait enfin fini de régler le problème de cette plainte d'un employé. Un arrangement à l'amiable avait été trouvé pour éviter à chacun une procédure longue, ennuyeuse et coûteuse. Il s'en réjouissait, même s'il aurait préféré s'en passer.

Il avait réussi à rattraper une bonne partie de son retard accumulé depuis son départ des USA. À présent, l'angoisse de s'ennuyer réapparaissait. Il ne devait absolument pas penser au naufrage de sa vie personnelle. Il ne devait pas couler. Il était trop fébrile pour laisser ses démons l'engloutir. Il le sentait. Il était sur le fil du rasoir. Le moindre moment de doute et il pouvait cette fois plonger plus profond.

Ethan soupira et laissa sa tête tomber en arrière du dossier de sa chaise.

J'en ai tellement marre de tout...

Une image de Kaya avec ce bébé dans les bras lui revint en mémoire.

C'était une belle tentative, ma Princesse. Tu as bien été connasse sur ce coup-là. Je ressasse bien mon incapacité à te donner un bel avenir.

Il soupira, puis appuya alors sur le bouton de son téléphone.

— Abbigail, y a-t-il des dossiers que vous avez fini de traiter ?

Très rapidement, la voix de sa secrétaire retentit à travers le téléphone.

— Non, Monsieur. Je pense finir deux fichiers demain.

— Demain ? J'en veux un dans une heure !

— Désolée, Monsieur, mais il est dix-neuf heures. Je rentre chez moi !

Immédiatement, Ethan visa la pendule accrochée au-dessus de la porte d'entrée de son bureau.

— Eh bien, faites une petite heure de plus pour que je puisse avancer s'il vous plait !

— Comme toute personne ayant une vie, je vais profiter de la mienne : mon fils vient chez moi ce soir. Vous savez que mon fils est la prunelle de mes yeux, n'est-ce pas ?

Ethan leva les yeux. Abbigail et son fils de vingt-trois ans, c'était un roman qu'elle lui avait lu de long en large. Autant dire que sa demande relevait du blasphème.

Qu'est-ce qu'ils ont tous avec leurs gosses ? Foutu karma !

— C'est bon, j'ai compris... Bonne soirée, Abbigail.

— Merci Monsieur ! Vous devriez en faire autant et profiter de vos proches... Appelez-la !

Appelez-la ? De qui...

— De qui parlez-vous ?

— C'est cela ! Continuez de faire semblant ! Bonne soirée !

— Hey ! Abbi... Abbigail !

Il se leva et se précipita vers la porte. Il quitta son bureau pour rejoindre celui de sa secrétaire. Elle était en train de récupérer ses affaires pour partir.

— Ça vous tuerait de me répondre ?! De qui parlez-vous ?

Abbigail lui jeta un regard dépréciateur.

— Vous êtes mon patron. Vous savez, je vous admire beaucoup, mais parfois, vous êtes vraiment un idiot. En l'occurrence, vous l'êtes depuis qu'une certaine personne a quitté ce lieu en larmes alors qu'elle venait vous apporter à manger ! Oui, vous ne pouvez rien cacher longtemps ! C'est le réceptionniste qui me l'a dit. Il s'est étonné de la voir quitter les lieux ainsi, dans un tel état alors qu'elle était venue me trouver. Regardez-vous ! Ce soir, comme tous les soirs, vous tuez le temps ici plutôt que de passer du temps avec elle ! Vous êtes jeune, mais franchement vous gâchez votre jeunesse !

Ethan encaissa sa remarque avec difficulté, à la fois pour l'homme qu'il était et le patron qu'il devait représenter.

— Ma vie privée ne vous regarde pas !

— Sauf si elle impacte le moral des employés ! Vous êtes de nouveau autoritaire, sans pitié, imbuvable ! On vous renomme Esclavator dans les couloirs !

Esclavator ? N'importe quoi !

— Je pourrais vous virer pour avoir tenu de tels propos ! Je pourrais vous virer pour l'avoir laissé passer alors que je vous avais donné l'ordre de filtrer toutes ses tentatives !

Abbigail posa les mains sur ses hanches et lui lança un regard réprobateur, lui indiquant qu'il agissait bien tel qu'elle l'avait décrit.

— Faites ! Bon courage pour trouver une secrétaire aussi tolérante et patiente que moi !

Ethan grimaça. Il savait qu'elle n'avait pas tort. Elle était la perle des secrétaires.

— Sur ce, je m'en vais ! Allez trouver votre femme... ou une nouvelle secrétaire ! Comme bon vous semble !

— Je... Je plaisante, Abbi... gail !

Ethan se frotta la tête et soupira, tandis qu'elle se dirigeait vers l'ascenseur. Il détestait vraiment les femmes. Elles avaient vraiment le chic pour être blessantes dans leurs paroles. Elles touchaient toujours là où ça faisait le plus mal. Les portes de l'ascenseur s'ouvrirent et Sam apparut alors. Abbigail le salua au passage et ils échangèrent leurs places.

— Qu'est-ce qui t'amène à cette heure-ci ? s'étonna alors Ethan.
Sam fronça alors les sourcils.

— Tu m'expliques ça ?!

Il pianota sur son téléphone et lui montra la photo de Nolan dans ses bras. Ethan souffla et se frotta les yeux du pouce et de son index.

— Vous me fatiguez tous ! furent ses seuls mots en réponse à la demande de Sam.

Il retourna alors à son bureau sans plus de considération à ce qui ressemblait être une accusation. Sam le suivit.

— Tu refuses d'être le parrain de mon enfant, arguant le fait que tu ne veuilles pas avoir de lien avec un gosse et je te retrouve avec ce bébé sur cette photo ! Tu te fous de moi !

C'est bon, il démarre au quart de tour...

— Non, je ne me fous pas de toi ! lui répondit-il calmement.

— Qu'est-ce que ce bébé a de plus que mon bébé ?! ajouta Sam, toujours dans l'offensive.

— Rien ! Sam, ne t'enflamme pas ! Ce n'est pas ce que tu crois.

— Tu acceptes un autre bébé que le mien !

— Je n'ai rien accepté du tout ! s'écria-t-il alors. On me l'a imposé !

— Oh ! Donc, il faut te forcer la main ? lui répondit Sam sur un ton faussement badin.

— Pas du tout ! Je n'ai rien à voir avec ce gosse ! On m'a tendu un piège !

— On t'a tendu un piège ? Arrête ! À d'autres !

— C'est la vérité ! Et je parie que c'est Oliver qui te l'a montrée ?

— Oui, pourquoi ?

— L'enfoiré ! Il en arrive donc à ça ! Vive les amis !

— Effectivement, vive les amis ! Je pensais être ton ami, mais preuve en est que je me suis trompé. Tu fais l'effort pour d'autres, mais pas pour moi.

— Ne dis pas n'importe quoi !

Sam déposa alors une enveloppe sur son bureau.

— Qu'est-ce que c'est ? l'interrogea alors Ethan, méfiant.

— Ma lettre de démission.

— T'es pas sérieux ?!

— Je suis très sérieux ! Je ne veux plus travailler avec toi.

— Tu ne vas pas démissionner pour cette histoire idiote de bébé ?! s'agaça alors Ethan qui se leva de son siège.

— Cette histoire idiote... Voilà comment tu vois les choses là où moi, je suis sérieux. Il y a bien un gouffre entre nous. Il n'y a pas d'amitié à ce stade. C'est clair maintenant pour moi. Bonne soirée, Ethan.

Sam tourna les talons, laissant Ethan aussi perplexe qu'inquiet.

— Sam, attends !

La porte claqua et Ethan se laissa retomber sur sa chaise avec lassitude.

— Et merde, merde, MERDE ! finit-il par crier tout en ponctuant ses mots par des coups de poing sur le bureau.

6

PROTECTEUR

Kaya rentra dans l'appartement avec le sentiment d'être une pile complètement déchargée. La journée avait été éprouvante. Malgré les mots réconfortants d'Oliver, elle restait sur sa faim concernant ce qui s'était passé avec Ethan. Ethan avait géré ce bébé dans les bras, mais cela n'avait rien déclenché de bon chez lui. Ils continuaient à s'écharper. Les disputes de leur début avaient pris une nouvelle tournure. L'amertume était plus grande, la désolation aussi. Le regret était plus vif. L'impact différent de ce qui avait été voulu.

Elle regarda alors son ventre et soupira. Elle devait accepter la réalité. Ce bébé allait prendre de plus en plus de place dans sa vie et il lui serait difficile de continuer à faire comme s'il n'existait pas devant Ethan.

Ethan, tu semblais si apaisant pour Nolan. Il jouait sur tes genoux avec tellement de sérénité.

Elle se mit à sourire.

Comme je te comprends, Nolan. Tu as senti combien il pouvait être réconfortant.

Elle caressa son ventre et soupira.

— J'aimerais tellement que tu découvres ton père de cette manière, toi aussi. Je suis persuadée qu'il est capable d'être un père fantastique pour toi.

Elle jeta son sac à main sur le canapé et alla se servir un verre d'eau.

Je dois penser au bébé et à moi. Je ne peux pas continuer à jouer de la sorte avec Ethan, surtout avec notre bébé au milieu.

Le téléphone sonna alors. Interloquée par cet appel soudain, elle posa son verre et alla fouiller dans son sac.

— Et mince ! J'ai raté l'appel !

Elle put noter que son patron avait essayé de la joindre. Elle repensa automatiquement aux doutes d'Oliver le concernant.

A-t-il vraiment des vues sur moi ?

Le téléphone sonna à nouveau dans ses mains. Andréa Lorenzo réitérait son appel. Elle paniqua alors, ne sachant plus si elle devait le considérer comme un patron ou un prétendant plutôt gênant si cela se confirmait.

— Non, Kaya ! Ne commence pas à voir le pire partout ! C'est ton patron ! Il appelle peut-être pour le travail !

Elle décrocha alors, enivrée par ce regain d'énergie et de confiance.

— Allo ?

— Allo, Kaya ? C'est Andréa. Je voulais une nouvelle fois m'excuser d'être parti aussi vite du café.

— Ce n'est pas grave. Nolan devait retrouver sa maman. C'est tout à fait normal et je n'étais pas seule. Oliver voulait me raccompagner.

— Tout va bien ? Vous avez retrouvé un peu votre moral ?

— Oui, merci...

Kaya ne sut quoi répondre à cela. Un silence un peu gênant suivit, avant qu'il reprenne.

— Je voulais juste vous dire que j'ai passé un bon après-midi en votre compagnie, malgré tout. Je ne vous en veux pas de vous être servie de Nolan et moi, pour affecter d'une quelconque manière cet homme.

Un nouveau silence s'immisça entre eux.

— Vous vivez quelque chose de plus intime avec lui, n'est-ce pas ? lui demanda-t-il avec hésitation.

— C'est... compliqué. Moi-même, je ne sais plus comment nous définir...

— Si vous souhaitez vous sortir un peu de tout ça, je serai ravi de pouvoir vous aider de quelque manière que ce soit.

— Merci, vous en avez déjà fait beaucoup. Vous êtes mon patron. C'est déjà bien d'avoir un boulot.

— Oui ! J'ai bien compris qu'il vous faut votre paie à la fin du mois ! lui répondit-il amusé, se rappelant volontiers son entretien d'embauche.

— Comme tout le monde ! gronda Kaya, ne souhaitant pas plus de quiproquos sur le sujet de son embauche.

Elle l'entendit alors rire à travers le téléphone.

— Je suis malgré tout sérieux ! continua-t-il. N'hésitez pas à me demander !

— Merci...

— On se voit au magasin ?

— Évidemment ! Sinon je ne toucherai pas ma paie !

Andréa rit à nouveau.

— Aaaah ! Les femmes vénales ! Je comptabiliserai votre temps de nounou dans une enveloppe à part de votre paie. Ne vous inquiétez pas ! Vous n'aurez rien de déduit dessus.

— Vous êtes trop aimable, Patron ! s'en amusa Kaya.

— On se voit donc bientôt ?

— Oui.

— Bonne soirée, Kaya.

— Bonne soirée aussi à vous...

Kaya jeta le téléphone sur le canapé et le fixa. Il était gentil, c'était indéniable. Il avait même réussi à la faire sourire.

Heureusement que j'ai le soutien d'Oliver et d'Andréa. Je dois bien avouer que sinon, je serai vraiment en totale déprime.

Elle se claqua les joues pour se redonner du courage. Je dois parler à Ethan. Il est temps de jouer cartes sur table, plutôt que de trouver des parades !

Kaya attendait devant la porte d'entrée de l'appartement depuis plusieurs minutes à présent. Elle hésitait encore. Sa relation avec Ethan était au plus bas et elle doutait encore de la pertinence de lui dire la vérité sur sa grossesse. Il semblait si fermé à tout qu'elle redoutait un rejet franc de sa part. Elle devait le lui dire, mais savait que cette révélation allait être à double tranchant. Elle caressa son ventre pour se donner des forces.

Si seulement il pouvait être heureux de ta venue... Je sais que je dois le lui dire ; Oliver a raison. Mais je crains tellement sa réaction. Je ne sais pas si je suis prête à accepter son refus d'être père.

Elle soupira. Elle devait pourtant passer par cet aveu pour avancer. De toute façon, elle ne pourrait pas le lui cacher éternellement, comme le lui avait signifié Oliver. Son ventre et sa prise de poids finiraient par la trahir.

Elle leva alors la main et frappa à la porte. Elle ne réalisa que trop tard qu'elle n'avait pas pensé à sonner tout simplement, signe évident qu'elle était dans un état second. Ethan vint ouvrir et très vite son visage se ferma.

— Salut ! lui dit-elle alors d'une petite voix. Peut-on discuter ? J'ai quelque chose d'important à te dire...

— Qui est-ce ? put-elle entendre derrière lui.

Elle reconnut immédiatement une voix féminine, ce qui se confirma quand une grande brune, plantureuse, se présenta, coupe de champagne à la main. Kaya grimaça en observant son rouge à lèvres carmin de mauvais goût.

— Ce n'est rien, Astrid ! déclara Ethan durement. Désolé, mais je n'ai pas le temps.

Il referma la porte sur elle, mais Kaya s'y opposa en posant sa main dessus pour en stopper sa progression.

— C'est très important ! insista-t-elle d'un ton plus convaincant.

Ethan haussa un sourcil, la jaugea et soupira.

— Écoute, comme tu peux le voir, j'ai une invitée.

La belle brune sourit et posa son bras autour du cou d'Ethan, signifiant à Kaya ses intentions plus intimes avec lui. Kaya plissa des yeux.

— Oui, dans le genre pétasse. On ne voit que ça !

Ethan écarquilla des yeux en entendant la vulgarité soudaine de Kaya. La belle brune laissa tomber son sourire plein de provocation pour la fusiller du regard.

— Ethan, on a mieux à faire que de rester avec une garce ! répondit Astrid.

Elle poussa la porte d'entrée lentement de sa main avec un sourire carnassier auquel Kaya répondit par un petit sourire.

Tu vas vois quelle garce je suis !

Tel un bulldozer, elle bouscula le couple et entra dans l'appartement.

— Effectivement, il y a mieux à faire ! déclara Kaya, déterminée. Je dois discuter urgemment avec cet homme et je ne bougerai pas de là.

Folle de rage de voir comment Kaya contournait son injonction, Astrid posa sa coupe de champagne et se tourna vers Ethan, toujours tourné vers l'entrée de son appartement.

— Ethan ! Vire-la ! Tu ne vas pas la laisser gâcher notre soirée ?!

Ethan referma la porte d'entrée doucement, sans dire un mot. Il ne savait pas quoi faire. L'urgence qu'elle décrivait l'interrogeait. Que pouvait-elle bien avoir à lui dire de si urgent ? Surtout que leur dernière entrevue les avait laissés amers tous les deux.

Il se tourna vers les deux femmes et mit les mains dans les poches de son pantalon. Sa cravate desserrée autour du col de sa chemise laissait penser qu'il était fatigué malgré tout de sa journée. Kaya était incapable de dire si la femme ici présente était liée à son travail ou pas, mais il était clair qu'elle les dérangeait dans quelque chose de plus privé. Le champagne sur la petite table était sans nul doute le hors-d'œuvre. Sa poitrine lui faisait mal. Il passait vraiment à autre chose. Elle ne comptait plus pour lui. Il repartait dans ce qui composait son passé : les conquêtes d'un soir.

— Je t'écoute... lui dit-il alors.

La voix posée d'Ethan étonna un peu Kaya, mais c'était surtout le fait de devoir parler devant cette inconnue qui la gênait le plus.

— Je veux te parler en privé.

La belle brune s'agaça du culot de Kaya à prendre ses aises dans leur soirée.

— Elle peut écouter... déclara Ethan, ne voulant céder totalement aux demandes de Kaya

— Non, elle ne peut pas ! s'énerva Kaya. Cela ne la regarde pas !

— Excusez-moi ! les interrompit la belle brune. ELLE peut aussi s'exprimer ! Je vous trouve culottée de vous imposer ici et dire que votre intervention ne me regarde pas ! Vous gâchez ma soirée, notre soirée ! Cela me concerne !

— Effectivement, cela ne vous regarde pas ! confirma Kaya. Et je me fiche de gâcher votre soirée. Je dirai même que j'ai bien choisi ma soirée finalement ! Ce que j'ai à dire, c'est entre Ethan et moi, ne vous en déplaise ! Vous passez au second plan sur le sujet.

L'invitée d'Ethan serra les dents et les poings d'être mise à l'écart de la sorte par cette femme qui s'imposait comme étant la femme ayant tous les droits sur l'homme qu'elle convoitait. Ethan continua à scruter du regard l'attitude belliqueuse de Kaya. Il la connaissait rebelle, mais appréciait intérieurement cette façon de se positionner comme une personne importante à ses yeux. Il reconnaissait presque en elle sa façon de se comporter lui-même en connard. Il en rirait presque si la situation n'avait pas tant de gravité.

Elle a bien appris finalement !

— Comment osez-vous ?! s'énerva Astrid en s'approchant de Kaya. Pour qui vous prenez-vous ? Sa petite amie ? Visiblement, vous ne l'intéressez plus ! Alors, votre urgence attendra !

Elle la poussa vers la porte d'entrée sans ménagement, mais Kaya se défit de ses mains et resta plantée au sol, bien déterminée à ne pas se laisser diriger par cette femme.

— C'est vous qui ne comprenez pas. Oui, je suis actuellement la femme la plus importante à ses yeux et je compte bien le rester ! Je ne partirai pas tant que je n'aurai pas dit ce que j'ai à dire !

D'agacement, l'invitée d'Ethan alla boire un peu de son champagne. Il lui fallait sa dose d'alcool avant de reprendre le combat.

— Ethan ! Dis quelque chose !

Sa poitrine lui faisait mal. Ethan sentait son cœur hurler de douleur en entendant les mots de Kaya. Elle se battait pour lui. Elle lui prouvait combien l'ultimatum qu'elle lui avait posé à l'hôpital avait du sens pour elle. Elle ne lâchait rien. Elle ne lui disait pas le fameux « je t'aime » qu'il avait attendu d'elle, mais elle lui prouvait combien elle tenait à lui. Il baissa les yeux. Il avait sans doute gagné son amour finalement. Il avait réussi à inverser la jauge entre Adam et lui... Mais il restait cette incompatibilité entre elle et lui qui ne changerait pas.

Je ne peux te donner un avenir serein, ma Princesse...

Elle leva l'index vers lui en avertissement.

— Ethan, lui dit alors Kaya d'un ton menaçant, ne t'avise pas à jouer les connards avec moi ce soir, car je te jure que je vais être dix fois plus connasse que toi !

Ethan fixa son doigt avec incrédulité. Il n'avait encore rien dit, mais l'avertissement de Kaya l'amusait presque. L'appel du défi était fort. Comme à chaque fois entre eux, il sentait cette attirance qui lui disait que la partie allait être délicieuse. Il n'y avait qu'avec Kaya que l'enjeu était si stimulant. Elle avait raison : elle restait la personne ayant le plus d'importance et d'impact sur lui.

Il s'esclaffa en ressentant en lui cette étincelle d'amour et de joie qui apparaissait à chaque fois qu'elle se montrait combattante face à lui. C'était dans de tels moments qu'il la désirait le plus. Les autres femmes étaient toutes tellement fades à côté. Même Astrid lui paraissait ridicule ce soir. Kaya lui semblait tellement plus éblouissante. Il était tel Icare qui voit ses ailes fondre face au soleil. Kaya était son soleil, aussi chaud que dangereux. Aujourd'hui, il était en pleine chute. Il avait fondu d'amour pour elle, mais il restait subjugué par son soleil. Quoi qu'il fasse.

— Tu vas faire quoi ? lui dit-il malgré tout. Me foutre un nouveau bébé dans les bras ? Cette tactique ne marchera pas une seconde fois !

Kaya se figea, puis s'agita et rougit tout à coup. Il ne pouvait pas être plus pertinent que ça, en sachant quel aveu l'attendait. Ethan remarqua la gêne soudaine de Kaya, mais ne sut comment l'interpréter.

— Ça suffit ! cria Astrid, voyant qu'Ethan restait plus passif que prévu. Fous-la dehors, Ethan ! Impose-toi ! C'est chez toi !

— Je crois que vous n'avez pas compris ! rétorqua Kaya à Astrid. C'est vous qui êtes en trop dans la conversation que je dois avoir avec lui ! Je ne vous retiens pas !

Kaya lui indiqua la porte d'entrée de l'appartement d'un revers de main comme seule issue à leur joute. Astrid ouvrit la bouche de stupéfaction, n'arrivant pas à trouver les mots face au culot de Kaya. Ethan esquissa un sourire épaté et secoua la tête. Il devait reconnaître que son mode connasse était plutôt bon à présent. Il lui avait fallu un peu de temps pour le trouver, mais elle avait fini par réveiller ses compétences en la matière dès que la jalousie s'immisçait entre eux. Astrid s'approcha d'elle, l'air mauvais, et la poussa vers la sortie.

— Espèce de garce ! Tu vas voir qui va finir dehors !

Elle poussa Kaya et une lutte entre les deux femmes s'amorça. Les mains sur les bras de son ennemie, chacune tenta de déjouer la prise de l'autre. Bientôt, Astrid tira sur les cheveux de Kaya qui cria, mais n'en démordit pas à lui faire ravaler son rouge à lèvres carmin pétasse. Ethan assista à la scène, éberlué, ne sachant comment réagir. En réponse à la douleur de sentir ses cheveux s'arracher sous la poigne d'Astrid, Kaya attrapa la bouteille de champagne et la renversa sur la tête d'Astrid qui hurla « connasse » à qui voulait l'entendre jusqu'à la pousser contre la petite table du salon. Kaya perdit l'équilibre, prit le bord de la table sur la cuisse et tomba, emportant avec elle la seconde coupe de champagne, celle d'Ethan. Ethan intervint alors, pour s'interposer entre les deux.

— ÇA SUFFIT ! hurla-t-il, peu heureux de voir son salon devenir un champ de bataille.

Astrid se recoiffa tant bien que mal et reprit son souffle.

— Effectivement ! Ça suffit ! répéta-t-elle. J'ai assez donné pour une soirée aussi merdique. Si encore tu avais pris position pour moi... Mais non, tu as préféré assister à cette dispute grotesque. Ça t'a plu de voir deux femmes se battre pour toi ? Sale macho de merde !

Elle attrapa son sac à main et quitta l'appartement en claquant la porte d'entrée. Ethan ferma les yeux et souffla. La soirée devenait vraiment épuisante. Kaya resta toujours assise au sol, le visage baissé et caché par ses cheveux en bataille. Elle se frotta la cuisse et eut un sursaut d'inquiétude en pensant à son ventre et au bébé. Instinctivement, le regard dans le vague, elle se toucha l'abdomen pour vérifier une quelconque douleur avant de tenter de faire redescendre toute l'adrénaline qu'elle venait de cumuler et de se reprendre.

— Félicitations ! fit alors Ethan, toutefois amusé de la voir aussi combattante. Je crois que tu as obtenu ton audience, ma petite Princesse Connasse !

Ethan jeta un coup d'œil vers elle et eut pitié de la femme qui défendait les sentiments qu'elle éprouvait pour lui. Il remarqua alors du sang sur elle et soupira, déduisant qu'une fois de plus, elle n'était pas amie avec les coupes de champagne. Il savait qu'il ne devait pas flancher pour autant et être trop sentimental avec elle. C'était rendre service à personne. Il s'agenouilla près d'elle et lui tendit alors la main d'un sourire amusé. Kaya le fusilla du regard et la rejeta du revers de la sienne. Elle se releva alors toute seule, ne cachant ni sa douleur par une grimace ni sa colère d'avoir mis le bébé en danger par sa faute.

— Ça t'amuse ? C'est tout ce que tu trouves à dire ? Félicitations ?

Ethan se redressa à son tour et haussa les épaules.

— Je ne vous ai pas demandé de vous battre !

— C'est de ta faute si on en est arrivées là !

— Rectification ! C'est TA faute ! Sans ta venue, on n'en serait pas là !

— Espèce de ...

Kaya se précipita sur lui pour le rouer de coups de poing. Elle déversait une rage qui l'étonna. Il ne comprenait pas pourquoi elle prenait tant à cœur tout ce qui venait de se passer.

— Kaya, calme-toi ! Tu saignes !

Immédiatement, elle cessa de déverser sa haine sur lui et remarqua du sang sur la chemise d'Ethan. Elle contempla ensuite son poing couvert de sang, puis vérifia rapidement son T-shirt. La panique la gagna en voyant tout ce sang sur elle. L'instinct maternel prévalut sur celui de femme et elle pensa instantanément à son bébé.

— Non ! s'exclama-t-elle, alarmée. Qu'est-ce que j'ai fait ?!

Tout son être trembla à l'idée d'avoir blessé son bébé. Les larmes coulèrent aussitôt à l'idée d'avoir fait du mal à leur progéniture. Ethan remarqua son affolement soudain et tenta de la rassurer. Il lui attrapa les poignets et l'obligea à lui faire face, réalisant sans doute la raison de son angoisse.

— Kaya, regarde-moi ! Cela ne vient pas de mes cicatrices ! Calme-toi ! Je n'ai rien !

Kaya le fixa de façon perplexe.

— Tes cicatrices ? Mais je m'en fous de tes cicatrices ! lui cria-t-elle alors.

— Quoi ?

Ethan ne sut comment réagir devant sa réponse pour le moins inattendue. Comment pouvait-elle être tout à coup aussi distante face à cela ?

Alors pourquoi paniques-tu de la sorte ?

Il tenta malgré tout de garder le contrôle.

— O-kaaaay... Quoi qu'il en soit, tout va bien, ce n'est rien ! Je vais te soigner ça.

— NON ! lui cria-t-elle ! Ce n'est pas rien !

Ethan se sentit perdu devant autant de panique.

— Ce n'est qu'une petite blessure, Kaya ! Calme-toi !

— Une petite blessure ? Une petite blessure !

Kaya se mit à rire de façon amère et baissa la tête.

— Elle m'a frappée, tirée les cheveux, je suis tombée, je saigne et tu oses dire que ce n'est rien et que tout va bien ? C'est comme ça que tu vois les choses ?

— Tu ne vas pas me faire le même laïus qu'Astrid, par pitié ! s'agaça Ethan qui commençait à trouver son attitude vraiment exagérée. Je n'ai pas demandé que vous vous battiez !

— Tu ne m'as pas protégée ! Tu aurais dû me protéger ! lui hurla-t-elle, folle de rage.

— Comme si c'était évident de choisir un camp ! lui répondit-il tout en haussant la voix et n'aimant pas sa façon de lui faire des reproches pour juste un peu de sang sur sa main. Je t'ai quittée, Kaya ! Je n'ai plus de raison de te protéger. C'EST FINI !

Kaya se défit de ses mains agrippant ses poignets et recula, en pleurs. Jamais elle ne s'était sentie aussi seule. Le sentiment d'abandon se matérialisait en une double peine que ses larmes exprimaient sur ses joues, une déchirure plus profonde que les deux cicatrices qui traversaient le torse d'Ethan, à la fois pour elle et pour ce bébé qui n'aurait donc jamais le soutien de son père. Il ne ressentait même pas sa présence. Il ne protégeait même pas la maman qu'elle était, alors comment pouvait-il protéger l'enfant en elle ? Comment pouvait-elle désormais envisager de former une famille quand l'amour entre les deux parents est devenu aussi insignifiant, au point qu'il ne daigne même pas faire un geste en sa faveur ?

— Tu ne nous protègeras donc jamais... murmura-t-elle, anéantie par la réalité qui se dessinait à présent sous ses yeux.

Écœurée, Kaya contourna Ethan et se dirigea vers la porte d'entrée. Il n'y avait plus rien à lui avouer, il l'avait laissée se blesser plutôt que de prendre sa défense. Il n'y avait donc plus d'amour, plus d'instinct de possessivité en lui l'obligeant à se poser en protecteur comme il avait pu le faire d'autres fois. Elle avait définitivement perdu Ethan et rien de ce qu'elle pouvait dire ou faire dorénavant ne lui rendrait l'homme qu'elle aimait et qui l'aimait en retour.

Elle ouvrit la porte d'entrée et regarda une dernière fois Ethan, complètement perdu, puis claqua à son tour la porte derrière elle. Elle se dirigea alors vers l'ascenseur précipitamment. Sauver son bébé était devenu sa priorité. Elle avait du sang partout. Tremblante, elle chercha sur son ventre sa blessure qu'elle devait absolument colmater en attendant d'arriver à l'hôpital. Une fois à l'intérieur de l'ascenseur, elle souleva son T-shirt et ne vit aucune plaie béante. Elle vérifia plusieurs fois. Le sang se répandait un peu plus sur le tissu, mais aucune blessure n'était visible sur sa peau. C'est alors qu'elle comprit que seule sa main était touchée. Elle l'examina plus attentivement et vit qu'il y avait encore un bout de verre de la coupe de champagne dans sa chair. Elle grimaça. La plaie n'était pas belle à voir, mais l'essentiel était le bien-être du bébé. Lui n'avait rien. Un profond soupir de soulagement s'échappa de ses narines, malgré le fait que tout son être semblait s'être désagrégé après sa dispute avec Ethan. Elle avait paniqué pour rien. Elle avait été trop alarmiste. Pourtant, son chagrin grandissait : elle avait perdu Ethan. Elle savait qu'elle devait se calmer, mais elle se sentait à fleur de peau. Les doigts pleins de sang, elle prit son téléphone et chercha dans son répertoire des derniers appels le numéro d'Oliver.

Oliver décrocha au bout de quelques bips.

— Alors ? Tu l'as vu ? lui répondit-il en guise d'introduction à leur conversation.

Une douleur lui vrilla tout à coup le bas du ventre. Elle se recroquevilla quelques instants.

— Oliver...

— Kaya, ça va ? lui demanda-t-il en entendant ses sanglots et gémissements. Dis-moi où tu es.

— Je... quitte l'immeuble d'Ethan... lui répondit-elle une fois que la crampe eut disparu.

Elle sortit de l'ascenseur et quitta l'immeuble quand une seconde douleur la saisit. Oliver entendit son nouveau gémissement à travers le combiné.

— Kaya ? Qu'est-ce qu'il se passe ?

— Non ! Pas ça ! Pas le bébé !

Il entendit alors un bruit de fracas, puis plus rien.

Encore secoué par les derniers événements, Ethan ramassait les bouts de verre sur le sol sans arriver à se défaire d'une culpabilité dont Kaya l'accusait. Il ne comprenait rien à cette visite. L'urgence, la révélation à lui dire, l'attitude belliqueuse de Kaya, ses reproches. Au bout du compte, il n'avait eu aucune réponse concrète sur la raison de sa venue, hormis une salve de remontrances.

Je n'avais pas le choix, Kaya. Je ne pouvais pas intervenir en ta faveur alors que je suis censé te repousser...

Il soupira, rongé par la faute de n'avoir pas répondu à ses attentes. Seuls ses derniers mots lui revenaient en tête.

« Tu ne nous protègeras donc jamais... »

— Je ne fais que ça, Kaya... Nous protéger l'un de l'autre. Pourquoi ne le comprends-tu pas ?

7

TRAÎTRE

Ethan jeta les morceaux de verre dans la poubelle avec la nette impression de mettre aux ordures sa relation avec Kaya. Pourtant, l'amertume ne le lâchait pas. Il l'avait laissé quitter l'appartement avec une belle blessure à la main sans chercher à la retenir.

J'aurais dû insister pour la soigner... C'est de ma faute. Elle a raison. Je n'aurais pas dû laisser dégénérer la situation.

Il posa la balayette à côté de la poubelle et observa son appartement vide de toute présence. Son téléphone posé sur le comptoir de la cuisine sonna alors. Il se pencha dessus et vit le nom d'Oliver en appel entrant.

— Comptes-tu me faire la morale ? Ça y est ! Elle t'a mis dans la confidence sur mon attitude ? Tsss !

Il laissa alors le téléphone sonner, peu enclin à entendre les reproches de son ami. Il retira sa cravate et la sonnerie se tut. Il avait besoin de quelque chose de plus fort que le champagne. Il attrapa un verre dans un meuble haut de sa cuisine, une bouteille de bourbon dans son bar et se versa une rasade qu'il but cul sec. Le téléphone sonna à nouveau. Ethan zieuta de loin l'objet de son ennui avec mépris.

— Pourquoi insistes-tu ? Ta morale attendra demain !

Il se servit un second verre, jusqu'à ce que le téléphone sonne une troisième fois. D'agacement, il posa fermement la bouteille sur le comptoir, attrapa le téléphone et décrocha.

— Écoute, je ne suis pas d'humeur à écouter tes remarques sarcastiques sur mon comportement avec Kaya, donc bonne nuit !

Il décolla l'appareil de son oreille pour raccrocher quand il entendit Oliver crier.

— NOOON ! ETHAN, ATTENDS ! C'EST URGENT !

Il rapprocha à nouveau le téléphone de son oreille et se mit à rire légèrement.

— Vous vous êtes donné le mot à tout estimer comme urgent ?

— Tu dois vite retrouver Kaya en bas de l'immeuble ! Je ne plaisante pas !

— Quoi ? Je n'ai rien à lui dire.

— Tu dois y aller ! Je ne pourrais pas arriver avant dix bonnes minutes avec la voiture ! Elle a besoin d'aide ! Fonce !

— Qu'est-ce que tu racontes là ? lui répondit Ethan, scotché par son injonction un peu catastrophée.

— Ne discute pas, bordel ! FONCE ! BOUGE TON CUL !

— Qu...

Oliver raccrocha aussitôt. Ethan regarda son téléphone de façon incrédule.

— C'était quoi, ça ?

Il contempla un instant son verre de whisky tout en repensant au ton plutôt inquiet d'Oliver.

— Et merde !

Il contourna le comptoir et se précipita vers l'ascenseur. Il remarqua les traces de sang sur un des boutons du panneau de commande et pressa dessus : le rez-de-chaussée.

Elle aurait pu faire attention avec sa main pleine de sang ! Le concierge va encore gueuler !

— Putain ! Pourquoi je m'énerve ?! cria-t-il tout en s'attrapant la tête de ses mains en voyant la lenteur de l'ascenseur.

Ethan repensa à la voix chargée d'inquiétude d'Oliver.

Pourquoi s'inquiéter pour un peu de sang sur une main ? C'est bizarre...

Une fois les portes ouvertes, il fonça vers la sortie de l'immeuble, cherchant la silhouette de Kaya aux alentours. C'est alors qu'il vit une ombre au coin de la rue, recroquevillée. Son cœur s'alourdit à l'idée qu'on ait pu vraiment lui faire du mal. Il courut jusqu'à elle et s'agenouilla face à elle pour lire sur son visage ce qu'il se passait.

— Kaya, je suis là ! Qu'est-ce qu'il y a ? lui lança-t-il, à présent inquiet de la voir en pleurs tout en se balançant sur elle-même. Oliver vient de m'appeler. Je suis là !

D'abord à mille lieues d'imaginer Ethan venir l'aider, son chagrin se renforça.

— Va-t'en ! lui hurla-t-elle. Laisse-moi ! C'est ce que tu veux, non ? Alors, dégage !

Elle le poussa d'une main. Ethan tomba en arrière sur les fesses, quand tout à coup, elle gémit tout en se tenant le ventre. Complètement désorienté par son comportement, Ethan se redressa et l'observa.

— Kaya, qu'est-ce qu'il t'arrive ? lui dit-il alors plus calmement. Tu sembles avoir mal et ce n'est pas mon genre de laisser tomber quelqu'un en mauvaise santé.

Kaya tenta de se relever.

— Je vais bien. Rentre chez toi.

C'est alors qu'il vit du sang sur son jean.

— D'où vient ce sang ?! Ce n'est pas la petite coupure sur ta main qui peut entraîner un tel saignement ?

Il se précipita sur elle, cette fois très inquiet, en réalisant que ce n'était certainement pas dû à la blessure de sa main. Le regard paniqué de Kaya en voyant l'état de son jean ne le rassura pas plus.

— L'hôpital... Je dois aller à l'hôpital ! murmura-t-elle tout en contournant Ethan et en avançant sur le trottoir.

— Quoi ? Attends ! Attends ! T'es blessée ? On t'a agressé, c'est ça ! Où es-tu touchée ?

Kaya se contenta de gémir tandis qu'Ethan ne supportait plus d'être gardé à distance. Il décida contre son avis de se rapprocher d'elle pour l'aider à se maintenir debout en passant son bras sous le sien.

— Bordel, Kaya ! Réponds-moi ! lui ordonna alors Ethan, à présent très inquiet de la voir avec tout ce sang et souffrante.

Kaya lui attrapa alors le col de sa chemise portant déjà son sang et le regarda droit dans les yeux.

— Amène-moi-à-l'hôpitaaaal ! lui cria-t-elle en pesant chaque mot empreint de douleur.

La voix grave et menaçante de Kaya fit perdre toute contenance à Ethan. Kaya souffrait. Son visage était blême, transpirant, ce qui confirma la résolution d'Ethan de ne pas la laisser seule. Il la souleva alors pour la porter jusqu'à l'entrée de l'immeuble.

— Je t'emmène, et inutile de me repousser ! lui dit-il plus durement. Ce sang, ce n'est pas normal ! Et même si tu ne veux rien me dire, je finirai par avoir le fin mot de cette histoire par les docteurs !

Accablée par la douleur, le chagrin et l'inquiétude, Kaya ne protesta pas. Il déposa ses pieds au sol et la garda contre lui, puis composa alors un numéro pour appeler un taxi, mais la voiture d'Oliver déboula du bout de la rue et freina devant eux. Il baissa ensuite la vitre et remarqua l'état de Kaya.

— Montez vite !

Ethan lui fit un signe de tête et embarqua Kaya avec lui à l'arrière, avant de refermer la porte derrière eux. Immédiatement, Oliver appuya sur l'accélérateur, en direction de l'hôpital le plus proche.

— Kaya, ça va ? demanda alors Oliver, à travers le rétroviseur.

Kaya hocha difficilement la tête.

— Tiens le coup, ma belle ! On est là !

Kaya laissa reposer sa tête contre l'épaule d'Ethan, qui tentait de rester calme malgré la colère qui bouillait en lui. Il jeta un regard froid à Oliver.

— Tu comptes me dire ce qu'il se passe ou je dois encore être exclu de vos confidences ?

— Ethan, ce n'est pas le moment. Dans l'immédiat, ce qui compte, c'est Kaya. Alors s'il te plaît, occupe-toi d'elle. C'est de ton soutien dont elle a le plus besoin pour l'instant.

Ethan ravala dans sa gorge une réponse cinglante contre Oliver et se tut finalement, préférant regarder le paysage urbain nocturne tout en caressant la tête de Kaya dès qu'il l'entendait gémir. Oliver fonça vers les urgences et gara la voiture devant l'entrée.

— Fonce avec elle !

Ethan n'attendit pas. Il sortit Kaya de la voiture et la porta jusqu'au hall d'entrée, puis alla vers l'accueil où un infirmier discutait avec un patient.

— Excusez-moi, j'ai besoin d'aide !

L'infirmier écarquilla les yeux en voyant le sang sur Kaya et sur la chemise d'Ethan et l'invita à le suivre à travers un couloir des urgences, jusqu'à une petite salle d'auscultation.

— Installez-la ici. J'arrive avec du renfort.

Ethan la déposa sur la table d'auscultation. Kaya se recroquevilla à nouveau, prise d'une nouvelle crampe. Complètement démuni, Ethan se contenta de lui caresser le front tout en tentant de la rassurer.

— C'est bon, Kaya. Ils vont te prendre en charge. Tu vas pouvoir souffler. S'il te plait, montre-moi ta blessure ! Dis-moi où tu as mal exactement...

Kaya le regarda alors avec tristesse.

— Pardon... lui souffla-t-elle.

Il attrapa alors une chaise et s'assit à sa hauteur.

— C'est moi qui devrais m'excuser, tu ne crois pas ? lui chuchota-t-il alors qu'il rapprochait son visage du sien.

L'infirmier revint avec deux autres collègues. Ethan se releva immédiatement.

— Bonjour Madame. Je vous écoute. Comment vous appelez-vous ? lui déclara un homme qui semblait être un chef des internes.

Il passa sa lampe de poche devant ses yeux tandis qu'un autre s'affairait à préparer des outils médicaux et le troisième avisait l'état de sa main.

— Kaya Levy.

— Bonjour, Kaya, je suis le docteur Landin. Je suis chef des urgences. Vous avez visiblement une blessure à la main, mais je doute que ce soit la source de tout ce sang, n'est-ce pas ?

Kaya fondit à nouveau en larmes en confirmant de la tête. Le Docteur Landin lui sourit avec bienveillance malgré tout.

— Elle a mal au ventre ! intervint Ethan, ne voulant rien laisser d'important de côté dans le diagnostic final.

Le docteur visa l'entrejambe ensanglanté de Kaya.

— Je suppose que vous êtes le père ? lui demanda-t-il gentiment.

— Quoi ? répondit Ethan, ne se sentant pas pourtant si vieux au point d'avoir vingt ans de plus que Kaya.

Le docteur caressa alors la main de Kaya avec douceur.

— Madame Levy, vous savez que les saignements et les crampes, ce n'est pas anodin, n'est-ce pas ?

Kaya se cacha le visage avec son bras et secoua la tête tout en lâchant un nouveau spasme de tristesse. Ethan observa alternativement le docteur et Kaya, cherchant à confirmer ce qui s'assemblait comme un début de réponse qu'il redoutait malgré les indices.

— Je vais devoir faire une échographie pour voir comment ça se passe à l'intérieur. On va vous aider à vous déshabiller. Monsieur, je vous demanderai de sortir de la pièce le temps de l'échographie.

Ethan encaissa cette demande comme un coup de poing en pleine figure pour l'homme qu'il était et qui ne méritait pas d'être concerné par la suite. Ce qu'il redoutait se précisait. Il regarda le ventre de Kaya, son état général, puis le docteur.

— C'est... une fausse couche ? lui demanda-t-il alors, la voix cassée par l'émotion.

— Il y a de fortes chances, Monsieur. Nous allons le vérifier tout de suite. Attendez-nous dehors. Nous revenons vers vous au plus vite.

Ethan sortit de la salle dans un état second. Le téléphone sonna alors. Il vit le prénom d'Oliver s'inscrire sur l'écran. Il décrocha de façon mécanique sans trop réaliser ce qu'il faisait.

— Vous êtes où ? demanda alors Oliver. J'ai trouvé une place pour la bagnole, je suis dans le hall.

— J'arrive.

Il raccrocha, une colère sourde l'envahissant. Il alla vite retrouver Oliver à l'accueil.

— Comment va-t-elle ? lui demanda alors Oliver, inquiet, mais heureux de trouver Ethan.

— En train d'être auscultée...

Il lui montra le chemin, mais resta froid avec son ami.

— Qu'est-ce qu'a dit le docteur ?

Ethan s'arrêta au milieu du couloir et serra les poings.

— Tu dois t'en douter, non ?

Oliver soupira, réalisant que son ami avait compris.

— Ethan, je suis désolé.

Ethan se retourna vers lui et lui attrapa le col de sa veste.

— Je t'interdis de t'excuser !

Il le rejeta en arrière. Oliver manqua de peu de s'étaler au sol.

— La décision de te prévenir lui appartenait. Elle ne savait pas quoi faire. Tu étais hostile à une paternité et elle ne voulait pas que tu l'apprennes par quelqu'un d'autre. Je ne pouvais alors que la soutenir à ta place en attendant qu'elle trouve le moment de te le dire.

— Tu aurais dû me le dire quand même ! lui vociféra-t-il tout en lui montrant son index. C'est ce qu'on appelle « être un ami » !

— Je suis aussi son ami, Ethan !

— Son ami ou un potentiel amant ? lui répondit-il du tac au tac, peu dupe de ses intentions depuis quelque temps.

— Ethan... Ne rentre pas dans ce genre de supposition. Il n'y aura toujours que toi à ses yeux.

— Le fait que je la rejette t'arrangeait bien. Comme on dit « loin des yeux, loin du cœur », tu attends juste patiemment qu'elle m'oublie et tu te positionnes en super confident pour être le premier en lice ! Je connais la technique, je l'ai pratiquée sur elle ! C'est facile de devenir un journal intime pour mieux lui faire baisser sa garde !

— Ethan, je comprends ta colère, mais je t'assure que je n'ai jamais aimé te cacher sa grossesse. Et je suis toujours ton ami.

La porte de la salle d'auscultation s'ouvrit alors et l'un des infirmiers en sortit. Ethan se précipita sur lui pour aller aux nouvelles. Le visage fermé de l'infirmier n'était pas de bon augure.

— Elle doit partir en salle d'opération. Je suis désolé. C'est fini. Le cœur du bébé ne bat plus.

Ethan recula alors, sonné par l'annonce de l'infirmier. Oliver fit un tour sur lui-même et s'attrapa la tête de désarroi.

— Son corps rejette le bébé, c'est la raison des pertes de sang et des contractions qu'elle a. Nous allons procéder à un curetage sous anesthésie générale pour éviter de plus graves problèmes. Le temps de préparer une salle d'opération, de l'opérer et de la surveiller en salle de réveil, vous en avez pour au moins trois heures. Si vous le souhaitez, vous pouvez rentrer vous changer. Nous vous appellerons dès que vous pourrez la voir.

Ethan acquiesça de la tête de façon automatique, mais réalisait difficilement ce qui se jouait depuis une heure.

— Je vous demanderai de remplir des papiers s'il vous plait. Je vais les chercher.

— Peut-on la voir avant l'opération ? demanda alors Oliver.

— Nous sommes en train de la préparer pour l'opération. Plus vite elle passera, plus vite vous la retrouverez.

L'infirmier les laissa alors. Ethan resta immobile un moment.

— Tu veux que je te ramène à l'appartement ? demanda alors Oliver.

Tout à coup, Ethan se retourna vers lui et leva son poing, qui alla frapper avec force la joue d'Oliver. Ce dernier tituba. Le regard plein de rage d'Ethan répondait à sa question.

— Dorénavant, je vais faire comme toi : t'ignorer. Tu ÉTAIS mon meilleur ami. Tu viens de perdre ce titre. Cette fois, c'est la goutte d'eau qui a fait déborder le vase.

Ethan contempla son visage devant le miroir de sa salle de bain. Les larmes coulaient sur ses joues et il ne cherchait même pas à les retenir, les cacher ou les essuyer. Il avait mal. Il détestait l'homme qu'il voyait. Il n'avait rien compris. Kaya lui avait pourtant donné des indices, et notamment avec son cirque pour la garde de Nolan au café, et il s'était contenté de comprendre ça comme une simple vengeance alors qu'elle lui avait tendu une perche pour qu'il comprenne. Il s'en voulait d'être aussi idiot. Lui, l'homme avec un QI élevé était finalement un idiot fini. Il ne voyait pas plus loin que le bout de son nez.

Je n'ai vu que mes propres intérêts...

De rage, il posa ses mains sur le bord du lavabo et serra les dents. Ses larmes tombaient dans la vasque pour disparaître dans le siphon. C'était ça, sa vie... Tomber dans un trou toujours plus profond, toujours plus sombre. Sa colère ne s'atténuait pas. Il la sentait augmenter au fur et à mesure qu'il se repassait le fil des derniers événements. Il devinait à présent à quel moment il l'avait mise enceinte, pourquoi elle avait posé un tel ultimatum, pourquoi elle insistait sur le fait qu'elle ne lâcherait rien.

Pas étonnant en sachant qu'on n'était pas deux concernés, mais trois !

Il repensa alors à ses derniers mots avant de quitter l'appartement.

« Tu ne nous as pas protégés ! »

Tu parlais du bébé et toi, pas vrai ?

Ethan grogna de douleur en réalisant combien de fois il avait été à côté de la plaque concernant Kaya. Il regarda à nouveau ce visage marqué par la souffrance.

— L'amour mène à la souffrance...

Il se mit à rire. Un rire cynique, faisant écho à toute la détresse de son être. Le sang sur sa chemise n'était rien, comparé au sang qu'il voulait encore déverser hors de sa poitrine, comme « un donné pour un rendu » qu'il voulait accorder à Kaya après ce qu'elle venait de vivre. Il avait mal. Même en la tenant loin de lui, il arrivait à la faire souffrir. Si Kaya se croyait maudite et prise dans un tourbillon infernal fait de bonheurs entraînant d'horribles déceptions, il avait lui aussi sa propre malédiction. Il n'y avait rien de gentil en lui ; il était tout simplement un danger pour elle, quoi qu'il fasse. Il n'y aurait pas d'issue favorable pour lui comme pour elle si elle s'accrochait à lui. Il la menait à encore plus de souffrance. Malgré tout, il n'avait qu'une envie : la prendre dans ses bras. Juste la serrer contre lui pour lui dire à quel point il était désolé.

Il retira alors sa chemise et glissa sous la douche. Il se toucha le torse et contempla ses cicatrices encore fraîchement cicatrisées. Du pouce, il traça leur trajectoire comme s'il les ouvrait une nouvelle fois, comme si ce simple geste était un début de soulagement. Il ferma un instant les yeux et repensa aux mots du psy.

« Je vois ici un homme qui tente de rester debout malgré sa souffrance. La question est : combien de temps tiendrez-vous encore debout ? »

C'était une question pertinente à laquelle il n'avait pas de réponse hormis le fait que chaque douleur l'enfonçait un peu plus dans cette spirale qu'il avait construite pour tenter de survivre. Le docteur Courtois avait lu en lui si facilement. Il avait deviné tant de choses en une simple entrevue. Tenir debout lui devenait de plus en plus difficile.

Il se laissa alors tomber dans le bac de la douche et se tint d'une main le front et de l'autre la poitrine et pleura. Il n'avait effectivement plus de force. Il ne se sentit plus capable de se relever pour avancer et affronter cette vie si horrible. Il se détestait tellement et ne percevait plus d'espoir pour lui. Il n'y avait plus rien qui pourrait le sortir de toute cette souffrance qu'il avait accumulée depuis tant d'années. L'amour qu'il portait pour Kaya était en train de l'achever. Tout ce qu'il souhaitait, c'était mourir. Mourir pour ne plus ressentir, mourir pour épargner aux autres une souffrance dont il serait encore responsable.

Le téléphone sonna alors, le sortant de sa folie lugubre. Il sortit alors de la douche et vit un appel d'Oliver. De colère contre lui, il avait quitté l'hôpital sans remplir les papiers informatifs de l'infirmier. Il était donc injoignable, hormis par l'intermédiaire d'Oliver. Il laissa pourtant le téléphone sonner. Il ne voulait pas entendre sa voix ni même le laisser encore dicter son ascendance sur lui concernant Kaya. Un message vocal apparut sur l'écran, puis un SMS. Il lut le SMS qui, comme il s'en doutait, lui indiquait que Kaya était sortie de la salle d'opération et était en salle de réveil. Il posa le téléphone à côté du lavabo et se regarda une nouvelle fois devant le miroir.

« Vous êtes dépressif. Vous avez un trouble, un mal, qui vous force à prendre une personnalité forte, dans le contrôle, pour qu'on ne devine pas votre part de faiblesse. Et cette personnalité control-freak est en train de vous écraser. Elle n'est pas vous. Du moins pas entièrement. Paradoxalement, l'autre personnalité, qui est votre part faible, vous écrase aussi, je parie. Vous la vivez mal. Elle reste omniprésente parce qu'elle fait partie de vous et vous ne pouvez pas vous en défaire. Elle vous rappelle constamment votre honte, votre impuissance, ce qui vous échappe. Vous êtes coincé entre ces deux facettes de vous et ne savez plus qui vous êtes vraiment. »

— Vous qui êtes si fort, Mister Sucette, quelle facette de moi dois-je prendre maintenant ?

Ethan se mit à sourire amèrement.

— Vous en avez oublié une...

Il quitta la salle de bain, s'habilla et sortit de l'appartement.

— Mais comment as-tu fait ton compte pour me tordre la fourche comme ça ?!

Eddy souffla, désabusé face au constat de l'état catastrophique d'une moto du clan.

— Je ne sais pas si on va pouvoir récupérer ça ! déclara-t-il alors à Mike. On a peut-être de bons mécanos parmi nous, mais faut pas pousser ! Là, c'est mort ! Va falloir racheter la pièce !

— Je sais... Ça me fait chier aussi ! Crois-moi ! fit Mike. Je vais me retrouver sans moto. Déjà qu'Ethan t'en a embarqué une depuis qu'il a plié sa bagnole.

— Ouais... Ne m'en parle pas ! fit Eddy, blasé. Lui aussi... Je suis entouré que de bras cassés. Que des emmerdes...

Il quitta son ami et alla s'installer pour boire une bière sur la mezzanine de l'entrepôt que squattent les Blue Wolves. Il s'alluma une cigarette et apprécia ce moment de tranquillité. Après quelques gorgées de bière, Sebastian vint le rejoindre. Il s'en alluma une également.

— Tu veux qu'on aille zoner un peu ?

— Tu veux aller où ?

Sebastian haussa les épaules.

— Comme s'il fallait une destination pour rouler !

Eddy se mit à rire.

— Pas faux !

Sebastian lui tapa sur la cuisse.

— Allez ! Ramène tes burnes en bas !

Eddy engloutit sa bière en plusieurs gorgées et alla rejoindre Sebastian. C'est là qu'ils virent Ethan débarquer en moto.

— Tiens ! Tiens ! Tiens ! Tu tombes bien ! fit Eddy. Tu ramènes la moto ? Pile-poil au bon moment ! On en a une en rade !

Ethan retira son casque et descendit de l'engin.

— Non ! Je n'ai pas encore eu le temps de régler le problème de rachat d'une bagnole.

— Merde... murmura alors Eddy, peu satisfait de sa réponse tout en voyant le nombre de motos en panne, stockées dans un coin de l'entrepôt.

— Tu viens faire un tour avec nous ? lui proposa alors Sebastian.

— Je pensais plus... à me détendre autrement.

Il attrapa alors la cigarette de Sebastian dans sa main et en inspira une bouffée.

— Putain ! Ça fait du bien !

Eddy et Sebastian observèrent Ethan avec étonnement.

— Tu as un problème ? demanda Sebastian, en le voyant finir sa cigarette, lui qui d'ordinaire ne fumait plus.

— Non ! Tout va bien ! Vous avez quoi à boire ?

Eddy croisa les bras. Son comportement était d'entrée trop louche.

— Tu le sais très bien ! fit Sebastian. On a toujours de quoi boire !

Ethan leur passa devant et monta vers la mezzanine.

— Tant mieux ! J'ai soif !

Sebastian et Eddy le suivirent en silence.

— Il vous reste de quoi se rouler un joint aussi ?

— Dans le tiroir... répondit Eddy, coopératif même si méfiant.

Ethan fit son marché et commença à préparer son joint sur le canapé. Eddy s'assit à côté de lui et écrasa sa cigarette dans le cendrier.

— Ça faisait longtemps que je ne t'avais pas vu fumer.
— J'en ai envie.
— Pourquoi ? demanda Eddy, suspicieux.

Sebastian prit le fauteuil en face d'eux pour les rejoindre.

— Pfff ! Comme si toute envie trouvait une explication !

Il alluma sa cigarette trafiquée et aspira un grand coup, puis expira de soulagement, laissant échapper en même temps la fumée qu'il venait d'inhaler.

— Bordel ! Rappelle-moi..., pourquoi j'ai arrêté de fumer ?
— Un pari avec Oliver.
— Oui, c'est vrai... Une belle connerie !

Il se leva alors pour se servir dans le bar un alcool fort. Il opta pour un whisky écossais. Eddy et Sebastian regardèrent Ethan s'enfiler une grosse gorgée en silence, puis une seconde et une troisième. Eddy fronça les sourcils.

— Et donc le plan de ce soir, c'est de te mettre minable avant minuit, c'est ça ?
— Relax, Eddy ! Pourquoi serait-ce mal si, pour une fois, on se mettait minables, tous les trois ?! Je suis sûr que Sebastian est partant.

Sebastian observa Ethan avec hésitation.

— Si tu veux...
— Merci, mon frère ! Et toi, Eddy ! Tu nous rejoins ?
— Le Bleu, qu'est-ce qu'il y a ? lui demanda alors Eddy, d'un ton dur.

Ethan finit son verre et s'en resservit un autre puis fuma.

— Je me détends ! Pourquoi vois-tu le mal partout ?
— Cette manière de te détendre date d'une époque que tu as mise au placard.

— Eh bien, de temps en temps, il faut savoir rouvrir les placards pour voir ce qu'ils contiennent ! Santé !

Il but cul sec son verre et en resservit un pour Sebastian et lui. Sebastian prit son verre, mais resta sur la défensive en sentant la tension monter entre Eddy et Ethan. Ethan trinqua avec Sebastian et tous deux burent en chœur. Eddy prit alors son téléphone et chercha un numéro dans son répertoire.

— Qu'est-ce que tu fais ? demanda alors Sebastian.

— Je cherche le numéro de l'Olive. Même si ça ne m'enchante pas de l'appeler, il me dira peut-être pourquoi j'ai ce trou du cul en face de moi qui se la joue à nouveau caïd des bacs à sable ! Je ne pensais pas avoir besoin de resservir son numéro depuis Barratero, mais il faut croire que notre ami en commun fait des siennes !

Son téléphone quitta tout à coup ses mains et alla s'éclater contre le mur. Ethan, le regard furieux, se tenait devant lui. Eddy fronça un peu plus les sourcils.

— Laisse ce fils de pute où il est ! asséna alors Ethan, furieux.

Eddy sourit alors.

— Nous y sommes !

Il se leva et le toisa du regard.

— Que s'est-il passé, le Bleu ?

Ne voulant pas lui laisser prendre l'ascendant, Ethan tint son regard.

— Occupe-toi de tes burnes et bois. Sinon, laisse-nous, Seb et moi !

— Ça t'arrangerait que je ne te chaperonne pas, comme d'hab, n'est-ce pas ?

Eddy lui prit alors le verre des mains et but tout le whisky s'y trouvant. Puis, d'un seul coup, il jeta le verre contre le mur où le téléphone venait d'exploser quelques secondes plus tôt.

— Ne me prends pas pour un idiot, le Bleu. À ce jeu, je gagne toujours. Fin de la partie. Rentre chez toi et va te coucher. La nuit porte conseil, à ce qu'on dit !

Ethan sourit avec lassitude.

— C'est vrai ! Ça se prend toujours pour le sage, le CHEF ! Tu oublies un détail. Tu n'es pas le seul chef ici ! Je n'ai plus de leçons ou de mises en garde à recevoir de toi.

Il prit une taffe de son joint et cracha la fumée sur Eddy. Ce dernier ferma les yeux un instant et serra le poing.

— Donc l'Olive t'a fait une crasse ? Ça fait donc si mal que ça ? Soit, tu l'estimes beaucoup, soit ce qu'il a fait est pire que tout. Il a couché avec Kaya ?

Le poing arriva immédiatement sur sa figure. Eddy chancela, mais resta debout.

— Touché ! C'est donc ça ! Il a vraiment fait ça ! Putain !

— La ferme !

— Sympa, le pote ! Remarque, qui dirait non à Kaya si la situation se présentait ?! rétorqua-t-il tout en vérifiant l'état de sa mâchoire en jouant de ses articulations. C'est pathétique ! On en revient toujours au même sujet : Kaya, sa cour et Monsieur Jaloux !

— J'ai dit : « La ferme ! ».

— Va te faire soigner, le Bleu ! Je te l'ai déjà dit : si tu n'es pas capable de garder cette femme pour toi, alors accepte la suite !

— « Accepte la suite » ? Quelle suite ? Celle où tu découvres qu'elle est enceinte, celle lorsque tu apprends que ton meilleur pote était au courant et te l'a caché ou celle où tu le découvres quand elle est sur le point de perdre ton enfant ? cria alors Ethan, fou de rage.

Ses épaules montaient et descendaient avec sa respiration erratique. Eddy le contempla avec sidération, tant son aveu avait l'effet d'une bombe.

— Ah ouais... quand même ! commenta alors Sebastian, sans réaliser que les mots sortaient de sa bouche.

— Je n'ai pas besoin de vos reproches ou jugements. J'en ai assez des miens...

— Et donc, tu te défonces pour oublier ? nota Eddy.

— J'estime mériter ce droit.

— Et Kaya, quel droit a-t-elle, hormis souffrir de l'absence de son bébé et de celle du père ? rétorqua alors Eddy.

Ethan fixa Eddy avec circonspection.

— Elle est où ? ajouta Eddy. Avec Oliver ? Heureusement qu'il est là pour ne pas la laisser seule avec sa souffrance ! Ne crois-tu pas justement que celui qui devrait être avec elle dans un tel moment, c'est toi ? Tu peux en vouloir à l'Olive, mais là, c'est toi qui fuis ! Encore ! C'est toi qui n'assumes pas ! Encore !

— Eddy ! l'interrompit Sebastian pour le calmer dans ses vérités, tel un avertissement en voyant la colère d'Ethan monter.

— Tu n'as pas de couilles, le Bleu ! continua Eddy, ignorant les craintes de Sebastian. Je te l'ai dit la dernière fois et te le redis aujourd'hui : tu n'as rien d'un Blue Wolf et encore moins d'un chef respectable ! Chez nous, on n'abandonne pas ceux qu'on aime. Casse-toi !

Ethan resta silencieux, mais son regard furibond laissait transparaître toute la haine qu'il éprouvait en entendant les propos d'Eddy.

— Quoi ? fit Eddy. Tu veux encore me frapper ? Vas-y ! À moins que tu préfères t'enfiler la bouteille entière ! Quoi qu'il en soit, ce ne sera pas ici ! Dehors !

Il lui montra alors du doigt l'escalier de la mezzanine. Ethan considéra son ordre avec indécision, partagé entre l'envie de le faire taire et celui de croire qu'effectivement, il n'était pas des leurs et que ça l'arrangeait. Voyant qu'Ethan ne bougeât pas, Eddy s'approcha de lui.

— Tu vois, même pour un choix aussi simple que celui-là, tu n'as pas de couilles.

— LA FERME ! hurla Ethan tout en le poussant de ses deux mains sur son torse.

Eddy trébucha et tomba par terre. Ethan profita de ce moment pour lui sauter dessus et lui asséner des coups de poing. Eddy rit à chaque nouveau coup de poing reçu, ce qui obligea Ethan à frapper encore plus fort pour lui faire effacer son arrogance.

— C'est tout ? cracha Eddy alors que le sang commençait à couvrir son visage.

— Je vais te tuuuer !

— VAS-Y ! hurla Eddy plus fort tout en approchant davantage son visage de celui d'Ethan, malgré son poids écrasé sous le poids de celui d'Ethan. Ça changera tout, c'est sûr !

Ethan enchaîna les coups sur le visage d'Eddy au point que des larmes finirent par couler de ses joues.

La main de Sebastian s'interposa finalement en se posant sur le poignet d'Ethan pour stopper son geste.

— Ça suffit ! gronda-t-il.

8

SOIGNÉS

Ethan jaugea un instant Sebastian alors qu'Eddy ne réagissait plus.

— Ton punching-ball n'est plus en état.

Ethan regarda alors l'état d'Eddy et relâcha le col de son T-shirt. Il réalisa alors qu'Eddy ne s'était pas défendu. À aucun moment, il n'avait résisté et cherché à renverser la tendance. Il avait juste encaissé ses coups.

— Défends-toi ! lui hurla-t-il alors. Bats-toi ! Mets-moi ta raclée habituelle, enfoiré !

— Tu penses que tu te sentirais mieux si on te tabassait ? lui répondit alors Sebastian. Ça compenserait la douleur qu'elle subit actuellement ?

Ethan s'éloigna alors du corps d'Eddy et retourna s'asseoir sur le canapé en silence. Toujours allongé au sol, mais conscient, Eddy se tourna sur le côté en gémissant.

— Ça ne compenserait pas sa douleur à elle, mais celle que je ne peux m'infliger en m'ouvrant le torse. Je lui ai promis que je ne le referai plus.

Eddy cracha du sang et tenta de s'asseoir à même le sol. Sebastian alla chercher une boîte de mouchoirs dans un des meubles de la mezzanine et la refila à Eddy.

— Putain ! Il m'a pété le nez ! Va falloir que j'aille à l'hôpital à cause de ses conneries ! Tu parles de trouver des excuses pour retourner là-bas pour la voir !

Ethan se figea alors.

— Entre traumatisés du Père Ethan, avec Kaya, on fera la paire ! Je pourrais même demander d'être en convalescence dans la même chambre qu'elle !

Ethan se releva, la colère revenant au grand galop.

— Espèce de...

— Quoi ? fit Eddy, toujours plein de provocation tout en épongeant son nez. Tu veux finalement m'accompagner ? Ce serait la moindre des choses pour t'excuser !

— Je crois que je n'ai pas assez frappé ! vociféra Ethan. J'entends toujours ta langue de vipère siffler !

— Seb, tu m'emmènes ? Je ne déconne pas ! Il m'a vraiment pété le nez !

— Quand je t'ai dit que je voulais zoner, ce n'était pas pour t'emmener à l'hôpital ! se plaignit alors Sebastian.

— Et quand j'ai accepté, ce n'était pas non plus pour y aller ! Mais comme tu peux le voir, j'ai un connard qui m'a pété le nez !

— C'est bon ! J'ai compris ! s'interposa Ethan.

Il l'attrapa par le T-shirt à nouveau et le traîna vers l'escalier.

— Chochotte a besoin de se faire plaindre par une infirmière ! Putain, ça vole bas le niveau des Wolf... On y va !

— Pour que tu tentes de m'achever sur une moto ! Non merci ! répondit Eddy, tout en dévalant les marches trois par trois.

— Je croyais que c'était une belle mort pour un Wolf ! rétorqua son ami une fois en bas.

— Je préfère les seins de l'infirmière... ou de Kaya !

Ethan se tourna et Eddy évita de justesse son poing dans la figure.

— OK ! OK ! Tu prends les seins de Kaya et moi, ceux de l'infirmière ! Quel rabat-joie !

Ethan attrapa son casque en grognant.

— Tu n'es pas encore à l'hôpital ! Méfie-toi !

Un coup de poing vint alors s'écraser sur le visage d'Ethan qui tituba, puis finit au sol. Le coup avait été suffisamment violent pour qu'il ressente le besoin de se secouer la tête afin de retrouver rapidement ses esprits. Il dévisagea ensuite Eddy, avant de froncer les sourcils devant l'air sournois de son ami.

— Tu en mérites bien un quand même !

Eddy lui tendit la main pour le relever. Ethan hésita entre lui en coller un nouveau ou le laisser juste avec son nez cassé.

— Tu n'as pas frappé assez fort. Tu te ramollis vraiment.

Il accepta finalement sa main et se releva.

— Kaya ne va pas te reconnaitre si je t'abîme trop. Je ne voudrais pas la traumatiser plus qu'elle ne l'est déjà par ta faute !

Ethan baissa les yeux.

— Frappe les côtes dans ce cas... Ça me va... Elle ne verra rien.

Eddy grimaça.

— Je ne peux pas. Comme tu le vois, mes mains tiennent mon mouchoir !

Ethan contempla son ami avec son mouchoir tout à coup de nouveau sur son nez, de façon sceptique et désabusée.

— Allons-y ! Je vais aussi demander à l'infirmière qu'elle trépane ton cerveau !

— Tu t'inquiètes tant que ça de ma santé ?! Qu'il est mignon !
— La ferme !
Du haut de la mezzanine, Sébastian regarda ses deux amis partir avec un petit sourire.
— Vraiment indécrottables, les deux !

— Aïe, aïe, aïe ! Ça fait mal-euuuh !
— Arrête de faire ta chochotte !
Les bras croisés dans un coin de la salle d'auscultation des urgences, Ethan observa l'infirmière tâter délicatement le nez d'Eddy pour établir son diagnostic.
— Ne l'écoutez pas ! Il veut juste se faire plaindre !
— La ferme, le Bleu ! T'as pas quelqu'un à aller voir ?
— Il y a de grandes chances qu'il soit cassé effectivement ! commenta alors l'infirmière.
— Voilà, tu as abîmé ma belle gueule, connard ! Je vais avoir un nez tout tordu maintenant ! Comment les femmes vont pouvoir succomber à mon charme avec une patate à la place du pif ?
L'infirmière lui sourit.
— Ce qui est abîmé n'est pas forcément moche ! Au moins, vous aurez une histoire à raconter !
Eddy grimaça. Ethan se raidit en entendant les paroles de l'infirmière. Ses paroles trouvaient un drôle d'écho en lui.
— Je vous aime bien, vous...
Eddy examina plus attentivement le badge de sa blouse.
—... Lily !
Un petit sourire charmeur apparut alors sur son visage tout tuméfié.

— On va faire un scanner du massif facial pour voir l'importance de la facture. En fonction, on verra si une opération est nécessaire ou non. Mais avant, on va soigner toutes vos blessures et contusions autour ! Ensuite, je regarderai votre collègue. La prochaine fois, ne vous bagarrez pas ! Cela dit, c'est rare de voir les deux parties venir se faire soigner ensemble !

— C'est parce que je suis trop gentil... grommela Eddy.

Ethan décroisa alors ses bras.

— Trop gentil ?... L'hôpital qui se fout de la charité ! Qui est-ce qui t'a amené ici ?

— Lily ! le coupa Eddy. Ma charmante infirmière à la voix toute douce... Vous ne pouvez pas lui dire d'aller voir ailleurs ? Si je suis dans cet état, C'EST PARCE QUE CE TYPE REFUSE DE RECONNAITRE QU'IL A BESOIN D'UNE CERTAINE FEMME DANS SA VIE !

Eddy caressa alors du bout de l'index le dessus de la main de l'infirmière.

— Tout homme a besoin d'une super nana dans sa vie, vous ne croyez pas ?

Ethan leva les yeux. Il n'y avait pas plus lourdaud que lui. Il plaignait vraiment l'infirmière. Cette dernière attrapa plus fermement le visage d'Eddy entre ses mains et appuya sur son arcade sourcilière.

— Ahhhoooo ! cria Eddy.

— Votre arcade ne semble pas cassée !

— C'est bon ! Je me casse ! lança Ethan. Tu me gonfles avec tes simagrées.

— À la bonne heure !

— Je dois vous soigner, vous aussi, Monsieur ! intervint l'infirmière.

— C'est bon ! Je m'en remettrai !

Il quitta alors la pièce en claquant la porte.

— Enfin tranquille ! déclara Eddy, mielleux.
— Effectivement, passons aux choses sérieuses ! Le plus dur est à venir pour vous !
— Gloups !

Ethan resta une bonne minute derrière la porte d'auscultation où se trouvait Eddy. Il hésitait entre rester avec son ami ou aller voir Kaya. Il savait qu'il devrait se confronter à elle tôt ou tard et que sa lâcheté était malvenue au regard de ce qu'elle vivait. Pourtant, aller voir Kaya signifiait aussi faire face à ses responsabilités, à ce qui l'avait poussé à s'éloigner d'elle.
— La nuit va être longue...
Il mena ses pas vers la section maternité. Il était plus de minuit. Les visites étaient censées être interdites.
— Excusez-moi ! interrogea-t-il alors une sage-femme. Je cherche...
Ethan s'interrompit alors. La sage-femme, après un bonsoir et un regard plutôt surpris de trouver un visiteur dans les couloirs à cette heure-ci, attendit avec attention la suite de sa phrase.
— Oui ?
— Je cherche ma... petite amie.
Devoir désigner Kaya de la sorte lui arracha le cœur. Comment pouvait-il se permettre de la nommer de cette façon alors qu'il avait tout fait pour la conduire en ce lieu ? Il n'avait pas le choix. Il devait se donner toutes les chances de la trouver pour ne pas se faire chasser de ce lieu.
— Oui ? Elle a été admise ici ? Pouvez-vous me donner son nom ?
— Je ne sais pas si elle est ici. Elle a fait une fausse couche et...

Très vite, la sage-femme comprit dans la soudaine évidence de son silence, la douleur qui l'accablait. Elle lui sourit alors avec bienveillance.

— Elle a eu une intervention chirurgicale ?
— Oui.
— Je vais vous y emmener.

Ethan suivit la sage-femme à travers une suite de couloirs d'un pas mécanique.

— Comment avez-vous pu atterrir ici ? Les visites sont finies depuis un moment.
— J'étais aux urgences.

L'infirmière jeta un coup d'œil vers Ethan.

— Et ils n'ont rien fait pour vous ? Vous voulez que je vous soigne avant d'aller la voir ? Vous avez du sang sur votre visage et vos mains.

Instinctivement, Ethan se toucha le visage. Le coup de poing d'Eddy avait finalement laissé des marques.

— La journée a été compliquée... déclara-t-il alors. Euh... je...
— Je ne vous laisserai la voir que quelques minutes ; elle doit dormir vu l'heure.
— Merci !

Après que l'infirmière l'eut soigné, ils arrivèrent devant la porte de la chambre de Kaya.

— Ne la réveillez pas...

Ethan hocha la tête et entra. Kaya dormait. Elle avait un cathéter dans le bras. Elle semblait épuisée. Il s'approcha tout doucement et se baissa à hauteur de sa couche. Il avait envie de la toucher. Il replaça une de ses mèches de cheveux en arrière et soupira. Ses yeux dérivèrent vers son ventre sous ses draps. Il avait encore du mal à imaginer Kaya enceinte, tout comme il refusait encore de croire que tout était fini. Plus il la contemplait, plus il devinait combien son secret avait dû être lourd à porter, bien qu'Oliver l'ait su. Il entrevoyait sa solitude, sa tristesse, sa douleur et peut-être aussi la joie de cette maternité. Ses yeux s'embuèrent. Comment avait-il pu être aussi naïf, aussi aveugle, aussi présomptueux ? Il baissa la tête pour retenir un sanglot, puis se leva et revint vers la sage-femme. Elle remarqua son air affecté.

— Revenez dans quelques heures, quand les visites seront autorisées et qu'elle sera plus apte à vous accueillir. Elle lui sourit alors et lui frotta le bras en soutien. Ethan la remercia et quitta les lieux dans un état second. Il était lui aussi épuisé. Ces dernières heures avaient été intenses émotionnellement. Il avait besoin de dormir. Il regarda sa montre. Il avait encore quelques heures de sommeil possibles avant de pouvoir voir une nouvelle fois Kaya. Il rentra donc à l'appartement se reposer.

Kaya se réveilla dès lors que les infirmières entrèrent pour le petit déjeuner. Le contrecoup de l'opération l'avait suffisamment fatiguée pour qu'elle passe une nuit d'un sommeil lourd. Encore un peu groggy, elle se toucha le ventre.

— Bonjour ! fit une des deux infirmières. Je viens voir comment vous allez. On va prendre votre tension aussi. Avez-vous mal quelque part ?

Kaya essaya de ressentir chaque nerf, chaque synapse, chaque muscle de son corps pour procéder à un check up assez fiable.

— Ça va. Un peu mal au niveau du bas ventre.

— C'est normal. Vous allez avoir encore quelques douleurs abdominales le temps que tout se remette en place. Vos saignements vaginaux vont également durer plusieurs jours. On va regarder tout ça. Le cœur lourd, Kaya regarda alors par la fenêtre. Commençait aujourd'hui sa vie sans son bébé. Elle inspira un gros coup pour réprimer un sanglot et se prépara à son auscultation. Elle devait rester debout, peu importait le mental, peu importait la douleur, peu importait la suite. Il fallait continuer. Encore. Toujours.

— J'ai une de mes collègues qui, au moment de la relève, m'a dit que votre petit ami est passé cette nuit. Vous dormiez, donc il vous a laissé dormir. Il repassera sans doute dans la journée. Courage.

Les yeux de Kaya s'écarquillèrent.

— Mon petit ami ?

L'infirmière lui offrit un sourire complice, ce qui rendit la jeune femme encore plus perplexe.

Serait-ce Ethan qui est passé ? Non impossible !

— C'est lui qui vous a dit qu'il était mon petit ami ?

— Je l'ignore. Ma collègue n'a rien précisé à ce sujet.

Oliver n'avait pas de raison de se qualifier ainsi. Il a été là encore hier soir...

Tout cela la laissa songeuse.

Oliver vint lui rendre visite dès la première heure. Son sourire et sa boîte de brownies lui égayèrent ce début de matinée.

— Comment vas-tu, ma belle ?

— Je ne sais pas trop. Je dirai bien, mais...

— Je comprends. Il va te falloir un peu de temps pour digérer tout ça.

— Je ne sais pas ce que je dois faire maintenant. Je me sens vide. C'est horrible.

Des larmes apparurent au bord de ses yeux. Son nez se rougit.

— J'ai l'impression d'avoir tout perdu...

— Kaya, perdre ce bébé est une épreuve qui va t'être difficile à surmonter, je le sais bien, mais tu n'as pas tout perdu. Tu as encore un travail, un toit, moi !

Les yeux rougis par la tristesse, Kaya fixa Oliver et craqua.

— Comment puis-je continuer alors que j'ai perdu la seule chose qui me rattachait à Ethan ? Je n'ai plus rien de lui !

Kaya s'effondra alors. L'extrême déchirement que reflétaient ses sanglots et ses gémissements attristèrent Oliver qui se sentait impuissant à lui donner une réponse positive. Il serra le poing et finalement ne put que faire ce qu'un ami ferait : la prendre dans ses bras.

Caché derrière la porte d'entrée, Ethan entendit leur conversation. Il s'apprêtait à entrer quand il les entendit discuter. Il ne s'attendait pas à voir Oliver dès le début des visites. Et pourtant, il l'avait devancé. Pour autant, ce qui le bouleversait le plus restaient les paroles de Kaya et son immense découragement. Comment pouvait-il en être ainsi ? Elle avait perdu beaucoup : ses parents, ses amis, une qualité de vie, Adam, puis ce bébé et lui... Sa part de culpabilité dans la souffrance de Kaya était indéniable. Même en s'éloignant d'elle, elle souffrait. Peut-être même plus encore finalement.

Une malédiction ? Quoi que l'on fasse, sommes-nous seulement capables de subir ?

Il baissa les yeux. Il ne supportait plus de la voir dans un tel tourment. Il ne supportait plus cette souffrance qui revenait à eux, toujours plus forte, toujours plus insidieuse. Ce tourbillon de défaitisme les faisait suffoquer. À force de nager vers la surface, ils s'épuisaient.

N'y a-t-il donc pas de solutions pour nous ?

Il releva sa tête. Tandis qu'il entendait Kaya pleurer derrière la porte, un nouvel objectif se dessina dans sa tête. Il prit son téléphone et ouvrit son tableau. Dans la colonne des objectifs, il écrivit « sortir de notre malédiction », dans celle des moyens pour y parvenir, son pouce resta un moment inactif. Les idées lui venaient difficilement. Tout ce qu'il savait, c'est qu'il devait se battre pour la faire disparaître. Il en avait assez de cette boucle dans laquelle lui-même était plongé. Il serra un instant son téléphone et finalement, renonça pour le moment à y écrire quelque chose. Il quitta le couloir et descendit vers l'accueil avant de retourner au parking où il avait garé la moto. C'est là qu'il le vit. Sa sucette à la bouche, en train de blaguer avec l'hôtesse d'accueil, le docteur Courtois était appuyé sur le comptoir. Ethan regarda à nouveau son téléphone, puis le psychiatre.

Dois-je le voir comme un message ?

Il s'esclaffa un instant avant de reconsidérer l'offre de cet homme.

— Peut-être qu'il est mon seul recours finalement...

Il s'avança vers l'accueil et se posta à côté du docteur qui remarqua immédiatement Ethan.

— Bonjour, est-ce que vous seriez disponible... pour une consultation ?

Le docteur Courtois fit rouler sa sucette dans sa bouche et le jaugea.

— Tiens, tiens, tiens... Il semblerait à voir votre visage que le torse ne vous suffise plus...

Ethan tiqua à sa remarque et leva les yeux.

Au moins, il semble m'avoir reconnu.

— Est-ce oui ou non ? continua Ethan d'un ton plus ferme.

Le psychiatre sourit.

— La nuit semble avoir été dure, je me trompe ? Vous êtes irritable en plus.

Ethan soupira et finalement tourna les talons.

— Laissez tomber...

Il fit quelques pas avant que la voix du docteur ne retentisse jusqu'à ses oreilles.

— Si vous abandonnez dès la première épreuve, il est clair que l'on perd tous les deux notre temps !

Ethan se retourna pour jauger ses propos. Le psychiatre s'avança alors et sortit une sucette de sa poche de blouse.

— Allez ! Prenez-en une ! C'est toujours bon pour le moral.

Ethan considéra la fameuse sucrerie qu'il avait déjà refusée.

— Est-ce encore un test ?

— Aaah ! Votre méfiance est incroyable ! Laissez tomber un peu vos barrières. Je vous assure que ça vous fera du bien.

Le docteur Courtois lui sourit plus gentiment. Ethan fixa la sucette avec intérêt.

— Je n'aime pas le chocolat.

Stupéfait par sa réponse, il observa sa sucette avec intérêt.

— Mon Dieu, mais les sucettes au lait fraise ou chocolat sont les meilleures ! Vous êtes vraiment une personne surprenante.

— Vous allez me forcer à manger un truc que je n'aime pas ? Genre thérapie de transposition d'un mal pour un autre mal qu'on engloutit pour mieux le digérer ensuite ?

Le docteur éclata alors de rire.

— Vous êtes vraiment un bon ! Vous devriez faire de la psychiatrie ! lui répondit-il alors tout en secouant sa sucette sous son nez. Mais non ! C'est pour voir votre rapport à l'enfance, voyons ! Allez ! Suivez-moi dans mon cabinet. Je vais vous en donner d'un autre parfum ! Lequel préférez-vous ? J'ai un très large choix, vous savez !

— C'est votre dentiste qui doit être content...

9

ÉPAULÉS

Tout en tapant du pied, Ethan jetait des coups d'œil répétés vers sa sucette posée devant lui sur la table. Il avait choisi « pomme » et regrettait déjà ce choix.

Pourquoi ai-je pris la pomme ? Que pense-t-il maintenant de ce choix ? J'aurais peut-être dû prendre framboise ou pastèque ! Rhhaa merde ! Il me rend dingue ; ce psy ! C'est lui qu'il faut enfermer parce qu'il fait gonfler les statistiques des internements en hôpital psychiatrique !

Le docteur le scrutait du regard avec attention. Il souriait. Du point de vue d'Ethan, c'était de la jubilation sadique.

— Alors..., dites-moi, parla-t-il soudain. Qu'est-ce qui vous a fait changer d'avis et venir jusqu'à moi ?

Ethan entrecroisa ses doigts et baissa les yeux. Ils y étaient. La confrontation commençait. Pourtant, Ethan n'arrivait pas à sortir un mot de sa gorge, ce que le professionnel remarqua tout de suite.

— Je suppose que vous savez que ce qui se dira ici ne sortira pas d'ici. Il n'y a pas de honte à vouloir guérir d'un mal qui nous ronge. On a tous nos faiblesses. Moi, c'est mon dentiste quand il sort ses machines pour me charcuter les dents. Vous, quel est votre mal ?

— Je doute que votre dentiste fasse le poids.

— J'entends bien ! Il est maigrichon ! Manger des bonbons ne lui ferait pas de mal ! Pourtant, ça gagne bien un dentiste, non ? Ça devrait pouvoir se payer de quoi manger quand même !

Un petit sourire satisfait suite à sa boutade se dessina à la commissure de ses lèvres. Le silence de son interlocuteur demeura malgré tout. Il grimaça alors.

— La vie est faite de petites joies, de petits plaisirs, de petits riens qui nous permettent de tenir le coup jusqu'à ce qu'on devienne séniles et qu'on ne comprenne plus rien à la vie. C'est sur ces détails que nous nous raccrochons tous. Moi, j'aime mes sucettes parce que je vois que ce sont des objets qui apaisent les gens à qui je les offre. Je suis là pour vous apaiser. C'est mon job ! Cela ne fait pas de mal de se reposer sur quelqu'un, vous savez... Et si vous êtes là, c'est bien pour cela, n'est-ce pas ?

Par où pouvait-il commencer ? L'enfance, sa rencontre avec Kaya, sa fausse couche. Toute sa vie n'était que fausses joies, faux semblants. Ethan se tortilla les doigts, ne sachant ce qui était le plus pertinent pour exprimer son mal-être général. Le docteur comprit que l'homme en face de lui avait beaucoup à délivrer de par sa posture courbée, son visage tuméfié et les cicatrices qui traversaient sa poitrine.

Vais-je devoir lui tirer les vers du nez ? D'où vient sa méfiance si grande ?...

— Dites-moi, comment va la jeune femme qui vous a fait l'autre jour la plus belle tirade dont un homme puisse rêver ?

Tout à coup, Ethan se redressa.
Touché !
Le docteur lui sourit.

— Est-ce à cause d'elle que vous avez le visage et les mains dans cet état ?

Ethan s'avachit à nouveau sur lui-même. Le docteur souffla.

— Les femmes auront notre peau ! On est trop faible, face à elles, mais qu'est-ce qu'on les aime, n'est-ce pas ?!

— Je donnerais volontiers ma vie pour qu'elle soit heureuse...

Le docteur s'enfonça dans son fauteuil, puis posa son coude sur l'accoudoir et attendit. Ethan parlait enfin.

— Donner sa vie pour le bonheur de quelqu'un... quel acte chevaleresque ! N'est-ce pas un peu extrême ?

— Je lui dois bien ça...

— Pourquoi ?

— Je la fais souffrir...

— Les relations entre deux personnes se font souvent avec son lot de souffrance. Si vous la faites souffrir, il semble pertinent de dire, vu votre présence ici, que vous souffrez aussi à cause d'elle.

— Docteur, croyez-vous à la malédiction ?

La question subite d'Ethan déstabilisa un peu le psychiatre. Il réfléchit cependant.

— Une malédiction, vous dites... Vous vous pensez donc maudit ? Genre « on ne peut échapper à son destin » ? On est prédestiné à vivre avec du malheur comme on porte sa croix ? Je pense que ce qu'on pense être une malédiction est avant tout un défaut de courage, de résilience. Comme je dis souvent à mes patients, quand on veut, on peut !

Ethan se passa la main sur le visage.

— C'est ce que j'ai toujours cru. J'ai encaissé, je me suis relevé, j'ai avancé, jusqu'à ce qu'à chaque fois, je me fasse à nouveau écraser. Dans ce cas, la résilience a-t-elle vraiment du sens ? Que faire quand on revient toujours au point de départ ?

Le docteur Courtois observa les doigts d'Ethan s'entortiller avec de plus en plus de force au point de s'infliger des marques.

— Se relever, c'est chouette ! fit le psy. C'est un bon début, mais à lutter contre du vent, il est clair qu'on ne peut qu'être balayé si on n'est pas armé pour rester ferme sur ses deux pieds. Ce que vous voyez comme une malédiction, n'est-ce pas plutôt une simple erreur tactique de lutte face à ce qu'est votre malheur ? Un énième test échoué dans votre bataille face à ce que la vie a décidé pour vous ? Ma présence n'est-elle pas devenue un nouvel essai pour casser cette roue infernale ?

Ethan écouta son discours avec beaucoup d'attention. Il était clair et pertinent dans ses propos.

— Monsieur Abberline, nos choix déterminent notre existence. Soit, ils sont bons et on est heureux, soit ils sont mauvais et on chute. Dans tous les cas, c'est l'expérience qui nous grandit. On ne refait pas les mêmes erreurs. On s'adapte. On évalue avec plus de pertinence et on recommence autrement. Vous êtes simplement à un stade où vous n'avez pas encore fait les bons choix pour éradiquer votre malheur.

— Et donc vous êtes ma solution ?

— Non ! répondit de façon catégorique le docteur. La solution sera toujours vous. Vous et vos actes ! Ce sont vos actes qui feront la différence. Moi, je ne suis qu'un conseiller, une personne qui peut vous guider vers ce qui est le mieux pour vous, vers ce que vous n'avez peut-être pas encore perçu en vous.

Ethan regarda une nouvelle fois sa sucette posée en face de lui, sur son bureau. Il se demandait toujours pourquoi il avait pris celle à la pomme.

Nos choix et nos actes...

— Vous avez tous le même discours, vous, les psys...

— Vous en avez donc bien consulté ?

— Ma mère adoptive est psychologue. Mon père adoptif est médecin.

— Ce sont eux qui vous ont prescrit les anxiolytiques et antidépresseurs ?

Ethan détourna le regard, ce que le docteur prit pour une confirmation.

— Est-ce elle qui vous a fait une psychanalyse, puisque vous semblez déjà y avoir eu recours ?

Ethan resta mutique.

— Je suppose que oui...

Le docteur griffonna des mots sur son dossier.

— Bien ! On avance ! Une psychologue et un médecin. On reviendra sur ce sujet plus tard. Vous ne m'avez toujours pas dit en quoi vous faites souffrir la femme pour qui vous donneriez votre vie.

Ethan se passa la main sur le visage.

— Je ne suis pas en mesure de la rendre heureuse...

— Pourquoi ? Parce que vous êtes maudit ?

Ethan confirma de la tête.

— Je suis monstrueux... et je doute qu'on puisse aimer quelqu'un ayant fait des choses horribles par le passé. Pourtant, j'ai vraiment envie de croire que cela peut arriver, mais finalement, il n'y a que souffrance, encore et encore... Je suis si fatigué. Je veux juste que ça s'arrête. Je veux juste être avec elle et qu'on soit simplement heureux ensemble, mais je ne veux pas lui imposer ma vie passée. Ce n'est en rien un cadeau...

Le psychiatre posa son stylo et croisa ses bras.

— Qu'est-ce qui vous a poussé à venir me voir ? Quel a été l'élément déclencheur ? Depuis que vous avez enfin décidé de me répondre, vous me balancez beaucoup de phrases décousues. Je vois bien que beaucoup de choses se confrontent en vous, mais parmi toutes, quelle est celle qui vous a poussé à envisager une psychanalyse avec moi, celle dont vous redoutez le plus le jugement finalement ?

Ethan fixa le docteur qui ne le lâchait pas du regard également. Ethan pouvait reconnaître le professionnel qui ne perdait rien de chaque mot ou attitude de son patient. Sous ses airs décontractés de prime abord, le docteur Courtois était un fin profiler. Il décodait la personne face à lui pour en chercher le bout de fil dans le sac de nœuds du subconscient et tirer dessus jusqu'à ce que ça coince pour en démêler le nœud. Il n'avait pas le choix. Le psychiatre avait raison : il était ici parce qu'il n'avait plus d'autres issues face à son désespoir. Il inspira un bon coup et lâcha quelques mots.

— Kaya... a fait une fausse couche.

Les doigts d'Ethan se serrèrent au point d'en faire entrer ses ongles dans sa peau.

— Oh... fit pour seule réponse l'homme à lunettes.

— Je voudrais tellement être là pour elle, mais je ne peux pas la soutenir et...

Le docteur vit alors Ethan s'effondrer devant lui.

— Ça fait mal, tellement mal ! continua-t-il alors que les larmes coulaient sur ses joues. Je voudrais prendre sa souffrance, l'absorber et m'ouvrir le torse ensuite pour qu'on se débarrasse de cette douleur ensemble.

Le docteur Courtois fronça les sourcils. Il touchait enfin le cœur du problème : sa scarification.

— Ensemble ? Cette fausse couche vous affecte donc également ou est-ce seulement sa souffrance à elle qui vous touche ? Est-ce votre bébé aussi ?

Ethan hocha la tête.

— Je lui ai dit que jamais je ne serai père, mais... quand j'ai appris sa fausse couche...

Ethan laissa échapper un nouveau sanglot et se cacha le visage de sa main.

— Je me sens tellement coupable...

— Vous savez, l'échec de grossesse est assez fréquent. La plupart du temps d'ailleurs, personne n'est responsable de l'interruption de grossesse. C'est simplement Dame Nature qui y a vu un problème et a fait son travail.

Il lui tendit alors une boîte de mouchoirs.

— Ce que je veux dire, c'est que vous accablez de la sorte, en vous posant en responsable, n'est pas nécessaire. Si un bébé doit rester jusqu'au bout, il restera !

Ethan accepta les mouchoirs en papier pour s'essuyer le nez.

— Vous avez sans doute des raisons à vous de vous en vouloir sur beaucoup de choses, mais pas de cette fausse couche... à moins que vous ne m'ayez pas tout dit.

Ethan releva la tête vers le psychiatre et le sonda, avant de continuer.

— Je l'ai laissée se battre et elle est tombée... et...

— Le gynécologue a confirmé que cela en était la cause ?

— Non, mais...

— Vous estimez que c'est votre faute.

Ethan baissa à nouveau la tête, contrit.

— Très bien... Ce sera tout pour aujourd'hui ! déclara finalement le docteur.

— Quoi ? Déjà ? On arrête comme ça ?

— Seriez-vous pressé de tout me révéler ?

Sa remarque prit au dépourvu Ethan.

— Votre acte du jour à faire avant notre prochain rendez-vous : aller prendre Kaya dans vos bras, peu importe votre responsabilité ou votre passé. Accordez-vous un peu de répit. Ne discutez pas. Juste, appréciez ce moment à deux pour vous réconforter de cette épreuve.

Ethan écarquilla alors les yeux.
— Nous réconforter...
— Oui, le réconfort est une des bases d'un couple !

Le docteur lui sourit et se leva pour l'inviter à quitter la pièce. Ethan prit alors sa sucette dans les mains de façon mécanique et se leva également pour rejoindre le docteur.

— Manger votre sucette maintenant. Ça vous donnera du courage !

Ethan erra dans les couloirs un moment avant de s'asseoir sur un banc pour faire le point. Sa sucette emballée toujours en main, il se demandait s'il devait vraiment prendre en considération tout ce qui avait été dit par le psychiatre et exécuter sa demande de fin de visite. Retrouver Kaya, la prendre dans ses bras et s'accorder du répit...

Nous réconforter...

Cela semblait simple à dire, mais tellement plus difficile à exécuter. Comment allait-elle l'accueillir ? Il avait du mal à imaginer comment ne pas parler de ce qu'il s'est passé. Il fit tourner le bâton de la sucette entre ses doigts. La vérité, et pour cela le psy avait raison, était qu'il avait besoin de réconfort autant que Kaya. C'était évident.

Si j'écoute ce docteur, ce n'est pas pour ne garder que ce qui m'intéresse ou me conforte. Il est là pour bouger les lignes. Je dois accepter d'aller au front pour trouver des solutions...

Il se releva alors et, d'un pas décidé, alla vers la chambre d'hôpital de Kaya. Une fois devant la porte, il inspira un grand coup et tendit l'oreille pour essayer de savoir qui était avec elle. Il resta ainsi plusieurs secondes, la tête collée à la porte à écouter ce qui pouvait se dire jusqu'à ce qu'une voix vienne par-derrière l'interrompre.

— Si tu veux vérifier si elle est seule, je peux te dire que oui.

Ethan sursauta et, d'un bond, se retourna. Oliver lui faisait face, un café à la main. Il soupira.

— Écoute, je sais que tu m'en veux, mais ce qui importe, n'est-ce pas la santé physique et mentale de Kaya..., ainsi que la tienne ?

Il lui sourit alors amicalement et finalement lui fit une tape à l'épaule.

— Va la voir ! Je dois y aller de toute façon ! J'ai du boulot. Je dirai à Abbigail que tu reviendras plus tard.

Oliver le quitta sur ces paroles et le salua d'un signe de main. Ethan se sentit quelque part soulagé de le voir partir et ne pas insister sur leur dispute. Il ne se sentait pas vraiment prêt à s'expliquer davantage avec lui. S'occuper de sa relation avec Kaya était déjà une montagne à gravir ; il préférait y aller par étapes.

Il frappa alors à la porte et entra. Kaya avait les yeux rivés vers la fenêtre quand il pénétra dans la chambre.

— Salut ! déclara-t-il alors, timidement.

Kaya tourna alors la tête et se redressa tout à coup en s'apercevant que ce n'était pas Oliver, mais Ethan.

— Non, ne bouge pas ! s'alarma alors Ethan, tout en se précipitant sur elle. Ne te blesse pas !

Kaya se figea alors, puis sourit.

— Ça va ! Je peux bouger ! Je n'ai pas eu de césarienne, tu sais !

Il relâcha alors ses épaules et prit place sur une chaise à côté du lit.

— Tu as... mal au ventre ?

— Non, je pense que les cachets font aussi effet pour que ça n'arrive pas.

Kaya regarda ses doigts de façon gênée. Elle lui avait menti. Elle avait volontairement décidé de ne rien lui dire et il avait été mis finalement devant le fait accompli sans qu'il puisse donner son avis.

— Est-ce que... tu vas rester longtemps à l'hôpital ?

— Non, je devrais sortir en fin de journée si tout va bien.

— Aussi tôt ? s'étonna alors Ethan.

— Oui, je peux reprendre une activité modérée. J'ai un arrêt de travail, mais je peux rentrer chez moi.

Ethan baissa la tête. La culpabilité l'envahit à nouveau.

— Tu pourras... avoir d'autres enfants ?

Kaya le contempla un instant. Sa posture abattue la peina.

— Oui, ça n'a pas d'incidence pour la suite.

Ethan releva les yeux et Kaya put y lire du soulagement.

— Tant mieux ! Même si... je me doute que tu dois être très triste.

Les yeux de Kaya s'humidifièrent alors. Elle tenta de masquer son chagrin en se frottant les yeux, mais Ethan ne fut pas dupe.

— C'est juste... une nouvelle étape à passer ! lui répondit-elle alors tout en se voyant submergée par les larmes.

Instinctivement, Ethan se leva et posa ses fesses sur le bord du matelas avant de s'allonger sous les draps avec elle et la prendre dans ses bras. D'abord surprise, Kaya se laissa aller dans cette étreinte et pleura. Pleurer dans ses bras lui faisait du bien. Elle avait enfin l'impression qu'elle pouvait ouvrir les vannes, que son cœur pouvait enfin s'exprimer parce que c'était auprès de celui qui comptait le plus à ses yeux. Ethan lui caressa les cheveux tout en la tenant contre lui, la tête contre son torse. Il laissa aussi échapper quelques larmes alors qu'elle ne le voyait pas et ils restèrent ainsi plusieurs minutes. Retrouver Kaya contre lui l'apaisait un peu. Le docteur Courtois avait sans doute vu juste. Juste une étreinte pouvait calmer les angoisses. Comme ce fut toujours ainsi avec Kaya. Elle était et resterait toujours un réconfort à ses yeux. Il sourit alors.

La base de tout couple : le réconfort... Il est même le départ de tout pour nous...

Il ferma les yeux et se laissa aller. La nuit précédente avait été compliquée pour tous les deux. Kaya se reposa contre lui, respirant volontiers son odeur contre son nez et savourant sa chaleur. Il n'avait marqué aucune forme de rancœur ou d'hostilité jusqu'à présent, mais elle se doutait que de plus longues explications se tiendraient tôt ou tard. Sa lueur d'espoir pour retrouver Ethan survivait dans cette étreinte bienvenue. Il restait sensible à sa détresse. Il avait fini par venir la voir. Elle releva alors la tête et déposa alors un baiser sur son menton puis à la commissure de ses lèvres. Ethan sentit sa poitrine se gonfler, emportée par cette vague de tendresse soudaine. Il baissa un peu son visage et rapprocha ses lèvres de la jeune femme pour répondre à ses baisers par le sien. Kaya ferma les yeux à nouveau, inspirant en elle toute l'affection qu'il acceptait de lui donner par la chaleur de son baiser sur ses lèvres. L'appel de l'un vers l'autre était trop fort pour qu'un des deux y résiste. Ils avaient besoin de cette pause dans ce tumulte, de cette parenthèse qui devenait évidente pour les deux. Ethan caressa de sa bouche les lèvres de Kaya qui frémit en sentant son souffle contre son visage. Elle avait besoin d'amour, de son amour, et était prête à tout pour l'avoir. Elle agrippa alors Ethan par la taille et se colla un peu plus contre lui, puis glissa sa langue entre ses lèvres. Faible devant ses avances, ce dernier répondit à plus d'amour de sa part par plus de générosité. Leurs langues s'entremêlèrent alors que leurs cœurs battaient toujours plus forts dans leur poitrine. Ils retrouvaient leur bulle où plus rien ne comptait autour. Juste un petit moment d'amour pour se réconforter d'une tristesse.

Ethan posa ensuite son nez contre celui de Kaya pour reprendre son souffle. Il la désirait à présent comme si rien n'avait pu les séparer jusque-là. Il essuya du pouce le reste de larmes de Kaya et l'embrassa à nouveau. Il voulait réellement la consoler. Combler cet amour qu'elle avait perdu par le sien.

— Je voulais tellement ce bébé, Ethan..., déclara-t-elle alors, la voix tremblante. C'était notre bébé. C'était...

— Je sais...

Elle pleura à nouveau alors qu'il frottait sa joue, ses yeux et ses lèvres contre le visage de Kaya pour la cajoler.

— Pardon de ne t'avoir rien dit... J'ai essayé... Je ne voulais pas en arriver là...

Les larmes de Kaya débordaient de ses yeux au point que les pouces d'Ethan ne suffirent plus à effacer toute trace humide sur son visage. Son nez à présent coulait aussi. Il soupira et se tourna pour attraper la boîte de mouchoir sur la table de chevet. Il sortit deux morceaux de papier doux dont il se servit pour essuyer le nez de Kaya, puis ses yeux.

— J'ai ma part de responsabilité dans ce fiasco. Tu as agi en fonction de ma position sur le fait d'être père. Je sais que tu as essayé de...

L'émotion le gagnait.

— ... de me le dire de façon détournée. Je n'ai rien compris. Je suis resté focalisé sur notre séparation et je n'ai pas vu que tu essayais de sauver les choses pour une autre raison.

— Je veux sauver notre couple, pas seulement à cause de ce bébé, mais aussi parce que je..., parce que c'est toi... et moi.

Ethan souffla une nouvelle fois contre son front.

— Je suis désolé que tu aies eu à surmonter cela. Si je n'avais pas craqué dans cette douche alors que tu étais malade, alors que je t'avais dit que c'était fini, on ne serait pas ici aujourd'hui.

Kaya lui caressa la joue de sa main et lui sourit.

— Je ne regrette rien de ce que j'ai pu faire avec toi. Je l'assume et j'en suis même fière.

Ethan la fixa un instant, cherchant dans ses yeux la folie qui la poussait à dire de telles futilités, mais il ne put que reconnaître que de son côté, les regrets étaient minces comparés à l'amour toujours aussi fort qu'il portait pour cette femme.

Elle osa l'embrasser une nouvelle fois sur la bouche pour conforter ses propos. Ethan considéra ses baisers comme une pommade qu'on passerait sur ses bobos. Cela était ironique alors que la personne la plus blessée restait Kaya. Il pensa alors à sa sucette qu'il sortit de la poche de son jean et la donna à Kaya.

— Tiens ! Mange ça ! lui ordonna-t-il alors.

Kaya examina la sucrerie avec attention.

— Depuis quand tu manges des sucettes ? lui demanda-t-elle alors.

— T'occupes ! Mange ça !

Il lui posa alors dans la main et s'écarta du lit pour reprendre sa place sur la chaise.

— Quand on déprime, il faut manger des bonbons à ce qu'il paraît. C'est bon pour le moral !

L'attitude tout à coup, plus distante, gênée, voire boudeuse d'Ethan fit sourire Kaya. Elle regarda à nouveau la sucette et la déballa.

— Pomme ? Pourquoi pas ? Je ne peux pas dire que j'ai beaucoup mangé depuis hier.

Elle la mit dans sa bouche et, instantanément, Ethan la vit sourire.

Enfoiré de psychiatre ! Il m'énerve à avoir raison !

Ethan grommelait dans son coin.

— Quoi ? Tu veux goûter ?

Elle lui tendit alors sa sucette.

— Après l'échange de salive en s'embrassant, tu peux bien y goûter.

Le visage plus léger et le regard braqué sur un coin du lit pour ne pas voir sa réaction, elle appuya un peu plus son geste. Ethan sourit et attrapa par les dents la sucette qui échappa des mains de la jeune femme.

— Hey ! Je ne t'ai pas dit de la prendre pour toi ! C'est bien beau de me la donner si c'est pour qu'au final, ce soit tout pour toi !

— Je suis un connard ! As-tu oublié ? dit-il alors, la sucette tournoyant dans sa bouche.

Il lui offrit alors un sourire malicieux.

— Donne-moi une bonne raison de te la rendre...

Kaya plissa les yeux et grimaça.

— Je te déteste ! lui assena-t-elle.

Ethan prit un air contrarié, puis retira alors la sucette de la bouche et lui rendit.

— OK, t'as gagné ! Je peux le comprendre... Tu en as toutes les raisons, vu ce qui s'est passé dernièrement. Je me déteste aussi... Tu peux la récupérer.

Kaya récupéra la sucette, l'air incertain. Ethan se leva alors et s'étira.

— Je dois aller bosser. Repose-toi.

Il rangea la chaise à sa place et se dirigea vers la porte.

— Ethan, attends ! cria alors Kaya.

Ethan se tourna et attendit la suite. Kaya hésita à parler. Il se contenta de lui sourire en réponse.

— Si tu es sage, je t'en ramènerai d'autres à l'occasion.

Il quitta ensuite la chambre, laissant Kaya seule, avec sa sucette dans la main.

— Je les prendrai toutes si ça me permet de pouvoir te revoir et de pouvoir parler avec toi sans peur.

10

POSSESSIF

— Voilà votre dossier de sortie, Madame Levy.

L'infirmière lui tendit le dossier et lui sourit.

— Vous êtes libre de partir. Et n'oubliez pas ! Au moindre souci, revenez !

— Merci ! lui répondit d'une petite voix Kaya, tout en récupérant le dossier des mains.

— Bonne continuation !

L'infirmière quitta la chambre et Kaya contempla son dossier de sortie.

— Tu fais une de ces têtes ! lui déclara alors Oliver. On dirait qu'on t'a annoncé que tu étais transférée en prison ! Sois contente ! Tu rentres chez toi !

— Oui, c'est vrai... C'est juste que... j'appréhende justement de revenir à ma vie d'avant sans lui...

Elle se toucha le ventre comme par réflexe. Oliver eut de la peine en entendant ses mots.

— N'oublie pas que tu n'es pas seule. Au moindre coup de mou, appelle quelqu'un pour te changer les idées.

— Oui... Reprendre le travail après ma convalescence va sans doute aussi m'aider à avancer.

Oliver secoua la tête affirmativement.

— Allez ! Va te changer ! Ne restons pas ici plus longtemps !

Kaya acquiesça et prit ses affaires pour s'habiller dans la salle de bain. C'est alors qu'Oliver entendit qu'on frappait à la porte de la chambre et vit Ethan entrer. Ce dernier ne s'attendait pas à retrouver Oliver ici et la stupéfaction de chacun se lut sur le visage de l'autre. Ethan s'avança cependant.

— Il y a une chose dont j'ai hâte..., purent-ils entendre depuis la salle de bain, c'est de prendre une vraie douche à la maison et ne plus être dérangée par le va-et-vient des infirmières !

Kaya sortit alors et se retrouva au milieu des deux hommes.

— Ethan ? Qu'est-ce que...

— Je te ramène.

— Quoi ? Mais je...

Ethan se tourna vers Oliver.

— Tu peux rentrer chez toi, je prends le relais.

La voix glaciale d'Ethan fit sourire Oliver. Il observa un instant la réaction de Kaya qui semblait toujours dubitative de la présence de son ami. Il secoua la tête, fasciné par l'aplomb d'Ethan à s'imposer comme maître des lieux malgré les derniers événements, puis s'approcha de Kaya. Il lui attrapa les deux mains, non sans bien apprécier de rendre un tant soit peu jaloux Ethan par cette proximité.

— Je te laisse avec lui. Je ne doute pas que tu sois entre de bonnes mains...

— Mais !

— Ce n'est pas grave... On se voit plus tard.

Il l'embrassa sur la joue, sous les yeux irrités d'Ethan, puis passa à côté de lui avec un petit sourire.

— Prends bien soin d'elle.

Ethan serra le poing, agacé par sa requête.

— Je n'ai pas besoin que tu me dises ce que j'ai à faire... Maintenant, si tu veux prendre ma place, comme tu as pu déjà le faire par le passé, je te le dis tout de suite : n'y compte pas !

— Ooooh, mais je sais bien où est ma place ! Ne t'inquiète pas !

Il quitta alors la chambre et Ethan se retrouva seul avec Kaya. Il n'arrivait pas à décolérer de la présence systématique d'Oliver auprès d'elle, car il lui renvoyait sa propre absence dans les moments importants de la vie de Kaya où il aurait dû être là.

— J'ai mon dossier de sortie. Je prends mon sac et on peut y aller.

Ethan ne répondit rien. Il avait envie de la prendre dans ses bras, juste pour réaffirmer sa possessivité sur elle, mais s'en abstint. Il ne se sentait pas légitime.

Il lui prit son sac des mains et ils quittèrent l'hôpital.

— C'est une nouvelle voiture ? lui demanda alors Kaya, surprise de le voir s'arrêter devant un SUV.

— C'est une location. Je ne peux pas circuler à moto indéfiniment ; il me faut une voiture. Donc en attendant, je loue celle-ci. Je ne suis finalement pas allé au travail et je suis allé régler ce problème de transport, en plus d'avoir fait quelques bricoles.

— Ton absence à l'entreprise ne va pas te pénaliser ? Je ne pensais pas... que tu reviendrais.

Ethan jeta un œil sur Kaya avant d'ouvrir le coffre de la voiture et y déposer son sac.

— J'avais juste une réunion à reporter, mais ce n'était pas une réunion importante. Le reste du travail n'avait rien d'urgent. Abbigail gère.

— Je vois...

Il lui ouvrit ensuite la porte côté passager et Kaya s'engagea à l'intérieur. Très vite, Ethan la rejoignit dans l'habitacle, côté conducteur.

— Ethan... Je ne veux pas que tu te sentes obligé de faire quoi que ce soit que tu ne désires pas, juste parce que tu as pitié de moi.

— Tu préférerais la présence d'Oliver à ma place ?

Kaya le fixa alors, prise au dépourvu par sa remarque plutôt acerbe à l'encontre de son ami.

— S'il te plait... Ne lui en veux pas trop... C'est ma faute s'il ne t'a rien dit.

— Plus tu le protèges, plus ça m'énerve, alors arrête !

— Je ne veux pas que tu te disputes avec tes amis à cause de moi !

— Il m'a menti, je ne vois pas pourquoi il devrait être encore mon ami.

— C'est quoi, ces bleus et marques sur ton visage et tes mains ? Je ne t'ai pas demandé ce matin quand tu es venu me voir, mais... tu t'es battu ?

Ethan grogna pour seule réponse. Il tourna la tête puis démarra.

— Pourquoi tu t'es battu ? Avec qui ? À cause de moi ? Je sais que tu as frappé Oliver ; il me l'a avoué.

Elle soupira, voyant le visage d'Ethan se fermer de plus en plus après son flot de questions.

— Je ne veux pas que tu te battes...

— Tu n'es pas ma mère et tu n'as pas à me dire ce que je dois faire. Ne parle pas comme Oliver !

— Je m'inquiète, c'est tout... répondit-elle d'une petite voix, avant de baisser les yeux.

Ethan souffla. Leur discussion s'envenimait alors que ce n'était pas son objectif de la contrarier.

— Occupe-toi plutôt de te rétablir.

Ethan serra les dents. Il ne voulait pas l'alarmer, même si en regardant bien, rien n'allait de son côté. Il s'était battu avec Eddy et Oliver, ne parlait plus à Sam non plus qui le boudait. BB allait bientôt quitter le navire pour sa maternité. Il perdait ses alliés au fur et à mesure. Tout n'était pas aussi rose qu'il voulait le laisser paraître.

Actuellement, ma seule source d'espoir est ce fichu Mister Sucette.

Il démarra la voiture et jeta un nouveau coup d'œil vers elle. Elle semblait triste. Même en se voulant plus conciliant, moins distant, il continuait à la blesser.

— Je suis désolé... dit-il soudain.

Kaya le contempla quelques secondes, cherchant à comprendre l'origine de ses excuses.

— Je... ne suis pas une valeur sûre sur laquelle tu peux te reposer sans y amener avec, son lot de tracas... Pas comme Oliver. Pardon. Ce n'est pas ce que je souhaite.

Kaya posa alors sa main sur la sienne, posée sur le volant.

— Je n'ai pas besoin d'un Oliver bis ! Ne te compare pas à lui, s'il te plaît. Ne sois pas jaloux. Vous êtes complètement différents. Tu me disais que tu n'étais pas Adam... Tu n'es pas Oliver non plus ! C'est un ami, mais ce ne sera jamais pareil que quand je suis avec toi !

Elle lui sourit tendrement et ce fut l'arme fatale contre son cœur déjà touché par ses paroles. Il inclina la tête et finalement sourit de ses paroles réconfortantes.

— En même temps, n'est pas connard qui veut !

Son sourire se propagea jusqu'au visage de Kaya.

— C'est vrai ! J'ai mes exigences maintenant ! répondit-elle tout en riant légèrement. Le normal, le basique, ce n'est pas aussi fun !

Ethan pouffa. Cette futilité avait eu raison des dernières tensions finalement. Il avait envie de l'embrasser à nouveau. Se sentir unique aux yeux de cette femme était le plus beau cadeau dont il pouvait rêver.

À quel point es-tu capable d'aimer ce côté unique en moi, Kaya ?

Rapidement, ils arrivèrent à l'appartement de Kaya.

— Prends des affaires et on repart ! clama Ethan, une fois à l'intérieur.

— Quoi ?

— Je te ramène chez moi. Hors de question que tu restes seule ici. S'il y a le moindre souci postopératoire, je préfère être là.

— Ethan, je vais bien.

— C'est non négociable. Tu peux me traiter de connard si tu veux, mais je ne te laisse pas le choix.

Kaya grimaça.

— Ah, OK, je suis entrée dans la dictature post-grossesse maintenant ! répondit-elle tout en croisant les bras. Tu n'as pas l'impression d'exagérer entre l'avant et l'après-grossesse ?

— C'est bien parce qu'il y a eu cet « avant » où on m'a ignoré que je me permets d'imposer cet « après ». Je suis certain que cette fois, je serai le premier à savoir !

— Je ne t'ai pas ignoré... déclara tristement Kaya tout en décroisant les bras. Je n'ai juste pas trouvé le bon moment pour te le dire...

Ethan plissa les yeux.

— Quoi qu'il en soit, tu dois en payer le prix ! Tu vas m'avoir sur le dos !

— Je souffre déjà assez de la perte du bébé, je n'ai pas besoin que tu en rajoutes une couche à me fliquer !

Cette fois-ci, c'est Ethan qui croisa ses bras, d'un air agacé.

— Je croyais que tu voulais me reconquérir... Tu sais, tout ton bla-bla sur nous, sur la connasse et demie et sur le fait que tu n'abandonnerais pas. Ça y est ? Tu lâches l'affaire ? Je t'offre le moyen de vivre à nouveau avec moi et tu refuses ?

Kaya écarquilla les yeux, silencieuse. Le sourire en coin hors de portée du regard de Kaya, il prit alors la peine d'ouvrir la porte d'entrée pour partir.

— Ça a été court finalement ! ajouta-t-il toujours sur un ton désobligeant. À moins que ce ne soit que pour ce bébé que tu aies couru après mes basques ? Dans tous les cas, la portée de tes sentiments semble se limiter à cette porte ! Sur ce, bon rétablissement !

Il claqua la porte au nez de Kaya qui resta coite jusqu'à ce qu'elle réalise qu'il se barrait bien. Elle se précipita sur la poignée de la porte pour poursuivre Ethan dans le couloir.

— Ethan, attends ! cria-t-elle alors.

Tentant de retenir son rire, Ethan inspira un coup pour se redonner un visage dur et se tourna vers elle.

— Je prépare ma valise ! lui dit-elle alors, toute penaude. Attends-moi... s'il te plaît.

Il fit mine alors de réfléchir, se grattant même le menton, avant de souffler d'un air faussement las.

— Non, tu as raison ! Il vaut mieux que tu te tiennes loin de moi ! Après tout, j'ai rompu... Je n'ai pas de raison de revenir en arrière !

Fâchée, Kaya s'approcha de lui, le pas lourd, puis lui agrippa le bras et le tira à nouveau vers l'appartement.

— Si je fais un malaise, je porte plainte contre toi pour non-assistance à personne en danger ! Tu ne veux pas prendre le risque, n'est-ce pas ?

Ethan se mit à sourire en la voyant le tirer par la manche de son sweat avec un tel engagement. Elle lui imposa ensuite de s'asseoir sur le canapé le temps qu'elle prépare ses affaires, puis disparut dans sa chambre. Revenir dans cet appartement lui remémora de beaux souvenirs avec elle. Il s'approcha alors du meuble où était posé le cadre d'Adam. La stupeur le saisit en attrapant le cadre dans ses mains. La photo avait changé. Adam n'était plus sur cette vitrine. À la place trônait une photo de Kaya et lui. Sa poitrine se gonfla. Les battements de son cœur résonnaient en lui, sa gorge se resserrait. Cette photo avait été prise aux États-Unis. C'était lors de leur journée shopping. Elle lui avait proposé de prendre une photo d'eux deux en selfie. Il avait accepté, simulant de fausses réticences, jusqu'à ce que, au moment du clic, il l'ait obligée à l'embrasser sur la bouche.

Tu as gardé cette photo...

La tristesse s'empara de lui. Ces jours heureux lui manquaient. La perspective de les revivre un jour lui semblait aujourd'hui compromise.

Est-ce que le docteur va me trouver une solution ? Comment puis-je lui assurer un avenir heureux ?

Il reposa le cadre avec un nouveau sentiment de déchirement en lui. Les larmes montèrent à ses yeux.

Elle avait enlevé Adam pour une photo de nous deux...

Il posa son pouce et son index devant l'entrée de chaque canal lacrymal pour contenir ses larmes.

— Dois-je donc finir comme lui ? Sur un cadre où on se remémore les beaux jours jusqu'à ce qu'une autre photo vienne me remplacer parce que tu auras trouvé un autre homme ?

Il posa sa main sur sa poitrine. Il avait mal. Son cœur saignait. Sa poitrine n'avait pas été entaillée par ses soins, pourtant son cœur saignait de douleur. Cette douleur reprenait vie en lui, plus vivace.

Elle le ramenait à son propre échec d'être l'homme parfait aux yeux de Kaya.

Kaya réapparut alors avec sa valise et Ethan sursauta. Elle remarqua immédiatement le trouble d'Ethan qui semblait très affecté par quelque chose.

— Tout va bien ? lui demanda-t-elle.

Ethan ignora sa question et lui prit la valise des mains.

— Je la porte ! Tu as tout ?

— J'ai juste la trousse de toilette à récupérer. Je peux prendre une douche ?

— Tu la prendras une fois chez moi !

Kaya considéra un instant le comportement pressant d'Ethan et vint à lui.

— Je vais vider ton ballon d'eau chaude !

— Si ça te fait plaisir ! Je descends la valise ! Retrouve-moi dans le parking.

Il quitta l'appartement en silence, laissant Kaya perplexe.

— Plus le temps passe, et moins j'arrive à te comprendre... Je ne sais vraiment plus ce que tu penses, Ethan...

Ethan dévala les mètres jusqu'à la voiture, la valise en main, avec empressement. Il balança la valise dans le coffre et se précipita dans la voiture. Il avait besoin de se calmer. Rapidement, il ouvrit la boîte à gants et se saisit d'une boîte d'antidépresseurs. Il versa deux pilules dans sa main et les mit dans sa bouche. Puis, il but une gorgée d'eau venant d'une petite bouteille posée entre les deux sièges avant de la voiture. Il inspira plusieurs grandes bouffées d'air et ferma les yeux, attendant que l'effet des cachets apaise son mental.

Je ne dois pas flancher... Je dois faire confiance aux séances du Doc.

Il prit son téléphone et appela le secrétariat du docteur Courtois.

— Oui, bonjour, je souhaiterais prendre un rendez-vous avec le docteur Courtois s'il vous plait. Le plus rapidement possible. Celui que j'ai est trop tardif.

— J'ai une place qui s'est libérée demain à dix heures.

— Je prends !

— C'est à quel nom ?

— Ethan Abberline !

— C'est noté !

Ethan raccrocha au moment où Kaya entrait s'asseoir à ses côtés.

— Allons-y ! lui dit-elle alors, visiblement plus heureuse.

— Tu t'es goinfrée de brownie ? lui demanda-t-il alors.

— Pas... pas du tout ! répondit-elle, en essayant de comprendre pourquoi il arrivait à cette conclusion.

— Pourquoi tu es tout à coup heureuse alors ?

— Oh ! C'est parce que j'ai aujourd'hui mon garde du corps !

Elle se dandina sur son siège et leva le bras.

— En avant toute !

Ethan la dévisagea.

C'est moi son garde du corps ?

Kaya ne cachait plus sa joie d'emménager dans l'appartement d'Ethan. Ses espoirs reprenaient vie avec ce nouveau rapprochement possible entre eux. Ils s'étaient embrassés, il l'invitait chez lui... Même si tout n'était pas au beau fixe, les choses se présentaient de bon augure pour une réconciliation. Ethan la fit entrer et alla poser sa valise dans la chambre d'amis. La bonne humeur de Kaya s'effaça tout à coup.

Il ne me met pas dans sa chambre ?

Ethan revint et alla se servir un verre d'eau.

— Tu peux aller prendre ta douche. J'irai après. Ne prends pas toute l'eau chaude !

— Oui.

Toujours postée à l'entrée, le visage plus fermé, Kaya alla dans la chambre d'amis et s'enferma un moment. Ethan regarda son verre et soupira.

— Ai-je vraiment eu raison de la faire venir ici ?

11

IMPATIENT

— Une visite aussi peu espacée de la précédente... Je vais finir par croire que vous en redemandez vraiment et que vous m'aimez bien !

Le petit sourire satisfait du docteur Courtois détonnait avec celui blasé d'Ethan. Oui, il reconnaissait avoir besoin de lui comme on a besoin de fermer sa chemise avec un bouton, mais il refusait de le qualifier d'indispensable à sa vie.

Je peux encore changer de chemise !

— Je vous écoute ! Êtes-vous allé réconforter Kaya ?

— Elle vit chez moi...

— Quoi ?!

Le docteur le fixa, incrédule.

— J'ai dit un petit câlin, pas une colocation ! s'insurgea le docteur, toutefois amusé par son patient. On peut dire que vous ne faites rien à moitié...

Ethan se courba sur sa chaise en concédant ses faiblesses et son manque de volonté.

— Je ne voulais pas la laisser seule...
— Ne l'était-elle pas déjà avant ?
— Si, mais...
— Vous avez fait ça aussi pour vous, pour vous soulager d'un poids.

Ethan hocha la tête.

— Qu'espérez-vous en la ramenant près de vous ? Une réconciliation ? Vous m'avez dit que vous ne la méritiez pourtant pas...

Ethan se leva de sa chaise et fit les cent pas. Il devait reconnaître qu'il allait de contradictions en contradictions et que lui-même s'y perdait dedans.

— Je le pense toujours...
— Alors ?
— À votre avis ?! tapa-t-il alors du plat de ses mains sur le bureau du docteur. Si je suis là, c'est parce que j'espère que vous allez m'aider à trouver une solution pour que je puisse penser que je la mérite quand même !
— Mouais...

Le seul mot en réponse du psychiatre face à sa hausse de ton calma immédiatement Ethan, qui se demanda alors ce que voulait bien dire son « mouais ».

— Vous êtes censé me dire autre chose que « mouais », non ? Je ne sais pas, moi : « c'est mon boulot, oui ! », « Je vais vous soigner », « c'est évident parce que je vous l'ai dit : « je suis parmi les meilleurs psys du pays ! » ».

— Je n'aurai pas cette prétention de dire que je vais vous soigner aussi facilement ! répondit alors le docteur tout en se regardant les ongles. Je vous l'ai dit aussi : « tout dépend surtout de vous ! Vous pouvez vous sentir légitime pour n'importe quoi pourvu que vous vous en donniez les moyens. ». Il n'est jamais trop tard pour s'accorder le droit d'être heureux comme on l'entend.

Ethan avait l'impression de nager à contre-courant avec lui.

— La question est donc de savoir ce qui fait que vous ne vous sentez pas légitime pour le devenir...

Ethan eut un moment sans réaction. Il se rendait compte à présent combien il avait été présomptueux de croire que tout pourrait changer juste en lui demandant son aide. La question cruciale qu'il venait de poser le ramenait au centre du problème : sa monstruosité.

— Ethan Abberline, j'ai plein de questions vous concernant donc, que souhaitez-vous ? Que je mène la danse ou que ce soit vous ?

Ethan observa le docteur avec attention.

— Dans tous les cas, il vous faudra bien me dire ce qui vous pousse à infliger autant de mal sur vous-même.

Le psychiatre scruta les réactions de son patient comme on dissèque un animal. Il ouvrit alors le tiroir de son bureau et en sortit une sucette qu'il déballa, puis la mit dans sa bouche.

— Moi, j'ai tout mon temps ! continua-t-il. Reste à savoir si vous, vous l'avez et si votre portefeuille est rempli ! Plus vous ferez de la rétention d'informations, plus la thérapie sera longue !

Il fit tournoyer sa sucette dans la bouche avec malice.

— Quoiqu'il arrive, je sais que je vais en avoir pour mon argent, tant l'histoire est longue ! répondit Ethan, désœuvré de devoir parler de ce qui le rongeait. Je ne me sens pas légitime pour tellement de raisons.

— Vous avez une bonne situation professionnelle, vous êtes plutôt bel homme, vous avez une femme qui vous porte de l'affection et pourtant, vous êtes mélancolique, instable. Vous êtes brisé de l'intérieur, n'est-ce pas ? Qu'est-ce qui vous a brisé ?

Ethan se rassit, l'air grave. Il croisa ses doigts tout en posant ses coudes sur les genoux et baissa la tête.

— Ma mère biologique.

Le docteur Courtois contempla son patient avec une certaine bienveillance à le voir enfin aborder ce qui le consumait au point de le détruire.

— Voulez-vous en parler ? Comment se nomme-t-elle ?

— Sylvia.

— Racontez-moi votre enfance avec elle ? Vous l'avez connue ?

— Jusqu'à mon adolescence.

Les réponses courtes, sèches, d'Ethan devenaient le reflet de sa douleur. Ethan s'était renfermé. La colère, l'impatience, qu'il avait exprimées quelques minutes auparavant, avaient été remplacées par un profond désarroi. Il était parti dans sa bulle au point de refuser de faire face au docteur.

— Vous avez donc vécu avec elle.

— Oui.

— Comment avez-vous vécu votre enfance ? Étiez-vous bien logés ? Avez-vous eu une bonne scolarité ?

— Nous vivions avec mon... beau-père. Les fins de mois étaient difficiles. Ma scolarité s'est dégradée au fur et à mesure.

Le docteur Courtois attrapa son stylo et griffonna des phrases sur le dossier d'Ethan. Le bruit du stylo frottant le papier fit relever la tête d'Ethan.

— Qu'écrivez-vous ? lui demanda-t-il alors, méfiant.

— La liste de mes courses ! plaisanta le psychiatre avant de grimacer et reprendre. Que vous restez succinct sur chaque point ! Ce qui veut dire que chaque point évoqué est pour vous un poids lourd à assumer.

Ethan détourna son regard et rougit. Il avait vraiment l'impression d'être face à un sniper devant lequel la moindre proie était dans son viseur. Ici, les proies étaient les éléments de son passé.

— On va revenir sur tout ça. Votre père biologique, où est-il ?

— Je ne l'ai jamais connu. Je ne sais même pas son nom.

— C'était tabou avec votre mère ?

Un voile d'hésitation traversa le regard d'Ethan. Il réfléchissait avant de répondre.

— Pourquoi vous hésitez à me répondre ? Les autres réponses, même si brèves, ont été rapides à être révélées. Celle-ci semble vous être plus difficile à formuler. Pour quelle raison tentez-vous de ne pas être aussi direct ? Qu'est-ce qui ralentit votre pensée ?

Ethan le fixa alors. Rien ne semblait échapper au psychiatre. Son air nonchalant n'enlevait en rien son appréciation de chaque situation.

— Tourner autour du pot ne sert à rien, puisqu'au final, on finira par en parler, vous savez. Donc, dites-moi.

— Ma mère... se prostituait. Elle ne sait donc pas de qui elle est tombée enceinte.

Le psychiatre griffonna à nouveau son dossier.

— Vous voulez encore savoir ce que j'écris ?

Les yeux posés sur son dossier, Ethan se recula, gêné.

— J'ai écrit deux choses : enfant en perte de racines et rapport à la sexualité dégradé par le biais de sa mère biologique.

Ethan garda ses yeux marron rivés sur son dossier.

— Pourquoi jouez-vous la franchise avec moi ? l'interrogea alors Ethan.

— Je ne vois pas pourquoi je devrais vous mentir. C'est contre-productif de mentir à une personne malade. Elle est plus apte à guérir si elle sait de quoi il en retourne. C'est un aspect qui peut être controversé dans mon métier, mais c'est ma méthode. Je préfère la franchise. Si je suis franc, le patient aura moins de mal à l'être aussi. C'est ce qu'on appelle un rapport de confiance. De plus, vous êtes un homme très intelligent, ce qui vous rend méfiant. Si je vous mens, vous allez vous braquer, n'est-ce pas ?

Le psychiatre posa son stylo et croisa ses doigts, l'œil vif.

— Je sais que certaines vérités sont dures à entendre. Je risque même de vous paraître blessant à vous mettre dans des cases qui peuvent déplaire. Cependant, dites-vous que ce sont ces cases qui vous ont conduit à être ce que vous êtes. Donc avant d'entamer tout traitement, j'établis un diagnostic de votre état, où je dois donc... remplir des cases !

— Vous allez en remplir beaucoup ! commenta alors Ethan, de façon acide.

— Laquelle voulez-vous que je rajoute ?

— Vous pouvez mettre la case de l'inceste aussi.

Ethan avait sorti cette réponse d'une façon tellement détachée de lui-même qu'elle en surprit le psychiatre. Il rouvrit son tiroir et en sortit une seconde sucette, qu'il lui tendit.

— Prenez-la.

— Celle que vous m'aviez donnée la dernière fois, je l'ai donnée à Kaya.

— C'est vous qui deviez la manger.

— Elle en avait plus besoin que moi.

— En êtes-vous sûr ? La thérapie ne la concerne pas. C'est de vous dont il est question ici, pas d'elle. Il serait peut-être temps de vraiment penser à vous faire du bien plutôt que de vous faire du mal. Prenez cette sucette. Vous avez mérité d'en manger une. Vous avez fourni un bel effort aujourd'hui. Cela suffira pour le moment. Rentrez et mangez-la devant la télé.

— Je vous parle d'un truc grave, et vous m'envoyez bouffer une sucette devant la télé ?! s'énerva Ethan. C'est tout ce que vous trouvez à dire quand on vous parle d'inceste ?

Le docteur se leva pour ouvrir la porte et l'inviter à sortir du cabinet.

— Ne soyez pas pressé. Nous avançons. Donnez-vous du temps pour songer à ce que vous accepterez de me dire à notre prochaine rencontre...

Ethan serra sa sucette dans la main avec rage. Cette seconde entrevue avec le psychiatre ne le satisfaisait pas. Il lui avait annoncé le nœud de son problème et le docteur Courtois lui avait refilé en guise de réponse une sucette avec une tape dans le dos pour lui dire « c'est bien, mon enfant, va jouer maintenant » ! Il se sentait rabaissé, infantilisé et ridicule au final. Il rentra donc à l'appartement avec cette impression d'incomplétude enrobée d'amertume se muant en colère.

Kaya l'accueillit avec le sourire quand il franchit la porte. Voir le sourire de Kaya ne l'apaisa pas. Au contraire. Il rangea sa sucette dans la poche et passa à côté d'elle sans un mot. Elle ne faisait que le renvoyer à son sentiment de stagnation de sa situation. Il n'avait pas les moyens de répondre à son sourire par le sien. Sa colère et son impuissance à trouver une issue à la destruction de son âme ne faisaient que se renforcer là où le docteur était censé la lui calmer.

— J'ai préparé à manger... lui déclara Kaya. Regarde ! J'ai mis la table ! Tu n'as plus qu'à t'installer !

— Je n'ai pas faim.

Le ton sec d'Ethan blessa Kaya.

— Tu peux fournir un petit effort et manger un peu.

De colère, Ethan fit virevolter d'un geste de la main, le plat trônant sur la table.

— J'ai dit « je n'ai pas faim ! » ! cria-t-il alors.

Le plat cuisiné de Kaya alla s'exploser au sol dans un fracas la faisant sursauter. Elle dévisagea Ethan dans une colère telle qu'elle n'en comprenait pas la source.

— Tu n'étais pas obligé de saccager mon travail !

Elle jeta au sol le torchon qu'elle tenait dans ses mains et partit dans la chambre d'amis pleurer. Sa cohabitation commençait mal. Ethan soupira, réalisant à quel point son emportement était injustifié lorsqu'elle quitta la pièce. Il ramassa les débris qu'il jeta à la poubelle et alla frapper à sa porte.

— Kaya, pardon... Je n'aurais pas dû passer ma colère sur toi... C'est juste que...

Il souffla finalement et la laissa tranquille. Il sortit alors la sucette de sa poche et alla la jeter à la poubelle.

— Je ne suis pas un gosse !

Les jours qui suivirent ne furent pas mieux. Ethan semblait éviter le plus possible de croiser Kaya qui ne savait plus comment réagir. Son comportement devenait pesant. Elle pensait que cette parenthèse chez lui serait bénéfique, mais il en était tout autre.

Elle était désespérément seule. Elle se saisit de son téléphone.

— Il faut que je me change les idées...

Elle ouvrit son répertoire de contacts et appela Andréa Lorenzo.

— Allo ? put-elle alors entendre à l'autre bout de la ligne.

— Bonjour ! C'est Kaya Levy.

— Bonjour Kaya ! Est-ce que vous allez mieux ?

— Oui ! Je vous appelle justement pour vous confirmer mon retour au magasin dans deux jours.

— Bien ! J'en suis heureux ! N'en faites pas trop surtout !

Kaya sourit en réponse à sa bienveillance.

— J'ai besoin de travailler...

— Je comprends... Vous auriez dû me le dire avant, vous savez. J'ai été plus que surpris de recevoir votre arrêt de travail soudain et la teneur de votre SMS en réponse à mon inquiétude sur votre problème de santé.

— Je vous demande pardon... Cette grossesse a été compliquée à plusieurs égards...

— Ça m'a permis toutefois de comprendre votre attitude au café avec Nolan. Cet homme en était le père, n'est-ce pas ?

— Oui...

— Je vois... Sait-il la suite ?

— Oui, il l'a su..., mais bon, tout cela n'a plus d'importance, il n'y a plus de bébé ! Vous n'aurez pas de congé maternité à gérer finalement !

Kaya tenta de se montrer forte, prête à passer à autre chose, mais Andréa sentit bien qu'elle en donnait surtout l'illusion.

— Je suis désolé pour vous ! Je suis persuadé que vous auriez fait une super maman, et je ne doute pas que vous le serez bientôt. Vous êtes une personne douce et pleine de sensibilité. Si vous avez besoin de vous changer les idées, faites-le-moi savoir surtout ! Je serai heureux de vous distraire ! Promis, on évitera de changer des couches !

— C'est gentil ! Je ne veux pas que vous agissiez au-delà du patron que vous êtes à mes yeux. Ce n'est pas votre rôle, bien que votre gentillesse me touche.

— Kaya, cela ne me dérange pas. Vous pouvez compter sur moi. Une personne extérieure à votre entourage peut être aussi bénéfique, comme un bol d'air frais !

— Merci... répondit simplement Kaya. Je vous laisse. À bientôt !

— À bientôt, Kaya !

Kaya raccrocha avec un petit sourire triste. Elle regrettait que ce ne soit pas Ethan à la place d'Andréa. Il était si attentionné et volontaire qu'elle se sentait touchée.

Il a raison ! Je dois me changer les idées !

Elle réfléchit à qui pourrait être ce bol d'air frais extérieur dans son entourage et tout à coup se mit à sourire.

— Allez, Kaya ! Il est temps de sortir ton bon vieux brownie du four pour un tea time avec de vieux amis !

— Bonjour Monsieur Abberline ! Aujourd'hui, j'aimerais que l'on commence par vos parents adoptifs !

Ethan fusilla du regard le psychiatre et croisa les bras.

— Vous ne me parlez pas de ce que je vous ai dit la dernière fois ?

— On y reviendra ! Donc vos parents adoptifs ?

— J'ai couché quatre fois avec ma mère biologique ! Et ce furent des rapports consentis.

Le silence entre les deux hommes fit alors écho à la tension palpable qu'Ethan avait créée dès lors qu'il était entré dans le cabinet.

— Monsieur Abberline, comment se passe votre cohabitation avec Kaya ?

— Je ne suis pas là pour parler d'elle !

Le psychiatre se mit à sourire.

— Bien sûr que si, vous êtes là pour elle, pour la relation que vous entretenez difficilement avec elle.

La mâchoire d'Ethan palpita, signe évident d'une crispation.

— Pourquoi changez-vous de sujet ? s'agaça Ethan. N'êtes-vous pas satisfait que je me livre à vous ?

— Je le suis, mais il y a un moment à tout. Là, je veux d'abord connaître le contexte brièvement.

— Brièvement, c'est le mot ! Vous parcourez tout brièvement !

Le docteur fixa Ethan attentivement.

— Vous êtes en colère contre moi parce que je n'agis pas comme vous le voudriez, n'est-ce pas ?

Il posa ses coudes sur le bureau et croisa ses mains devant son nez, le regard perçant.

— Faites-moi confiance ! Arrêtez de voir la supercherie partout !

Ethan pesta. S'il était dans ce cabinet, c'est bien parce qu'il cherchait des solutions auprès d'un professionnel des cas désespérés. Pour autant, il restait sceptique.

— Parlez-moi de Maman-la-psychologue et de Papa-le-médecin.

Ethan se renfonça dans son dossier et souffla. Il n'avait pas d'autre choix que de se mettre à table.

— Je n'ai rien à leur reprocher. Ils ont tout fait pour que j'aie une vie heureuse.

— Comment les avez-vous connus ? Dans quelles circonstances ?

— Je vivais dans la rue et ils travaillaient dans un dispensaire...

— À la rue ? répéta alors le docteur. Vous avez dû quitter le foyer familial.

— Oui... on a voulu me placer, suite à un accident..., mais je me suis enfui. J'ai vécu avec une bande de motards pendant un temps.

Le docteur écrivit sur le dossier. Ethan se pencha pour lire ce qu'il avait écrit.

Enfant dépourvu de foyer stable ? Délinquance.

— Vous aviez quel âge ?

— Quatorze/quinze ans.

— Et donc vous avez accroché avec vos parents au dispensaire ?

— Ce sont plutôt eux qui se sont accrochés à mon cas !

L'air faussement blasé d'Ethan fit sourire le psychiatre qui pouvait y noter toutefois une forme d'affection.

— Votre cas ? Intéressant comme usage de mot. Comme si vous étiez une personne atypique. Vous l'étiez en quoi à leurs yeux, au-delà d'un enfant des rues ?

— Charles a vu mes cicatrices sur le torse et a voulu creuser.

Le docteur Courtois écarquilla les yeux.

— Attendez ! Vous aviez déjà vos cicatrices à quinze ans ?

— Oui... Vous pourriez le savoir si on avait abordé mon inceste ! répondit alors Ethan, qui redémarra au quart de tour sur son agacement à être incompris.

— Possible ! s'en amusa le psychiatre tout en riant. Mais j'aime le suspens. Il n'y a rien de drôle à lire le dénouement d'un livre sans en lire les premières pages !

— Drôle ? Vous trouvez ça drôle ?

— Mon métier est vraiment fun ! J'avoue !

Ethan serra les dents une nouvelle fois. Ce docteur lui paraissait de plus en plus imbuvable.

— Donc, ce sont vos cicatrices qui vous ont permis de vous rapprocher de ces gens...

Ethan grimaça en voyant qu'il ne perdait pas le fil de ses envies.

— Oui ! répondit-il durement, comme si on lui arrachait les mots de la bouche.

Le psychiatre regarda ses fiches un instant.

— C'est ainsi que votre mère a commencé à faire une psychanalyse sur vous, je parie.

— C'est exact ! Ils ont fini par m'inviter chez eux et voilà.

— Voilà quoi ?

— J'ai appris à survivre.

— Survivre ? C'est ainsi qu'elle a axé sa thérapie ? Votre survie ?

— Cindy a très bien fait les choses. Je vous interdis d'y voir une critique dans ce qu'elle a fait pour moi.

— Ne vous énervez pas ! Je comprends votre attachement à... « Cindy », mais le terme de survie m'interpelle. Vous vous considérez toujours en survie ?

Ethan demeura quelques instants, perplexe devant sa question.

— Évidemment ! Je suis toujours en survie !

Le psychiatre soupira et se frotta le menton. Il marqua le mot « survie » sur ses fiches avec un air chagriné.

— Monsieur Abberline, quand on parle de survie, c'est qu'on se considère dans un état de prolongement de l'existence après la mort. Vous considérez que vous vous maintenez en vie dans un milieu défavorable, mortifère. Ma question est donc : vous sentez-vous mort de l'intérieur ?

Ethan écarquilla les yeux d'abord, puis les baissa tristement.

— Ne vous sentiriez-vous pas dans cet état si ce qui a été brisé en vous ne peut se réparer et que cela affecte toute votre vision de la vie ?

— Je vois... Monsieur Abberline, en survivant, vous ne vivez pas pleinement les choses et c'est aujourd'hui ce qui vous amène à venir dans ce cabinet. Il ne faut pas survivre, mais réapprendre à vivre ! Cindy a voulu parer à ce qui paraissait le plus simple au premier abord pour que vous remontiez la pente, mais aujourd'hui cette survie ne suffit plus à vous maintenir debout, tout simplement parce que du temps est passé et que vos aspirations se dirigent vers une volonté de revivre pleinement, grâce à Kaya. Vous êtes actuellement dans une confrontation entre votre survie que vous avez apprise à construire à travers les années et votre envie de vivre vraiment comme n'importe quelle personne. Il y a deux personnes en vous qui luttent.

Le psychiatre lui sourit avec confiance.

— Il est temps de fusionner vos deux versants de vous ! Mais pour l'heure...

Il sortit une sucette de son tiroir et la lui tendit.

— Réconfortez-vous ! La lumière est au bout du chemin !

Ethan le vit se lever pour ouvrir la porte de son cabinet.

— C'est une blague ? répondit-il tout en visant la sucette sous son nez. Une personne censée donne des médicaments, un travail sur soi au mieux, pas une sucette ! Je ne suis pas un gamin !

Le psychiatre stoppa son avancée.

— Non, vous ne l'êtes plus... néanmoins, êtes-vous en paix avec l'enfant que vous avez été ?

Ethan écarquilla les yeux.

— Vous voyez, tout chez vous est scindé en deux. Votre dualité transpire par tous les pores de votre peau. Vous aimez une femme, mais vous ne pouvez pas vous donner le droit de l'aimer. Vous venez ici pour trouver des solutions, mais dès qu'on vous demande simplement de manger une sucette comme unique traitement, vous ne le faites pas ! Parce que je sais que vous n'en avez toujours pas mangé une, n'est-ce pas ?

Ethan se crispa sur sa chaise.

— Ne regardez pas ce qui n'a pas encore été dit dans cette pièce, mais ce qui a été révélé et réfléchissez-y ! Car je suis persuadé que ce que je dis, même si vous doutez de mon travail, touche votre être profond.

Le docteur Courtois alla ouvrir la porte et lui sourit.

— Vous êtes un homme en colère. Une colère sourde contre la vie... Vous voulez un médicament ? Laissez tomber votre colère et profitez de ce qui est bon, simple, sans stress ni peur. Allez profiter de Kaya !

Le psychiatre s'éloigna pour aller accueillir son nouveau patient dans la salle d'attente. Ethan se leva de sa chaise et s'agaça encore plus. Oui, il était en colère. En colère pour plein de choses. Il fonça vers la secrétaire pour prendre un nouveau rendez-vous, sous le regard distant du psychiatre.

— Je souhaiterais un nouveau rendez-vous... pas d'une heure, mais d'une après-midi !

— Je vous demande pardon ? répondit la secrétaire, stupéfaite de sa demande.

— Une heure, ça ne suffit pas ! C'est trop court.

La secrétaire regarda le psychiatre au loin.

— C'est-à-dire que nous ne faisons pas de consultation aussi longue.

— Eh bien, voilà, je suis le premier pour cette nouvelle formule !

— Une consultation aussi longue n'est pas constructive.

— C'est cette petite heure qui est non-constructive pour moi !

— Mais... Vous ne pouvez pas juger le travail de Monsieur Courtois de la sorte !

— Je juge ce qui est bon pour moi ! Trouvez-moi une demi-journée, quitte à déplacer le rendez-vous des autres patients ! Vous êtes secrétaire, c'est votre boulot, non ?

La secrétaire le dévisagea avant de froncer les sourcils.

— Mon boulot est de satisfaire le bien-être de mon patron, et je doute qu'une demi-journée avec vous soit une bonne idée.

Le front d'Ethan se plissa de colère. Cette femme commençait à sérieusement l'agacer.

— Très bien...

Il quitta le comptoir et sortit son portefeuille de sa veste. Il entra dans le cabinet en même temps que le docteur Courtois et son nouveau patient, puis sortit un billet qu'il tendit au patient.

— J'achète votre séance !

Le patient, un gars à lunettes qui semblait facilement manipulable selon Ethan, considéra le billet de 50 euros sous son nez.

— OK, je mets le double ! reprit Ethan en voyant son hésitation.

Il sortit un second billet.

— Monsieur Abberline, pensez-vous que la paix de l'âme se monnaye ? intervint le psychiatre.

— Tout se monnaye en ce bas monde. N'est-ce pas, Monsieur ?

Il avança les deux billets un peu plus près du visage du patient qui semblait effectivement considérer l'offre sérieusement. Ethan perdit patience. Il posa les deux billets dans la main du gars et le poussa en dehors du cabinet, puis referma la porte. Il se tourna ensuite vers le psychiatre fièrement.

— Vous pouvez remballer votre sucette ! La pause est finie !

Le psychiatre croisa les bras et le jaugea un instant, puis sourit.

— Très bien, et si nous parlions de votre prépondérance à atteindre vos objectifs coûte que coûte ?

Ethan se mit à sourire.

— Je savais que vous pouvez être un bon psychiatre quand vous le voulez ! Ça tombe bien, concernant les objectifs, j'ai ma petite histoire aussi ! Je suis sûr que ça va vous plaire !

12

EXCESSIF

Kaya rangeait des cartons en réserve. Elle était contente ; elle pouvait reprendre le travail et se changer l'esprit. Tourner en rond comme un lion en cage dans l'appartement d'Ethan lui était devenu étouffant. Ethan faisait peu d'efforts avec elle. Il se comportait en simple colocataire dont l'emploi du temps l'obligeait à être tout le temps absent. Le peu d'échanges entre eux reflétait une tension évidente de méfiance quant aux mots employés pour ne pas froisser l'autre. Ils restaient ainsi sur des non-dits pour ne pas accentuer la précarité de leur relation.

Elle souleva un carton vide et se tourna, avant de taper dans quelque chose qui s'avéra être finalement Andréa Lorenzo.

— Besoin d'un coup de main ?

Il lui attrapa le gros carton des mains pour le poser sur une étagère.

— Mer... Merci ! Bonjour !

— Bonjour Kaya ! lui répondit-il avec un grand sourire aux lèvres. Comment allez-vous ?

— Bien ! répondit-elle rapidement. Et vous ?

Kaya se rendit compte qu'elle était peut-être trop familière avec son patron en lui renvoyant sa question, alors qu'il s'inquiétait de son état de façon logique en tant qu'employeur, à la suite de son hospitalisation. Surpris, Andréa s'esclaffa.

— Ça va ! Mais c'est plutôt votre santé qui a été la plus mise à l'épreuve dernièrement, vous savez !

Elle baissa les yeux, rouge de honte.

— C'est vrai... Mais ça va ! Je me suis fait une raison. De toute façon, je n'ai pas le choix. C'est comme ça.

— Je suis vraiment désolé pour vous. Mais vous savez ce qu'on dit ?

Elle releva la tête pour écouter ses bonnes paroles.

— Ce qui n'arrive pas aujourd'hui arrivera demain !

— Je ne connaissais pas ce dicton !

— Moi non plus, je viens de l'inventer !

Tous deux se mirent à rire légèrement de ce trait de légèreté plutôt bienvenu.

— Vous vous êtes changé un peu les esprits depuis ?

— Je suis allée voir un ami qui pourrait être mon grand-père. Nous avons mangé du brownie avec ses amis. Vous aviez raison : voir des gens extérieurs à mon entourage proche m'a fait du bien. Cela ne résout rien à mon quotidien, mais ce fut une parenthèse bienvenue. Richard est un homme plein de sagesse et il a un côté apaisant.

— Eh bien... Je ne connais pas votre ami, Richard, mais je suis presque jaloux de voir qu'il a réussi à vous changer les idées. Moi, j'ai passé quelques jours de stress ! Nolan a dû être hospitalisé pour une grosse gastro qui l'a profondément déshydraté.

— Oh mince ! Comment va-t-il ?

— Mieux ! Mais je me suis dit que j'étais heureux de ne pas être son père. Être son oncle et parrain ; c'est déjà beaucoup trop de stress ! Je ne sais pas comment j'aurais géré si ça avait été mon fils. À vrai dire, je pense qu'il va me falloir une femme avec un super mental pour supporter mes angoisses de père !

Il se mit à rire jaune, en évoquant sa faiblesse.

— Dès que ça touche des enfants, tout devient tellement plus compliqué... répondit Kaya tristement.

— Pardon de remuer le couteau dans la plaie en parlant de Nolan et d'enfants. Je suis maladroit. Même si c'est difficile aujourd'hui à encaisser, je suis sûr que cela ne peut qu'augmenter votre prédisposition à devenir mère.

Il lui attrapa la main du bout des doigts. Kaya regarda sa main être caressée par celle d'Andréa et rougit.

— Vous savez, je crois que j'admire la femme forte que vous êtes devant l'adversité. Vous restez debout malgré votre douleur silencieuse. Vous souriez et compatissez pour les autres alors que vous-même, vous vivez vos propres tempêtes intérieures. Je vous trouve fascinante, car on n'a qu'une envie : vous prendre dans ses bras et connaître tout ce que vous ne voulez pas qu'on sache de vos douleurs.

Andréa réalisa qu'il allait peut-être un peu trop loin dans la révélation de ses pensées. Un malaise s'installa entre eux et Kaya retira sa main.

— Quoiqu'il en soit, vous n'avez pas à vous reprocher quoi que ce soit et vous montrer désolée d'avoir importuné votre entourage ! se reprit Andréa tout en se raclant la gorge et le teint plus rouge.

— J'ai des cartons à ranger... déclara Kaya, très gênée.

— Oui ! Pardon ! Et moi, je dois faire le point sur les ventes de la semaine dernière ! Bon courage !

Il quitta la réserve rapidement, laissant Kaya perplexe. Elle regarda ses doigts ressentant encore la chaleur de ceux d'Andréa.

J'aimerais tellement que ce soit Ethan qui me touche ainsi...

Tout en chantonnant, Abbigail entra dans le bureau d'Ethan, comme tous les matins pour ouvrir les rideaux et laisser entrer un peu d'air frais. Le soleil semblait au rendez-vous aujourd'hui, lorsqu'il vint l'aveugler. Elle sourit et inspira l'air floral du printemps. Elle se tourna alors pour, comme à son habitude, ranger le reste de la pièce et poussa soudain un cri strident.

Ethan sursauta, une feuille encore collée à sa joue, le visage endormi.

— Mais qu'est-ce que vous faites là ?! lui cria alors Abbigail, tout en tenant encore son cœur palpitant de ses mains.

Ethan regarda autour de lui et se rappela qu'il avait décidé de rester travailler un peu à Abberline Cosmetics. Il se frotta le visage et grogna. Il était courbaturé de partout. S'endormir sur son bureau n'était pas la meilleure idée du siècle.

Abbigail croisa les bras devant lui.

— Ne me dites pas que vous avez passé la nuit ici ?!

— Ne criez pas ! Dès le réveil, c'est dur !

— Vous n'avez que ce que vous méritez ! Vous êtes incorrigible !

— Ça arrive à tout le monde de s'endormir au travail ! Demandez aux Japonais !

— Vous n'êtes pas au Japon ! Et non, vous n'êtes pas un habitué de ce genre de comportement.

— Il y a un début à tout !

Ethan s'étira de tout son long et fit craquer quelques vertèbres au passage, non sans exprimer un certain soulagement.

— Vous allez me dire que vous allez attaquer une nouvelle journée ici sans avoir pu dormir correctement cette nuit ?

— Ne sous-estimez pas le confort de mon bureau, Abbigail !

— Vous, en revanche, vous sous-estimez votre capacité à tenir debout sans repos réparateur dans un lit !

— Allez plutôt me chercher un café s'il vous plaît, pour finir de me réveiller, au lieu de brailler à mon oreille !

Abbigail souffla, puis alla s'asseoir à la place des invités, face à lui.

— Ça ne va pas ! Il est temps que vous agissiez avec intelligence, Monsieur Abberline. Depuis quelque temps, vous êtes complètement à côté de vos pompes ! Vous êtes tracassé, ça se voit. Vous savez que je peux être de bon conseil, n'est-ce pas ?

Ethan grimaça.

— Vous voulez devenir mon psy ?

— Je pense dire que ça fait suffisamment d'années que je suis auprès de vous pour être capable de dire que je vous connais un minimum. Arrêtez de mettre des distances avec moi ! Pourquoi avez-vous découché ? Pourquoi vous réfugier ici ? Je ne suis pas dupe !

Ethan se leva et alla regarder par la fenêtre. Le soleil l'éblouit.

— Mademoiselle Levy va bien, depuis sa sortie d'hôpital ? l'interrogea-t-elle.

— Ça a l'air... pour le peu que j'en sais.

— Pourquoi vous ne lui demandez pas ?

— En vérité, je ne me sens pas la force de vouloir paraître plus fort qu'elle. Je devrais l'être. Après tout, c'est elle qui a fini à l'hôpital et qui n'a plus ce bébé dans son ventre, mais...

— Mais ?

— Elle n'a pas besoin de mes souffrances à ajouter aux siennes. Je voulais l'aider, la rassurer, lui montrer que je suis là, mais en réalité, je ne me sens pas encore capable d'être son pilier. Je me sens trop instable. C'est trop tôt. Je ne suis pas prêt à revenir en l'état actuel.

Abbigail ferma les yeux et soupira.

— Vous, les hommes, vous êtes désespérants ! Vous croyez toujours qu'on a besoin d'un homme fort, prêt à surmonter tout sans faillir. Vous croyez que sans cela, on ne considérera pas votre capacité à nous rendre heureuses. Vous savez, parfois, tout ce qu'on veut, c'est juste ne pas être seules !

Ethan tourna la tête vers elle. Abbigail lui sourit alors.

— Ne la laissez pas seule. Vous ne vous sentez pas prêts, OK. Ne lui promettez rien. Vous vous sentez faible. OK ! Dites-lui que pour l'instant, vous ne pouvez pas, mais que vous y travaillez. Dire simplement les choses suffit.

Ethan tourna à nouveau son regard vers l'extérieur de l'immeuble. Se sentait-il seulement capable de lui dire tout ce dont il ne se sentait pas de taille en ce moment ? Les consultations auprès du psychiatre étaient encore trop infructueuses pour y trouver une issue enthousiasmante à leur situation de couple. Hormis jouer le temps, il ne voyait pas d'autres options.

— Parlez comme vous le faites actuellement avec moi ! finit Abbigail sur un ton plus léger.

Ethan sourit.

— Sauf que vous n'êtes pas elle, justement !

— Imaginez que c'est moi dans ce cas à sa place !

Ethan s'esclaffa en imaginant la situation. Abbigail avait ce caractère à toujours trouver une solution. Il revint vers son bureau et sortit du tiroir la dernière sucette que lui avait donnée le docteur Courtois.

— Tenez ! Mangez-la !

— Pourquoi me donnez-vous une sucette ? lui demanda alors sa secrétaire, dubitative, devant la sucrerie.

— C'est pour vous remercier de vous inquiéter pour moi.

— Comme si j'avais besoin d'une sucette en remerciement ! Donnez-moi plutôt une prime !

Elle lui fit alors un clin d'œil auquel Ethan répondit par une mine déconcertée.

— Contentez-vous de la sucette pour l'heure ! On verra à la fin de la journée si la prime est toujours d'actualité ! Allez ! Ouste ! Au boulot !

Abbigail se leva en marmonnant.

— Ça y est ! Le pitbull est réveillé ! Il aboie déjà !

Elle tourna les talons, ne laissant pas l'opportunité à Ethan de répondre. Il se contenta de sourire tandis qu'elle refermait la porte, la sucette à la main.

Ça fait des lustres que je n'en ai pas mangé une ! Pourquoi pas ?

Elle sourit alors et contempla un instant la porte du bureau de son patron.

J'espère que vous trouverez une solution...

Les yeux d'Ethan allaient et venaient entre le psychiatre et la femme qui se trouvait assise à côté de lui.

— Bien, je vous présente Lisbeth Amaurel, psychologue. C'est une amie et consœur extrêmement compétente. Je la sollicite de temps en temps sur son expertise pour certains patients et nous nous sommes entretenus à votre sujet. Voilà maintenant plusieurs séances que nous avons passées ensemble et je commence à dégager un profil de personnalité chez vous. Elle va nous accompagner sur notre séance d'aujourd'hui pour me le confirmer.

Intrigué, Ethan observa ce nouveau docteur.

— Elle risque de vous poser des questions également au fil de notre discussion. Si je sollicite l'avis de ma consœur, c'est pour un point qui, je pense, a son importance dans votre personnalité. Elle est spécialiste sur ce point, ça tombe bien, et je voudrais savoir si elle l'identifie chez vous.

— Et c'est quoi votre spécialité ? demanda alors Ethan.

La femme lui offrit un sourire qui lui déplut. C'était le sourire typique des psys se voulant être doux, bienveillants, avant de devenir plus sadiques derrière. Ce genre de sourire mystérieux, un brin caustique, dont le patient pouvait sentir le danger. Il grimaça. Devoir se confier au docteur Courtois était déjà sportif. Le voir accompagné d'une collègue n'annonçait rien de bon pour lui.

— Ne vous en faites pas, Monsieur Abberline. Je ne suis pas ici pour le jugement, mais pour le médical.

Ethan ne fut franchement pas convaincu des propos de la femme devant lui, malgré sa voix douce.

Ce sont ceux qui ont une gueule angélique qui sont souvent les plus tordus ! On dirait que je porte en moi une tare à détecter absolument avant qu'il ne soit trop tard.

— Nous avons déjà parlé de pas mal de choses ensemble..., reprit le docteur Courtois. Certes, nous n'avons pas approfondi, c'est normal, mais nous avons parcouru pas mal d'aspects de votre vie et de votre personnalité. J'aimerais approfondir le côté "personnalité". J'aurais pu contacter votre mère adoptive, mais je préfère avoir un regard neuf plutôt qu'orienté.

— De quoi voulez-vous parler ? le questionna Ethan.

— Oh ! s'exclama le docteur de façon amusée. J'ai remarqué pas mal de choses dans votre comportement depuis notre première entrevue ! Notamment, votre rapport à la parentalité plutôt distant, ce qui me parait normal quelque part, mais surtout, je pense avoir décelé autre chose. Je repose donc ma question : avez-vous mangé mes sucettes ?

Ethan se figea et resta silencieux.

— Je vois... Toujours pas, n'est-ce pas ? Qu'en avez-vous fait ? Vous m'avez dit avoir donné la première à Kaya, parce qu'elle en avait plus besoin que vous. Admettons ! Mais les suivantes ?

Ethan leva les yeux.

Le voilà reparti avec ses foutues sucettes !

— Vous avez adopté une méfiance autour de ces sucettes dès le départ, mais effectivement, je vous testais sur quelque chose que vous tentez de refouler. Vous voulez qu'on avance ensemble, alors répondez à ma question, qu'avez-vous fait des autres sucettes ?

Ethan souffla. Il s'en doutait, le piège se refermait sur son comportement.

— Vous pouvez parler librement..., ajouta le docteur Amaurel. Ce ne sera pas à considérer comme une réprimande, mais comme un résultat révélateur du test sur un comportement particulier.

— La seconde, je l'ai mise à la poubelle. Ça m'a semblé grotesque ! commença à avouer Ethan, agacé réellement par cette histoire de sucettes.

— Ce n'est pas grave ! la rassura la psychologue. Et les autres ?

— J'en ai donné une à ma secrétaire parce que je l'ai trouvée gentille sur un de ses conseils. Elle a été surprise, mais m'a remercié. J'en ai donné une à un gosse dans la rue avec la permission de sa mère ! J'en ai posé une sur la coupelle d'un SDF.

Le docteur Courtois jeta un regard à sa collègue d'un air entendu.

— Vous avez préféré en faire profiter les autres plutôt que de les stocker dans un tiroir chez vous...

Ethan tiqua à la remarque de la psychologue qui le renvoya aux propos sur l'objet de cet entretien : sa personnalité.

— Il... n'y a rien de mal à être généreux, non ?

— Tout dépend si cette générosité est aux dépens de votre bien-être ! lui fit alors remarquer la psychologue. Le docteur Courtois vous a donné un médicament pour le moins bizarre à vos yeux, certes, mais c'était un traitement qui vous était destiné. C'était une recommandation de votre docteur en vue de votre guérison, si on peut parler de guérison. Elles n'étaient pas là pour adoucir le mental des autres, mais le vôtre. Il vous l'a dit. Alors que vous êtes ici pour justement adoucir votre mental, vous faites passer systématiquement celui des autres avant le vôtre. Ne trouvez-vous pas cela paradoxal ?

Ethan baissa les yeux, enclin à reconnaître les faits.

— J'ai toujours été... gentil.

Ethan commença à s'agiter sur sa chaise. Les deux docteurs remarquèrent son changement d'attitude. Ethan était mal à l'aise. Ils chauffaient.

— Considérez-vous votre gentillesse comme une qualité ou un défaut ? continua le docteur Courtois.

Ethan tourna la tête pour ne pas croiser leurs regards et leur montrer cette faiblesse évidente. Encore une fois, le docteur Courtois avait visé juste. Il avait décelé quelque chose qui l'agaçait en lui. Il avait bel et bien deviné sa réponse, même s'il lui posait, malgré tout, la question.

— Un défaut... capitula-t-il.

— Vous vous trouvez trop gentil ? demanda Lisbeth Amaurel. Au point que vous vous maudissez de l'être par moments ?

Le docteur Courtois sourit alors.

— Les malédictions ont la vie dure ! railla-t-il. Je parie qu'il déteste sa gentillesse, mais c'est plus fort que lui !

Ethan ne prononça rien en réponse, mais fixa le docteur Courtois tout à coup. Il se sentait minable, ridicule. Son psychiatre remettait leur discussion passée de malédiction au centre de l'entretien d'aujourd'hui. Il reconnaissait avec évidence le professionnalisme du psychiatre qui jouait au puzzle avec sa vie et ses émotions.

Il est vraiment sournois ! Incroyablement doué ! Fais chier !

La psychologue lui sourit.

— Ne vous inquiétez pas, je vous comprends, Monsieur Abberline. Voir un SDF dans la rue, c'est difficile de passer devant sans penser combien il doit avoir faim. Donner une sucette à votre secrétaire, ce n'est rien en comparaison de la gratitude que vous ressentez à l'avoir auprès de vous. Satisfaire un enfant dans la rue, c'est une dose de bonheur pour vous, car il sourit et vous renvoie un bonheur qui vous fait du bien et vous réconcilie avec cette enfance que vous n'avez pas eue.

Ethan concéda plus ou moins à ses propos sans trop comprendre où elle voulait en venir.

— Monsieur Abberline, quand vous êtes en colère, vous explosez, je parie. Vous êtes un bulldozer. Vous pouvez même casser des choses ou vous faire mal s'il le faut. Quand vous êtes triste, c'est une déflagration en vous qui vous submerge. Quand vous criez, c'est à pleins poumons, quand vous aimez, c'est à l'adoration... Est-ce que je me trompe ?

Ethan resta indécis sur ce descriptif. Néanmoins, cela lui parlait davantage que ses précédents propos.

— Vous vous en rendez sans doute peu compte parce que vous avez toujours été ainsi, à l'exagération... Pour vous, c'est votre façon d'être depuis toujours. Emporté, impulsif, passionné !

Ethan tenta de réaliser une introspection de cette caractéristique énoncée par le docteur Amaurel sur sa vie. Il ne put qu'admettre ce côté passionné que Cindy lui avait également énoncé.

— Pour revenir à la gentillesse, considérez-vous qu'elle soit source de souffrance ? l'interrogea alors le docteur Courtois.

Ethan écarquilla les yeux. Son cœur se mit à battre plus que de raison. Il avait l'impression d'être un livre ouvert que les deux psys lisaient sans aucun problème de déchiffrage. Il serra ses mains devant lui au point qu'une marque blanche au contact de ses doigts sur sa peau apparaisse.

— La gentillesse mène à la douleur, l'amour conduit à la souffrance...

Seule cette phrase sortit de sa bouche. Mais elle fut dite de façon tellement mécanique, détachée de toute émotion qu'elle intrigua les deux docteurs qui se regardèrent.

— Vous avez raison ! reprit Lisbeth. La gentillesse peut être un défaut qui peut conduire à beaucoup de douleurs. Surtout lorsque le don qu'on fait par gentillesse ne vous est pas retourné avec les mêmes égards. On se renferme donc dans un schéma où l'on préfère rejeter toute forme de gentillesse pour ne pas souffrir d'une désillusion d'un non-retour. Il suffit d'une fois où on se sent trahi et la coquille se referme.

Ethan fronça les sourcils. Les souvenirs lui revenaient avec autant de haine. Son visage se fermait. Les mots qui diagnostiquaient son état étaient durs à entendre, même s'il connaissait son statut sur le sujet. Le docteur Courtois prit le relais après un moment silencieux.

— Votre mère biologique a abusé de votre gentillesse, de votre crédulité à vouloir la rendre heureuse. Elle a tiré sur cette corde et sur celle de votre amour d'enfant pour sa maman pour arriver à cette fin que nous connaissons : l'inceste. Certes, on peut parler de son cas mental dans l'histoire, tout aussi responsable de cette finalité, mais pour ce qui est de votre côté, on peut affirmer que votre tempérament d'être à l'écoute, de toujours vouloir le bien de son prochain, a été déterminant dans ce qu'il s'est passé. Je présume que dans votre tête, plus vous seriez gentil avec elle, plus elle vous accorderait son amour. C'est ce que vous vous êtes dit, n'est-ce pas ? Et vous l'avez été, entier, extrêmement gentil, attentionné, encore plus dans les moments où vous couchiez avec elle. Vous vous êtes offert littéralement à elle, pour ne plus voir sa souffrance et avoir un retour d'amour maternel. Mais vous avez compris votre erreur, votre méprise, le mensonge de cette relation incestueuse. « La gentillesse mène à la douleur, l'amour conduit à la souffrance... ». Ce sont vos mots, vos maux M.A.U.X., exprimés en une phrase conclusive... Votre désillusion d'avoir donné au lieu de vous être tenu à l'écart.

Les larmes dévalèrent les joues d'Ethan. Surpris, il les essuya d'un revers de bras, mais la souffrance était toujours là, aussi forte à l'évocation de ce qui s'était passé il y a vingt ans. Son cœur lui faisait mal. Les souvenirs se superposaient aux paroles du psychiatre, les sentiments revivaient en lui avec la même netteté et intensité. Le docteur Courtois ferma les yeux un instant et soupira.

— Cela, c'est ce que vous pensez au plus profond de vous : trop bon, trop con. C'est le sentiment de trahison qu'a mentionné Lisbeth quand on se sacrifie pour rien. Vous vous sentez trahi par vous-même d'abord, de n'avoir pas su voir le danger de coucher avec elle, et trahi bien évidemment aussi par votre mère de vous avoir conduit vers cette pente glissante. Ce n'est pas totalement faux. À donner sans compter, aux dépens de soi, la chute est terrible si le retour n'y est pas. Cependant, ce n'est pas tellement une question de gentillesse, votre problème. Vous êtes juste trop sensible aux émotions des autres. Et c'est le sujet de notre entretien d'aujourd'hui et la présence de mon amie à mes côtés.

— Ce sont vos émotions qui vous ont obligé à agir de façon cohérente pour vous et incohérente pour la majorité en ayant des rapports sexuels avec votre mère..., confirma Lisbeth.

— Dites-moi si je me trompe, déclara le psychiatre, mais voici mon idée sur le diagnostic vous concernant. Vous avez été sensible à la détresse de votre mère, à ses douleurs, à son besoin de considération, d'amour, à ses rêves aussi, sans doute. Vous vous mettiez sans problème à sa place face à la réalité ingrate de la vie. Vous viviez, avec ses yeux et son cœur, ce qu'elle vivait, plutôt qu'avec les vôtres. Votre être et votre personnalité peuvent disparaître pour fondre dans la personnalité de l'autre. Vous imaginiez alors à quel point elle devait détester sa vie. Une vie de prostituée n'a rien de reluisant, ça se devine sans problème, mais vous, vous le ressentiez aussi dans votre chair. Mais c'est beaucoup pour un enfant de cet âge, un adolescent en plein apprentissage de la vie adulte. Une telle dureté de l'existence comme modèle... Une telle fatalité sur ce que peut être un adulte. Comment ne pas être plein de désillusions quand on voit la vie de sa mère ? Toutes ces considérations adultes que vous absorbez comme si c'était les vôtres... toutes ces émotions de grands qui nous envahissent et dont on ne sait pas comment les traiter en plus de celles qu'on a en tant qu'enfant...

Ethan ne tenta plus de sécher ses larmes. Les paroles du psychiatre le rendaient à présent amorphe. Il les encaissait sans réactions particulières, comme une encyclopédie de ce qu'étaient son passé et son comportement. Il n'y avait rien à redire. Tout était vrai, limpide, sans fausses notes. C'était à la fois douloureux et libérateur.

— Vous vous protégez donc de toutes ces émotions mélangées en agissant de façon que personne n'en souffre trop, parce que lutter est encore plus dur mentalement que de laisser aller, laisser couler. Vous allez donc dans le sens des autres le plus souvent, vous êtes « gentil », sans vagues, pour ne pas ressentir en plus des émotions des autres qu'on vous impose, les émotions liées à votre opposition ferme, découlant d'une lucidité profonde des choses. Et c'est ce qu'il s'est passé pour votre mère. Votre intelligence se manifeste au moment où le trop-plein d'émotions a atteint ses limites. Votre mécanisme de défense s'enclenche en jugeant ce qui est le mieux pour vous, que le résultat déontologique soit mal vu ou bien vu, pourvu que vous soulagiez votre mental de ce tourbillon. Quand le vase déborde, quand l'abus d'émotions des autres sur vous devient trop intense, c'est vous qui passez en premier avec tous les dégâts adjacents que cela peut entraîner. Vous n'aimiez pas voir votre mère souffrir... Mais lui dire non, malgré le fait que cela que se justifiait et que vous aviez raison, était pire comme souffrance pour vous, car vous la déceviez et elle souffrait alors davantage à cause de votre rejet. Vous préfériez donc souffrir à sa place, accepter l'inconcevable et faire des choses que vous saviez malsaines, pour ne pas ressentir son énorme déception en vous et sa souffrance vous exploser en pleine figure. Vous avez cédé à tout ce qu'elle pouvait demander pour ne plus que sa souffrance générale vous touche.

Ethan regardait le docteur Courtois sans le voir. Son esprit s'était replongé à l'époque où sa vie avait basculé. Il revivait ce moment où il avait basculé avec Sylvia. Il revoyait les lèvres de sa mère énoncer des paroles confuses, ses propres hésitations, son besoin de lui plaire et de recevoir sa gratitude, son amour, sa peur de s'enfoncer dans un acte qui le dépassait, sa colère sourde à se sentir piégé dans toute cette souffrance, le soulagement de sa mère dès qu'il disait oui… Ethan commença à suffoquer. Il se tint alors la poitrine. Le docteur Amaurel se leva et contourna le bureau. Elle l'invita alors à se lever et à prendre de grandes respirations pour canaliser sa crise d'angoisse en replongeant dans la vérité de son passé. Elle posa sa main sur celle qui lui tenait la poitrine et l'accompagna dans sa crise. D'un regard entendu avec Lisbeth, le docteur Courtois continua malgré tout, conscient des enjeux qui se jouaient pour son patient.

— En plongeant dans ce choix cornélien entre disparition des souffrances de chacun et dépassement des limites interdites pour soi, vous avez perdu votre libre arbitre. Vous étiez pris en otage dans un tourbillon qui vous a dépassé. Vos choix, que vous pensiez moins graves que si vous étiez allés contre, se sont retournés contre vous. Vous avez réalisé que c'est encore pire pour vous.

Votre lucidité est revenue à vous et votre sens des responsabilités vous a dévoré progressivement.

Un nouveau silence, où seul le souffle erratique d'Ethan résonnait, demeura durant plusieurs minutes. Les deux docteurs attendirent que sa crise d'angoisse passe, conscients de l'impact psychologique dans lequel ils l'avaient replongé. Une fois sa respiration plus régulière, Lisbeth le fit asseoir sur sa chaise et le docteur Courtois reprit sur un ton plus doux, moins académique, solennel.

— Quand vous vous imposez dans mon cabinet face à un autre patient, ce n'est pas tellement par irrespect pour ce patient et ses problèmes, vous les avez très bien sentis. C'est parce que vous sentez vos émotions à fleur de peau et que vous savez que je suis votre exutoire immédiat. Peu importe si vous devez agir en connard pour arriver à vos fins, tant que cela calme la tempête d'émotions en vous. Vous balayez alors votre sens moral d'un revers de main, et foncez, car vous vous mettez en mode survie.

— N'ayez pas honte de vos émotions ! l'invita alors Lisbeth Amaurel. Vous n'avez pas à avoir honte de pleurer, crier et exprimer vos ressentiments même si vous devez blesser quelqu'un. Je sais que c'est dur. Même un homme a le droit de pleurer, d'être faible et d'être dépassé par ce qu'il ressent et surtout le droit de le dire. Il n'y a pas que chez les enfants que le caprice égoïste existe ! Vous, il apparaît lorsque la coupe déborde. N'attendez pas qu'elle déborde et que cela enclenche un comportement inadéquat chez vous. Exprimez-le avant ! Et je parie que vos moments de bonheur avec votre compagne sont ceux où vous vous donnez la permission d'être vous-même !

Elle lui tendit la boîte de mouchoirs.

— Vous vouliez être l'homme fiable qu'espérait rencontrer votre mère... ajouta la psychologue. Mais vous n'êtes pas lui, même si vous lui ressemblez. Vous êtes Vous !

Ethan regarda attentivement Lisbeth Amaurel à la suite de ses propos. Propos qu'il avait tenu avec conviction devant Kaya, puis sourit.

— N'attendez pas que les choses prennent trop d'importance au point que cela vous ronge pour le revendiquer. Donnez-vous du répit en acceptant que la souffrance que vous pouvez infliger aux autres est aussi une réponse à celle que vous refusez d'encaisser.

— Ma mère… disait effectivement que je ressemblais… à mon père…, commenta doucement Ethan, encore secoué par toute cette séance.

— Donc on peut penser qu'elle sait qui est votre père, malgré le nombre d'hommes qu'elle a connus ! intervint le docteur Courtois.

— Vous n'étiez pas taillé pour remplacer votre père, reprit le docteur Amaurel. Vous étiez encore un enfant, même si dans votre tête, vous réfléchissiez déjà en adulte. Mais vous savez déjà tout ça, n'est-ce pas ? Laissez échapper vos larmes d'enfant. N'ayez pas honte de vos choix passés. Même discutables, ils vous ont guidé vers une forme de soulagement pour vous, avant celui de votre mère. Votre faiblesse n'est pas d'avoir cédé au sexe avec elle, c'est d'avoir été dans l'incapacité de gérer tout ce qui se jouait en vous... Vous avez composé avec les moyens que vous aviez, noyé dans votre hyperémotivité, mais c'est normal pour un tout jeune adolescent. Et ça, c'est sans parler de la responsabilité de votre mère sur cette histoire !

La psychologue lui sourit alors comme si ce qui s'était passé à l'époque n'était pas sa faute. Le monstre en lui n'en était pas un. C'était juste un enfant avec un fonctionnement à part l'ayant poussé à des choix discutables. Ethan céda à l'appel de la psychologue et craqua. Il pleura encore et encore. Il avait mal comme jamais. Le bilan des deux docteurs trouvait un réel écho en lui. Pour la première fois, il se sentait compris. Pour la première fois, il se sentait délesté d'un poids. Ce n'était pas sa faute. Enfin, il pouvait accepter cette phrase : ce n'était pas sa faute.

— J'aimerais vous faire passer des tests..., reprit le Docteur Amaurel. Ils seront de diverses formes. Des questions comportementalistes, mais aussi des tests de mémoires, des tests de logique...

— J'ai déjà eu des tests. Je serai haut potentiel intellectuel d'après les résultats.

— Testé par votre mère adoptive ? lui demanda la psychologue.

— Oui.

— Donc, ça confirme la thèse de l'hyperémotivité sous-jacente..., nota la psychologue, tout en regardant le dossier d'Ethan rempli par le docteur Courtois. Un haut potentiel est par définition hyperémotif. Ça confirme votre lucidité plus développée sur vous et le monde qui vous entoure. Cela influe sur tout ce que vous faites.

Elle se tourna vers son confrère.

— C'est de là qu'il faut partir. Il ne peut apprivoiser ce qu'il ne connaît pas. Toute la thérapie va devoir se baser sur cette notion qui joue un rôle essentiel sur tout son comportement, ses choix et ce qu'il considère comme des failles. La partie incestueuse et les scarifications à approfondir sont une chose, mais tout l'environnement autour de son émotivité exacerbée est le cœur du travail mental à effectuer. Tu as vu juste, Éric. Un hyperémotif prend les choses à cœur parce que c'est une éponge. Il absorbe tout de façon plus forte et c'est ce qui peut pousser une personne à la dépression, à la scarification.

Le docteur Courtois acquiesça de la tête.

— Vous avez entendu, comme moi ! lui dit-il alors avec un petit sourire. Il y a beaucoup de travail. On va reprendre tout point par point. De votre naissance à maintenant, mais on va le reprendre avec un nouveau regard. Le travail va être long, mais le but est l'acceptation de tout ce foutoir dans votre tête ! Il y a encore des zones d'ombre dont nous n'avons pas parlé comme ce qui vous a fait basculer vers l'extra lucidité sur votre situation interdite avec votre mère au point que tout s'arrête, et la base de vos scarifications, comment elles sont apparues.

Lisbeth Amaurel regarda alors Ethan avec bienveillance.

— Je vais vous faire refaire les tests de haut-potentialité, mais aussi d'autres, pour avoir un aperçu global de votre façon de réagir selon les situations. Votre intelligence liée à votre émotivité vous conduit à une lucidité qui peut vous amener à une forme sacrificielle de votre être sur certains points. Je comprends pourquoi aimer votre prochain vous est compliqué. Il y a souvent des conflits importants entre ce qu'on veut pour soi et ce qu'on veut pour l'autre. Mais il n'y a rien d'irréparable ! Il y a des astuces, des méthodes, des attitudes à adopter. Souriez à présent ! La lumière perce dans vos ténèbres.

Ethan regarda l'air confiant de la psychologue, puis finalement esquissa un petit sourire soulagé et reconnaissant.

— Parfait ! s'exclama tout à coup le docteur Courtois tout en tapant des mains.

Il sortit sa sucette du tiroir et la tendit à Ethan.

— C'est l'heure de la sucette !

13

DÉCHIRÉ

    Kaya prépara sa valise, le cœur serré. Voilà quatre semaines qu'elle était à l'appartement et que rien ne s'était passé entre Ethan et elle. Ils se croisaient. Ethan passait beaucoup de temps au bureau, mais prétextait aussi des rendez-vous pour être le plus loin possible de l'appartement. Elle avait bien tenté de trouver des occupations à lui proposer pour partager du temps avec lui, mais Ethan semblait absent, même en sa présence, comme s'il avait la tête ailleurs. Elle sentait bien qu'il évitait toute discussion avec elle. Il n'était pas méchant, mais n'était pas non plus des plus affectueux. Il se contentait de faire acte de politesse. Cette situation exaspérait la jeune femme. Ses minces espoirs de retrouver une relation plus intime avec lui fondaient avec les jours. Elle se demandait aussi pourquoi il lui avait demandé de venir ici. Elle refusait de croire que seule la culpabilité l'avait poussé à agir ainsi.

    Elle regarda sa valise avec tristesse. Elle avait été si heureuse de revenir ici et elle se trouvait à nouveau triste de partir.

Sans doute suis-je destinée à n'être que de passage dans cet appartement...

Elle contempla sa chambre. Elle avait même espéré ne pas y rester plus de quelques jours avant qu'il l'invite à dormir avec lui. Même ce simple fantasme d'une réconciliation câline avait fini par n'être que désillusion.

C'est peut-être mieux ainsi, Kaya... Tu te blesses inutilement à espérer retrouver ce qui est perdu définitivement...

Elle se toucha doucement le ventre. Les larmes montèrent à ses yeux et coulèrent ensuite sur ses joues. Envisager une fin lui semblait difficile, pourtant elle devait se rendre à l'évidence qu'ils étaient passés à côté de quelque chose qui ne reviendrait plus. Sa gorge se serra. Elle ferma sa valise et sortit de sa chambre. Elle observa une dernière fois le salon et la cuisine, comme pour se rappeler tous les derniers détails d'une histoire douce-amère. Elle tira sa valise jusqu'à la porte d'entrée et se saisit de la poignée quand la porte s'ouvrit à ce moment-là. Son visage se retrouva face à celui surpris d'Ethan. Il baissa les yeux et vit sa valise dans la main. Il referma la porte d'entrée derrière lui, ne lui laissant pas l'accès vers l'extérieur.

— J'ai l'air d'arriver au bon moment... commenta-t-il alors, pour ce qui semblait être un départ à ses yeux.

— Ethan...

— Tu comptais donc partir sans rien me dire... Ou du moins, en me laissant sur le fait accompli pour que je n'aie pas à y opposer une rébellion éventuelle. Remarque, c'est dans tes habitudes...

— Je n'ai pas besoin de ton sarcasme ! lui répondit-elle doucement tout en prenant le soin de ne pas croiser son regard.

— Tu sembles même n'avoir besoin de rien venant de moi vu que tu pars ! Tu renonces donc à nous ?

— Je pars justement parce que je ne compte plus à tes yeux... C'est vrai... Tu as raison... Je renonce... parce que tu as renoncé !

Ses derniers mots s'étranglèrent dans sa gorge.

— C'est donc à cette conclusion que tu es parvenue...

Elle le regarda alors droit dans les yeux.

— Tu ne m'as pas permis d'en déterminer une autre. Cela fait des jours, des semaines, que je suis ici et c'est tout juste si tu t'es préoccupé de mon état.

— Tu m'as dit que ça allait la dernière fois que je te l'ai demandé.

— Je ne parle pas de ma santé, mais de nous, Ethan ! J'ai accepté de venir ici parce que j'espérais qu'on se rapproche à nouveau, malgré ce qu'il venait de se passer. Tu me l'as même suggéré dans mon appartement avant de venir ici ! On s'était même embrassés à l'hôpital ! Et depuis... plus rien ! Tu m'as laissé sous-entendre que tu serais là, mais...

— Je suis là !

— Non ! lui répondit-elle en secouant la tête négativement avec amertume. L'évidence m'a prouvé que tu as préféré être partout plutôt qu'auprès de moi. À aucun moment nous n'avons parlé de nous. Je ne vois pas d'intérêt à persister. J'ai besoin de recul pour faire le point sur tout ça. J'ai perdu plus qu'un bébé. Je nous ai perdus, nous.

Elle commença à pleurer en oralisant cette dure souffrance au fond d'elle.

— Je me fais du mal à espérer ce qui n'arrive pas... Je me fais du mal à rester ici à te voir sans pouvoir être dans tes bras. Je me fais du mal à essayer de te comprendre... Je me sens nulle, impuissante, bonne à rien !

Elle se cacha le visage dans ses mains pour laisser parler son chagrin, avant de reprendre un peu de contenance face à sa décision et à Ethan.

— Je ne t'embêterai plus... J'ai compris, Ethan. Je ne veux pas de ta gentillesse sur un fond de culpabilité que tu peux ressentir.

Je veux juste ton amour..., mais visiblement, tu l'as à nouveau cadenassé et je doute d'avoir la force et la patience d'en trouver la nouvelle clé pour l'instant. Pas après cette fausse couche en tout cas. Je dois me préserver avant tout. Je ne suis pas la personne capable de te sortir de ton tourbillon de souffrance, de doutes et de peurs. Je suis désolée. Je suis juste à bout.

Elle attrapa l'anse de sa valise et contourna Ethan pour ouvrir la porte. Ethan serra le poing. Ils étaient en train de vivre leur séparation définitive et il en était pleinement responsable. Une chape de détresse tomba sur ses épaules. Il se sentait pris entre deux feux : celui de se dire qu'il ne pouvait revenir en l'état primaire des choses et celui de la retenir, peu importait la suite. Il déglutit. Sa salive passait mal dans sa gorge. Il avait l'impression d'avaler un aliment trop gros à supporter pour son œsophage. Un truc trop étouffant lui laissant une impression de suffocation désagréable.

Il se tourna vers le dos de Kaya et sa main refermant la porte derrière lui, mais ne trouva pas la force de la retenir.

Juste dire les choses...

Il repensa aux paroles d'Abbigail. Parler pour se faire comprendre. Il était évident qu'il n'avait même pas ce courage de lui demander de l'attendre en se remémorant ses mots sur son mental déjà faible, suite à la perte du bébé.

Le son de la porte se refermant définitivement sur leur histoire d'amour résonna avec celui de sa porte d'entrée se refermant devant lui, anticipant ce qui allait être sa nouvelle vie : une vie de grande solitude. Il appuya son dos contre la porte et frappa plusieurs fois du poing, extériorisant sa rage d'être encore celui qui la faisait pleurer et la blessait.

« Vous n'êtes pas gentil, vous êtes juste trop sensible aux émotions des autres et vous vous en protégez en agissant de façon que personne n'en souffre, en allant dans le sens des autres le plus souvent et c'est ce qui s'est passé pour votre mère. Vous n'aimiez pas la voir souffrir à cause de vous... »

— Encore une fois, vous voyez juste, Docteur... Je ne veux pas la faire souffrir plus, à lui faire espérer ce qui est encore tellement confus en moi...

« N'attendez pas que les choses prennent trop d'importance au point que cela vous ronge pour le revendiquer. Donnez-vous du répit en acceptant que la souffrance que vous pouvez infliger aux autres est aussi une réponse à celle que vous refusez d'encaisser. »

Kaya retrouva l'appartement de Richard avec une sensation d'échec immense. Le cadre la représentant avec Ethan trônait toujours sur le buffet. Elle s'en saisit et admira ces deux sourires insouciants éclairants leurs deux visages.

— Ethan ou Adam... Me revoilà à nouveau seule, définitivement seule...

Elle le reposa et se laissa tomber de tout son long sur son canapé. Elle avait le goût de rien. Ses yeux se perdirent à bloquer sur un point fixe du lino. Elle pouvait sentir cet écrasement sur la poitrine qui la faisait souffrir, comme un doux ami qui revenait tôt ou tard lui tenir compagnie. Une larme s'échappa du coin d'un œil et tomba sur le canapé où elle s'étala sur le tissu. Elle se releva avec une sensation de lourdeur dans tout son corps et alla dans sa chambre. Son seul désir du moment était de se cacher sous sa couette et de disparaître du monde entier. Après tout, qui pourrait se soucier d'elle à présent qu'elle eut compris qu'elle ne reverrait plus Ethan avant longtemps, ou du moins ne serait plus avec lui. Il ne l'avait même pas retenue. Il l'avait bel et bien laissée partir. Sa décision était donc des plus sages même si elle se révélait encore plus déchirante. Elle se recroquevilla sous sa couverture et pleura tout son soûl jusqu'à se faire emporter par la fatigue.

C'est la sonnerie de son téléphone qui la sortit du sommeil. Elle ouvrit difficilement les yeux. Ses larmes avaient gonflé ses cernes. Elle se les frotta avant de vite réaliser où elle se trouvait. Il faisait toujours nuit dehors. Elle considéra un instant son téléphone sur sa table de chevet dont la sonnerie faisait vibrer l'appareil et le déplaçait légèrement sur le meuble. Elle ne savait combien de temps elle s'était endormie. Elle examina l'heure sur son téléphone, puis le numéro qui l'appelait. Un numéro bien connu de son répertoire qui disparut avec la fin de l'appel.

Elle se passa la main sur son visage pour se réveiller de ce sommeil mélancolique et inspira un bon coup pour s'assurer que sa poitrine se soulevait encore malgré les dégâts subis récemment sur son cœur. Elle avisa une nouvelle fois le numéro de téléphone et l'heure pour vérifier à nouveau qu'elle était bien réveillée.

Elle rappela Ethan, n'aimant pas ses appels si tard dans la nuit. Deux bips sonnèrent avant qu'on décroche.

— Allo !

Kaya marqua un temps de doute et vérifia le numéro en constatant que ce « allo » ne correspondait pas à la voix d'Ethan.

— Ethan ?

— Bonsoir ! dit alors la voix. Je suis le gérant du bar « Le Comptoir ». Je suis désolé de vous déranger, mais votre ami est allongé sur mon comptoir complètement ivre et je dois fermer l'établissement. Avant de le mettre dehors, je me suis dit que peut-être quelqu'un pourrait s'occuper de lui...

— Oh ! Oui...

Elle se pinça les yeux, essayant de rassembler le peu de conscience qui lui restait après avoir déversé sa tristesse durant toute une partie de la soirée.

— Vous étiez la première de son répertoire. Il s'est endormi avec votre numéro ouvert sur son téléphone dans la main.

Sa main droite se posa instinctivement sur sa poitrine. Il voulait l'appeler, mais n'osait pas.

— OK, j'arrive.

— Bien...

— Je viendrai en taxi en revanche ; je n'ai pas de voiture. Pouvez-vous me donner votre adresse ?

— Bien sûr...

Le taxi arriva devant le bar une demi-heure plus tard, mais tout sembla être éteint et fermé. Elle tenta d'ouvrir et de frapper à la porte pour alerter le patron, mais aucune réponse ne lui vint. Elle souffla, à présent inquiète pour Ethan. Elle s'attrapa les cheveux et regarda autour d'elle afin de vérifier qu'il n'était pas dans les alentours ou qu'une seconde porte de l'établissement ne se trouvait pas derrière le bâtiment. Elle décida de chercher autour et finalement l'aperçut assis au sol à côté d'un conteneur à poubelles dans une petite ruelle, à moitié inconscient. Elle se précipita vers lui et s'agenouilla.

— Ethan ! Je suis là ! lui cria-t-elle, angoissée de le voir dans cet état dans cette rue sombre.

Il leva la tête légèrement pour voir qui lui parlait avant de la laisser retomber en avant.

— Le patron aurait pu attendre un peu ! marmonna-t-elle pour elle-même. Pfff ! Je te ramène à l'appartement. Aide-moi à te relever.

Elle essaya de le soulever, mais Ethan ne semblait pas en état de coopérer. Elle décida de revenir vers le taxi pour demander un coup de main mais, une fois en dehors de la ruelle, elle aperçut soudain ce dernier quitter les lieux et lui passer sous le nez. Elle pesta alors, puis revint vers Ethan. Elle lui toucha le front, puis la joue.

— Ethan, je me doute que tu veuilles dormir, mais tu ne peux pas rester ici. Ce n'est pas un endroit sûr et propre...

Elle lorgna alors au loin un rat près d'une autre poubelle.

— Debout, Connard ! Tu me fais venir à une heure indue, tu vas bouger ton cul ! lui cria-t-elle alors, pour stimuler sa combativité.

Ethan ouvrit les yeux et la regarda à nouveau.

— Je crois que j'ai vraiment trop bu ! Je te vois même devant moi ! déclara-t-il alors dans une élocution difficile et en ricanant.

— Ethan, le gérant du bar m'a appelée pour que je vienne. Je suis là, donc on rentre ! Lève-toi.

Elle passa ses bras sous les siens pour tenter de le soulever une nouvelle fois. Ethan l'aida tant bien que mal, malgré le peu d'équilibre dont il était capable. Elle l'appuya contre le mur pour qu'il tienne debout et qu'il ne reporte pas tout son poids sur elle. Elle lui saisit son visage en coupe entre ses mains et le regarda droit dans ses yeux embués d'alcool.

— Ethan Abberline, tu vas tenir bon et marcher ! C'est un ordre !

Ethan se mit à rire en entendant son ton si ferme.

— Je ne peux pas... Tu n'es plus là pour que j'avance...

Les mots d'Ethan troublèrent Kaya. Elle pouvait sentir toute la tristesse dans sa voix déchirée par la douleur et les effets de l'alcool. Ses yeux marron chocolat s'ancrèrent dans ceux vert noisette de Kaya. Les mains de la jeune femme étaient chaudes. Il ferma les yeux pour en apprécier le mince réconfort que seuls ses rêves pouvaient lui donner. Kaya lui donna aussitôt une petite gifle en réponse, pour qu'il ne s'endorme pas debout et qu'il réalise qu'elle était bien là, avec lui.

— J'ai dit qu'on ne dormait pas ici, Abberline ! On ouvre les yeux !

Ethan la fixa, dans un sursaut de conscience, et s'écrasa sur elle pour l'étreindre. Kaya fit trois pas en arrière tandis que les bras d'Ethan encerclèrent son cou. La tête posée sur son bras gauche, Ethan se laissa aller contre elle.

— Tu m'as quitté parce que tu me détestes, n'est-ce pas ? C'est ma faute si on a perdu le bébé. J'ai renoncé à nous.

— Quoi ?

— Je t'ai laissé te battre contre cette fille. Si je vous avais séparées, si je t'avais protégée, tu ne serais pas tombée sur la table et...

— Ethan, on n'a aucune garantie que ce soit ça la cause de la fausse couche. Le gynécologue m'a bien dit que cela pouvait déjà être trop tard depuis bien avant. Il n'y avait pas d'hématomes à l'échographie. Les émotions négatives sont certes un facteur donnant un stress au bon développement du bébé, mais ça ne fait pas tout !

— Je passe mon temps à te faire souffrir...

Il la serra un peu plus contre lui, au point que Kaya put sentir son souffle contre son oreille et l'entendre renifler.

— Tu sais très bien que c'est faux. Du moins, c'est plus compliqué que ça.

— Tu me l'as dit : tu me quittes, car tu ne veux plus souffrir.

— Ethan, je te quitte parce que tu ne me montres aucune perspective positive nous concernant. Je suis perdue sur ce que je dois faire pour que tu reviennes vers moi. Et plus j'espère, plus je souffre de cette non-amélioration de notre couple.

— Je sais que tu m'en veux de ne pas avoir été là pour la grossesse...

Ethan craqua alors contre elle et se mit à pleurer.

— Je ne voulais pas que ça arrive. Je ne voulais pas qu'il meure. C'était notre bébé... et je n'ai pas été là pour lui ni pour toi !

Kaya ferma les yeux. Elle percevait la souffrance d'Ethan au plus profond de son cœur. Elle se contenta de le serrer contre lui alors qu'il pleurait. Il craquait enfin et parlait. Il exprimait enfin ce qu'elle espérait, les concernant. La distance qu'il avait volontairement installée s'effaçait. Même s'il restait confus, il admettait enfin ce qu'il reniait jusque-là.

— Je suis tellement fatigué. J'en peux plus. Pourquoi tout est si dur ? J'ai beau essayer de chercher des solutions, j'ai beau faire au mieux pour ne blesser personne, c'est tout le contraire qui se passe.

Kaya lui caressa les cheveux pour le rassurer.

— Notre bébé était... une magnifique crevette !

Elle se mit à rire en se souvenant de l'échographie et de ce seul qualificatif qu'elle pouvait lui donner en termes de description physique.

— J'avoue que le voir à la première échographie était un événement assez déroutant. Quand le gynécologue a allumé le son et que son petit cœur s'est fait entendre dans la pièce, je n'ai pu m'empêcher de pleurer. J'aurais voulu que tu l'entendes. Il semblait fort !

Ethan se détacha d'elle pour lire la véracité de ses propos sur son visage. Les larmes coulaient également sur les joues de la jeune femme qui lui souriait tendrement.

— Comment aurais-je pu renoncer à lui en l'entendant vivre en moi ?... Il était si petit, si fragile, si vulnérable... et pourtant son cœur battait si vite, si fort !

De nouvelles larmes coulèrent sur les joues de Kaya tout en souriant de ce souvenir si précieux à ses yeux.

— Tu as encore les échographies du bébé ? lui demanda alors Ethan.

Kaya acquiesça tout en lui essuyant ses larmes.

— Tu veux les voir ?

Ethan secoua positivement la tête à son tour.

— Elles sont à la maison.

— Tu le... sentais bouger ?

— Non, c'était encore un peu tôt, mais je ne sais pas, sans doute l'instinct maternel, mais je caressais souvent mon ventre, je lui parlais et j'avais vraiment cette sensation d'être différente, de ne pas être seule. J'avais l'impression qu'il me donnait de la force.

Ethan posa à nouveau son visage dans le cou de la jeune femme.

— Tu devais être tellement belle à voir comme maman... J'ai tout raté !

Il laissa à nouveau le chagrin le submerger.

— C'est parce que je ne lui ai pas donné d'amour, parce que son père l'a rejeté, qu'il...

— Ethan, stop ! Arrête de culpabiliser ! Même si tu avais été à mes côtés, son destin aurait sans doute eu la même finalité. La nature a effectué son travail. Quelque chose a cloché dans son évolution et c'est tout. Il faut juste accepter qu'il en soit ainsi... même si on ressent cette forme d'injustice et qu'on cherche des causes...

Elle lui frotta le dos pour le réconforter. Une sourde colère envahissait Ethan, persuadé que c'était parce qu'il refusait catégoriquement d'être père jusque-là que ce bébé avait vu sa vie s'achever plus tôt que prévu.

— Pardon... Pardon de t'avoir blessée ainsi... Si je n'avais pas craqué chez Alonso Déca, tu n'aurais pas eu à traverser tout cela toute seule... Je m'en veux tellement d'être si faible !

— Ethan, s'il te plaît. Arrête. Je veux que tu arrêtes de te rendre responsable de tout, de te dévaloriser ainsi. Tu n'es pas un cas désespéré. S'il te plaît. Et tu n'es pas le seul fautif dans cette histoire !

Elle lui attrapa la tête pour qu'il se décolle de son cou et qu'il lui fasse à nouveau face. Elle posa son front contre le sien puis déposa un baiser sur sa bouche.

— Arrête de t'isoler, de me mettre à distance. Dis-moi ce qui use ton mental. Juste, parle-moi comme tu le fais à présent. Dis-moi ce que tu aimerais et regrette de ne pouvoir faire. Dis-moi qu'est-ce qui t'empêche de rester avec moi pour qu'on trouve les solutions ensemble. Ne tente pas de régler les problèmes tout seul ou de nier les choses. Je suis là, avec toi, comme tu l'as été pour moi dans mes moments difficiles. Le réconfort mutuel... tu te souviens ! Il est toujours d'actualité ! On peut y arriver !

— J'ai tellement besoin de tes câlins... lui dit-il alors, d'une voix déchirée.

— Moi aussi !

Elle l'embrassa à nouveau, malgré les effluves d'alcool en lui. Ethan n'hésita pas à y répondre. Il avait besoin de sa tendresse, de ce fameux réconfort qu'elle pouvait lui donner et qui lui était si bienfaisant. Il sentait bien son esprit embrumé par toute cette fatigue, tout ce stress et cet alcool cumulés, mais c'était surtout parce qu'il n'avait plus la force de lutter. Il réalisait que ce trop-plein d'émotions énoncé plus tôt dans la journée par les deux docteurs prenait de plus en plus de sens en lui. Il était « trop ». Trop apeuré. Trop fatigué. Trop stressé. Trop alcoolisé, oui. Mais aussi trop amoureux. Trop plein d'espoir. Trop blessé. Il n'en pouvait plus de tout ce « trop ». Cela débordait à présent. Il ne pouvait plus contenir quoi que ce soit.

Il la serra dans ses bras et ouvrit les vannes. Tout ce qu'il retenait en lui ne pouvait continuer d'être enfermé. Tout ce qui l'avait fait reculer jusqu'à maintenant ne trouvait plus de sens face à son envie de vivre avec elle. Sentir ses lèvres sur les siennes était cette unique solution pour faire diminuer ce trop-plein en lui. La serrer contre lui, apaiser ce tourbillon qui s'agitait dans son esprit au point de ne plus y voir clair, mélanger son souffle au sien, confirmait que seule cette issue était favorable à sa survie. Survie qu'il acceptait à pleine bouche !

Kaya recula devant l'impétuosité de plus en plus affirmée d'Ethan sur ses lèvres et son corps. Elle put sentir ses grandes mains caresser son échine et chercher la chaleur de sa peau sous ses vêtements. Il la fit reculer un peu plus jusqu'à ce qu'elle touche le mur de son dos et qu'il trouve une résistance lui permettant d'affirmer sa poigne sur ses hanches. Il embrassa ensuite son cou, l'aube de sa clavicule. Kaya ferma un instant les yeux pour savourer le contact des lèvres d'Ethan sur sa peau. Ses mains baladeuses descendirent à hauteur de ses cuisses pour partir à la découverte de ce qui se trouvait sous sa petite robe. Il prit en otage sa cuisse qu'il positionna à hauteur de rein afin d'offrir à sa main un meilleur passage vers les fesses de Kaya qui sentait son self-control lui échapper. Le désir naissait entre eux de manière fulgurante. Chaque centimètre dévalé par les mains d'Ethan sur la peau nue de Kaya amplifiait ce désir d'appartenir à l'autre. Lorsqu'il glissa son doigt dans son intimité, un frisson s'échappa du bas de la colonne de Kaya jusqu'à ses épaules. Elle grogna de bonheur et se laissa porter par les délices qu'il provoquait en elle.

— On ne peut pas continuer ici... s'efforça-t-elle de dire malgré son envie d'aller plus loin. Ethan, rentrons.

Le désir débordant, Ethan la contempla quelques secondes, droit dans les yeux. Autant lui annoncer une déchirure au cœur que de lui demander de se mettre en pause après tant de temps d'abstinence.

— L'hôtel le plus proche est où ? tenta-t-il de demander, malgré le trouble de sa tête.

— Aucune idée...

Il se recula alors, titubant à moitié, l'équilibre lui faisant défaut face au désir. Kaya se précipita sur lui, pour l'empêcher de tomber.

— Ethan, tu es ivre...

— Tu penses que je ne sais pas ce que je fais ?! Que je vais profiter de toi comme chez Déca ?!

— Je pense qu'il vaut mieux d'abord rentrer. L'endroit n'est ni sûr ni adéquat.

Ethan se détacha de son bras qui le maintenait debout, d'un air agacé.

— Pourquoi faut-il toujours que ce soit les autres qui décident à ma place ?

— Tu as trop bu, Ethan. J'appelle un taxi ! dit alors Kaya après avoir remis en ordre ses vêtements.

— Pas assez peut-être. Je suis encore trop sobre visiblement...

14

ÉQUILIBRÉ

Ethan s'endormit à moitié durant tout le trajet en voiture, la tête posée sur l'épaule de Kaya. Les dernières émotions et sa libido inassouvie semblaient avoir eu raison de ses dernières forces. Elle lutta avec lui pour le faire sortir du taxi, le conduire jusqu'à l'ascenseur, puis l'appartement. Ethan restait coopératif, même si le plus souvent, il se laissait aller contre Kaya pour tenir debout.

Une fois chez lui, elle le guida vers la salle de bain et l'obligea à prendre appui contre le lavabo pour qu'il reste debout et surtout éveillé. Elle prit un gant qu'elle humidifia pour le lui passer sur le visage. Les yeux fermés, Ethan gémit au contact de cette fraîcheur sur sa peau. Elle se désola de le voir ainsi. Il semblait marqué par les derniers événements. Elle l'obligea à retirer son polo.

— Prendre une douche te fera du bien. Tu pourras te coucher après.

Ethan se laissa diriger par Kaya et n'objecta pas. Elle posa le polo au sol et observa ses cicatrices encore fraîches un instant. Pouvait-elle seulement les toucher, comme avant ? Elle soupira.

Tant de souffrance se trouvait sous ces cicatrices. Tant de réponses à ses questions prenaient leurs origines sur sa poitrine. Elle leva la main vers elles doucement. Pouvait-elle encore croire qu'elle en toucherait leur vérité en s'en rapprochant à nouveau ?

Ethan lui attrapa alors le poignet et la ramena contre lui, dans ses bras. Contre toute attente, elle se retrouva finalement la joue contre son torse. Il posa sa main sur sa tête pour qu'elle reste bien contre sa peau. Elle rougit alors de cette nouvelle proximité entre eux, puis ferma les yeux quelques minutes. Elle pouvait entendre son cœur battre contre son oreille. Quelque part, elle se sentait rassurée de l'entendre. C'était comme lui dire que, malgré sa profonde détresse, Ethan était toujours vivant quelque part. Rien n'était perdu. Elle encercla sa taille de ses bras et serra son étreinte. Ce câlin lui faisait du bien. Elle retrouvait sa chaleur, pouvait humer son parfum et se rassurer de son affection. Elle sourit alors. Même s'il était ivre, même si demain, il pouvait oublier cette nuit, elle avait le mérite de lui redonner du baume au cœur et de confirmer qu'Ethan avait besoin d'elle, même si tout demeurait compliqué.

Finalement, elle lui donna une claque sur ses fesses, pour lui redonner un coup de peps face à cette fatigue pleine d'ivresse.

— Allez ! On arrête les câlins ! À la douche !

Ethan sursauta face à l'impact de la main de Kaya sur cette partie de son corps. Sa tape eut même l'effet escompté puisqu'il ouvrit grand les yeux et la dévisagea un instant.

— OK... fit-il... On peut continuer le câlin dans la douche ?

Kaya posa ses poings sur sa taille.

— Monsieur Abberline, seriez-vous en train de me dire que vous ne vous doucherez pas si je ne vous rejoins pas ?

Il lui offrit un beau sourire complice en réponse alors qu'il penchait d'avant en arrière, tenant difficilement son équilibre.

— Et si je glisse dans la douche et que je... m'ou... m'ouvre le crâne, il y aura non-assistance à personne en dang... dangereux !

Kaya pouffa. Même avec les idées troubles, il ne perdait pas le nord. Il la prit alors dans ses bras et poussa un râle de satisfaction.

— Interdit de... t'éloigner de moi ! Opération pot... de colle !

— Arrête tes bêtises ! Comment veux-tu faire quoi que ce soit ainsi ?

Il posa son visage contre son épaule.

— Cââââliiiin !

— OK... Ce n'est pas gagné ! grommela la jeune femme. Je crois qu'on ne va peut-être pas passer par la case douche à ce rythme...

— On y fait un bébé ? Encore ?

La demande d'Ethan laissa tout à coup Kaya pantoise. Elle se demanda même si elle avait bien entendu. Face à son silence, Ethan continua.

— J'en ai marre des... échecs...

Un hoquet sortit de la bouche d'Ethan. Visiblement, les manifestations de son ivresse changeaient. Il commençait à cuver. Kaya grimaça en constatant son état de plus en plus déplorable.

— On va faire un bôôô bébé ! Un qui sera plus fort et qui aura... pleiiiin d'amouuuuuuur !

Kaya leva les yeux de dépit. Lui, qui avait toujours clamé ne pas vouloir être père, lui chantait la sérénade pour qu'elle retombe enceinte, comme si tout le reste était oublié.

— Ce sera un mec ! Ouais ! Un vrai !

Kaya le sentit partir en arrière et le ramena vers elle.

— Je doute que tes têtards trouvent mes ovules vu ton état ! Allez ! On va dans ta chambre !

Il se mit à rire.

— Tu es pressée que je te... prouve... le contraire !

— Je crois surtout que tu as besoin de dormir !

— Avec toi !

— C'est ça !

Elle le porta comme elle put jusqu'à sa chambre et le laissa tomber sur le matelas.

— J'ai vraiment une impression de déjà-vu ! Pfff !

Elle commença alors à déboutonner son pantalon et à le lui retirer. Ethan gloussa de façon coquine.

— J'aime... quand tu prends les devants !

— En même temps, si tu passes derrière, je doute que tu arrives à quoi que ce soit !

Elle lui fit un clin d'œil et Ethan se retrouva en boxer, allongé sur les draps.

— Je t'aime ! lui déclara-t-il, les paroles prononcées avec difficulté.

Elle déposa un baiser sur son front.

— Repose-toi, va !

Ethan lui attrapa à ce moment-là la taille et la bascula sur le matelas. Il l'encercla de ses bras et jambes et ferma les yeux.

— Pas sans toi !

Kaya sourit et réajusta les draps sur eux.

— Pas sans toi... répéta-t-elle doucement alors qu'Ethan semblait déjà parti dans les bras de Morphée.

Les bulles sortirent de l'aspirine au contact de l'eau. Kaya regarda le verre qu'elle préparait pour Ethan avec douceur.

J'ignore s'il aura faim après la cuite de la veille. Est-ce que je tente de lui cuisiner un truc ?

Elle s'était réveillée voilà une heure. Ethan dormait encore à côté d'elle lorsqu'elle s'était décidée à se lever. Elle aurait pu profiter de ce moment rien qu'à elle à le regarder dormir, mais elle n'avait pas envie de se créer de fausses joies et de faux espoirs. Même si leur relation s'était débloquée avec un début de discussion et de regrets évoqués, rien n'était acquis. Elle gardait en tête que son ivresse de la veille pouvait changer la donne ce matin. Elle avait donc pris le parti de déjeuner et d'attendre quelle serait sa réaction en sa présence.

C'est lorsqu'elle croqua son dernier bout de biscotte qu'Ethan apparut à l'entrée de sa chambre. Il se frotta la tête, le visage embrumé par le sommeil, puis la vit. Après un moment à tenter de retrouver ses souvenirs, il s'avança vers elle et vit le verre d'eau. Elle avala immédiatement sa dernière bouchée.

— C'est de l'aspirine. C'est... pour toi !

Sans un merci, il but d'une traite le remède miracle pour ce qui semblait être une gueule de bois. Kaya sourit en voyant ses cheveux en bataille.

— Comment te sens-tu ? Tu as faim ?

Ethan émit un grognement de dégoût avant d'aller aux toilettes, puis de se doucher.

On repassera pour la discussion matinale !

Elle soupira. Il ne semblait pas surpris de la voir, ce qui était déjà ça.

Néanmoins, son idée de douche à deux a disparu...

Ethan réapparut une demi-heure plus tard, un peu plus frais et dispo, alors qu'elle s'était installée devant la télévision en l'attendant. Il vint s'asseoir à côté d'elle en silence, la main posée sur son front, la tête en arrière. Kaya posa la télécommande.

— Tu veux regarder quelque chose ? lui demanda-t-elle, gênée. C'est ta télé, après tout... Je te laisse la place pour aller faire un brin de toilette. Ensuite..., euh... je rentrerai.

Elle baissa les yeux, triste de devoir dire ces mots. Mais avait-elle d'autres choix ? Ethan ne broncha pas plus.

— Tu as vraiment mal ? On dit que mettre du froid sur le front soulage...

Il retira alors sa main dans un soupir et alla s'écraser contre elle, enlaçant de ses bras la taille de la jeune femme, sa tête contre sa poitrine. D'abord surprise par ce revirement de situation tendre, Kaya sourit, soulagée, et lui caressa les cheveux. Il ne souhaitait pas la voir partir, c'était déjà un bon point. Ethan s'allongea mieux le long du canapé pour poser sa tête sur ses cuisses, le visage contre son ventre. Elle eut de la peine alors, pensant au lien père-bébé interrompu avant même qu'ils aient pu faire connaissance.

Ils restèrent ainsi, silencieux, plusieurs longues minutes. Chacun appréciait ce moment tendre, sans mot. Kaya savourait de glisser ses doigts dans les cheveux d'Ethan et Ethan de se laisser envelopper par la douce présence de Kaya contre lui.

— Tu devrais te recoucher si ça ne va vraiment pas... As-tu envie de vomir ?

— C'est ta faute si je suis dans cet état...

Ethan releva une moue agacée sur le visage de Kaya.

— Bon, OK, c'est aussi de la mienne...

Il attrapa la main de Kaya et la posa sur son front. Le contact de ses mains froides sur sa peau avait un côté réconfortant.

— Tu... te rappelles ce qu'il s'est passé hier soir ? demanda alors la jeune femme.

— Pour qui me prends-tu ? rétorqua Ethan sèchement.

Kaya se mit à rire et décala sa main sur le front d'Ethan pour y déposer un bisou. Surpris, Ethan la dévisagea un instant, puis se redressa à côté d'elle pour lui faire face. Appuyant un bras de l'autre côté des cuisses de la jeune femme pour lui faire barrage, il la fixa plus sérieusement, au point de plonger Kaya dans une certaine gêne et regretter de s'être laissé aller à l'embrasser sur le front.

— Ne me regarde pas comme ça... Il est légitime que je m'interroge sur tes souvenirs après tout l'alcool dont tu étais imbibé...

— Et donc en conclusion, tu m'embrasses le front ?

Alors qu'ils étaient proches l'un de l'autre, Kaya rougit un peu plus, puis haussa les épaules.

— J'ai félicité ton super cerveau d'avoir gardé tout en mémoire ! C'est tout...

Elle joua alors des mimiques embêtées sur son visage pour tenter de dédramatiser la chose et éviter toute interprétation plus intime, sachant bien que le sujet restait compliqué. Mais Ethan ne l'entendit pas de cette oreille.

— Ce n'est pas sur le front qu'on embrasse un malade ! J'agonise sur toi et toi, tu te réjouis juste de mes souvenirs ? Embrasse-moi plutôt sur la bouche, Princesse idiote ! Soigne-moi !

Cette fois, ce fut Kaya qui ne cacha pas sa stupéfaction face à son injonction pour le moins sévère. Ethan lui lança un regard satisfait et sourit. Kaya fronça alors les sourcils, réalisant son manège.

— Attends... Tu ne serais pas en train de jouer la comédie depuis tout à l'heure sur ta santé, juste pour arriver à cette fin par hasard ?

Ethan lui sourit encore plus franchement et écrasa ses lèvres sur les siennes sans plus de cérémonie. Kaya gémit contre la bouche d'Ethan alors qu'il l'invitait à venir dans ses bras. Il se saisit de la lèvre inférieure de Kaya avec ses dents et la tira légèrement pour la taquiner davantage.

— Ethaaan, ce n'est pas drôle !

Ce dernier ricana et l'embrassa à nouveau.

— Si, c'est drôle ! J'ai hésité, j'avoue, à savoir quelle attitude adopter ce matin, mais ça me manque de ne pas te rendre chèvre. Je crois que j'ai besoin de ça !

Kaya lui assena un petit coup à l'épaule de sa main.

— Je te déteste ! T'es horrible !

Ethan la colla un peu plus contre lui et soupira bruyamment.

— Je sais... Je suis un sacré connard des fois, mais... il ne faut pas me pousser à bout !

Écrasée contre lui, Kaya serra le t-shirt d'Ethan dans ses mains tandis que son nez humait son odeur.

— Pardon Kaya... si je n'ai pas tout le temps été là quand je t'ai demandé de vivre ici, c'est vrai que c'est en partie parce que j'avais peur de tout contact avec toi ; je redoutais une confrontation des sentiments et je t'ai évitée. C'est aussi parce que je voulais avoir plus... de recul pour nous... J'ai besoin d'aide et de réponses, et je crois que je suis en train de trouver tout cela progressivement.

Kaya lâcha son t-shirt pour tenter de reprendre de l'oxygène après son apnée en sortant la tête de son torse, puis le fixa attentivement.

— En réalité, je suis suivi par un psychiatre..., lui déclara-t-il alors d'une voix grave, droit dans les yeux.

— Le psy de l'hôpital ?

— Oui. Le docteur Courtois.

— Depuis quand ?

— Le jour de ta fausse couche.

Les yeux de Kaya s'humidifièrent en réalisant que la perte du bébé fut le déclic dont parlait le docteur Courtois.

Alors il a fallu ce drame pour que tu le consultes ?

Le visage navré d'Ethan répondit aux larmes qui glissaient sur les joues de Kaya.

— Ça a été la goutte d'eau. Je n'ai... pas supporté. Je ne veux pas de bébé, mais te voir ainsi et imaginer ce bébé parmi nous...

Kaya vit à quel point il était encore affecté par son hospitalisation par les trémolos dans sa voix. Il cherchait ses mots et la détresse restait perceptible par les mouvements de son corps traduisant son désarroi.

— Je l'ai croisé à l'accueil de l'hôpital. Je me sentais tellement seul, démuni...

Il cacha alors son visage de sa main.

— J'ai demandé son aide.

Kaya sourit alors et retira sa main qui le cachait et l'embrassa brièvement sur la bouche. Son regard tendre soulagea un instant Ethan.

— Tu as fait le bon choix. À ce stade, je crois que personne ne peut t'aider à part ce type de docteur. Je suis heureuse et soulagée, même si le déclic est venu à cause de la fin de ma grossesse. Finalement, l'arrivée de ce bébé dans notre vie aura eu une conséquence positive malgré tout.

En regardant la mélancolie qui traversait Kaya en cet instant, Ethan réalisa la portée de ses mots. Le sacrifice d'un bébé contre sa thérapie chez un psychiatre. C'était le deal pour qu'un espoir subsiste entre eux deux. Il serra les mains. Le prix était cher payé. Il ne pouvait plus rebrousser chemin. Il ne pouvait que se soigner et trouver un moyen de reprendre confiance en lui. Pour Kaya et pour le bébé. Seulement pour prouver que cette perte n'était pas vaine.

Il desserra ses mains et inspira un coup avant de reprendre.

— Même s'il a des méthodes bizarres...

— Ooooh ! Attends ! l'interrompit-elle alors, comme si elle venait de découvrir quelque chose d'important. La sucette que tu m'as donnée à l'hôpital..., c'était la sienne ! C'était une sucette du psy ! Pas vrai ?

Ethan sourit malgré lui.

— Oui.

— Il t'a donné une sucette pour moi ? lui demanda-t-elle, perplexe.

— Non, c'était pour moi, mais... j'ai préféré t'en faire cadeau !

— Je t'en rachèterai une !

— Quoi ?! Qu'est-ce que tu racontes ?

— C'est ta thérapie, je ne dois pas interférer dans ton travail thérapeutique.

— Tu ne vas pas t'y mettre toi aussi avec les sucettes qui me sont destinées comme médicament ! Je t'en prie !

Kaya se redressa alors, à califourchon sur lui.

— Ethan Abberline, il n'y a pas de futilité qui soit quand on parle de soins ! Je vais tout faire pour que le docteur Courtois mène à bien sa mission ! Je ne veux plus qu'on revive l'épisode de la salle de bain à New Haven. Je ne veux plus te voir te faire souffrir sciemment, sans savoir pourquoi ni quoi faire pour t'aider. Je ne veux plus lire dans tes yeux cette impression que rien ne peut être soulagé en toi ni me sentir impuissante à ne pas pouvoir te rendre heureux sur du long terme.

— Kaya...

— Je veux rester ta petite amie, moi...

Ethan posa immédiatement sa main sur la joue mouillée de Kaya. Sa demande lui transperçait le cœur. Il se précipita ensuite sur ses lèvres pour faire disparaître sa peur. Il ne voulait plus vivre ça non plus.

— Petite amie ou pas, il n'y a que toi dans mon cœur...

— Je veux redevenir ta petite amie ! pleura-t-elle contre son front.

Ethan ferma les yeux et sourit devant ses douces suppliques.

— Tu ne crains pas de sortir avec un homme comme moi ? T'es un peu folle quand même !

Kaya haussa les épaules dans un sourire au milieu de ses larmes.

— Foutu pour foutu !

Devant l'air offusqué d'Ethan appelant à une vengeance, Kaya éclata de rire.

— Tu as raison ! Foutu pour foutu, pourquoi se retenir ?!

Il la bascula sur le canapé afin de s'allonger sur elle et l'embrassa. Kaya l'entoura de ses jambes et de ses bras.

— Vous êtes mon prisonnier, Monsieur Abberline ! Je ne vous laisserai plus m'échapper.

Heureux d'entendre ces belles paroles, Ethan sourit contre ses lèvres.

— Je suis dans ce cas le captif le plus chanceux au monde ! Serait-il gênant si votre prisonnier venait à prendre en otage vos seins, vos hanches ou...

Il glissa alors sa main entre les jambes de Kaya et pressa son intimité. Kaya inspira fortement de plaisir à son contact.

— Prendre en otage quoi ? Je n'ai pas bien compris !

Le sourire coquin de Kaya répondit à celui langoureux de son amant.

— Mmmmh ! Je vois ! Les négociations s'annoncent prometteuses !

Il s'empara de son cou et en mordit sa peau. Kaya se dandina sous son poids pour échapper à son appétit vorace. La main d'Ethan se glissa alors dans sa culotte tandis qu'elle se mit à rire.

— Tu sais, à ce qu'il parait, je fais dans le « trop », dans l'excessif... Tu veux tester quand je suis dans le trop sexuel et le trop amoureux ?

— Seriez-vous en train de m'inclure dans votre psychothérapie en tant que testeuse, Monsieur Abberline, afin de vérifier certaines thèses ?

— J'avoue que cette thèse-là, en tout cas, j'ai très envie de la vérifier. L'hypersensibilité... vaste sujet, tu ne trouves pas ? lui souffla-t-il dans l'oreille tandis que son doigt pénétrait son sexe.

Kaya se cambra dans un soupir.

— Mmmh, intéressant ! reprit-il dans un sourire. Votre chaleur interne touche l'incandescence ! Est-ce due à ma sensibilité ou à la vôtre, Mademoiselle Levy ?

Le va-et-vient de son doigté fit gémir Kaya.

— Vous avez dit être dans le « trop », Monsieur Abberline ? Moi, je dis qu'on est dans le « pas assez » !

Ce fut Ethan qui gémit cette fois-ci lorsqu'elle murmura ces mots dans l'oreille et qu'elle balada le bout de ses doigts sous son T-shirt, le long de la colonne vertébrale, et qu'elle lui arracha un frisson. Les baisers se succédèrent avec de plus en plus d'intensité, de désir, de dévotion. Très vite, les vêtements tombèrent au sol et leurs souffles épaissirent le tourbillon autour d'eux pour ne laisser que l'effleurement de chaque contact contre leurs peaux les électriser. Ethan n'attendit pas pour saisir les hanches de Kaya et s'enfoncer en elle plus profondément à chaque coup de reins. Il ferma les yeux pour apprécier chaque sensation, chaque bruit, chaque mouvement entre eux et réaliser combien le « trop » en lui finalement n'était jamais « assez » à ses yeux. Si ce « trop » pouvait l'anéantir, le « pas assez » aussi. L'histoire de sa vie se jouait à présent devant ses yeux. Être un homme voulant toujours plus que ce qu'il n'avait ou souhaitait avoir. Il plongea alors sur les lèvres de Kaya une nouvelle fois encore, pour s'abreuver de cet amour incommensurable qu'il voulait donner autant que recevoir, entre deux apnées de déliquescence où il se perdait. Cette oscillation entre anéantissement de soi et survie entre ses lèvres le maintenait toujours plus sur le fil du bonheur. Il sourit alors, au moment où le « trop » et le « pas assez » disparurent pour laisser juste place à l'extase du nous que représentait le couple qu'il formait avec Kaya.

Kaya était sa balance. Le gardien de son équilibre. Le contrepoids de ses excès. Il cacha son visage dans son cou et la serra fort dans ses bras. Il réalisait combien cette femme avait un sens dans sa vie et combien les propos du psychiatre trouvaient aujourd'hui un écho en lui. Il devait faire confiance au couple qu'il formait avec Kaya, à la force de cet équilibre qu'il avait construit avec elle, au chemin qui se dessinait avec elle pour trouver une sortie lumineuse à tous ses doutes, son jugement, ses peurs.

15

ENLEVÉE

Allongés nus dans le lit, Ethan et Kaya se laissaient aller à contempler le plafond dans une nouvelle félicité post-coït. Tout en lui caressant les cheveux, Ethan se sentait serein. Il ne l'avait pas été depuis des mois, mais aujourd'hui, il l'était. Il imaginait déjà ses prochaines séances avec le psy qui le féliciterait de cette avancée tout en se moquant de son côté sans doute retardataire là où lui, le spécialiste, n'avait aucune hésitation sur sa relation avec la jeune femme.

Il avait encore beaucoup de points à traiter avec le docteur Courtois, mais il reconnaissait que le fait de s'être ouvert à cet homme avait sans doute eu son effet quelque part. Il jeta alors un œil vers Kaya qui fermait les yeux de temps en temps, se laissant bercer par ses caresses.

— Kaya...
— Mmmh...
— Attends-moi encore un petit peu, s'il te plaît.

Kaya leva la tête vers lui pour tenter de comprendre où il voulait en venir.

— Je sais que tu attends des réponses me concernant, concernant mes craintes et mon passé...

Il jeta un regard à ses cicatrices.

— Je pourrais tout te dire sur ce qu'il y a dans ma tête, mais j'ai réalisé que si je n'ai rien dit jusque-là, c'est aussi peut-être parce que tout n'est pas encore très clair pour moi. J'ai besoin de comprendre, je crois... et avec le Docteur, ça commence à s'éclaircir.

Kaya se tourna complètement vers lui et posa sa main sur son torse. Se sentant écouté, Ethan continua.

— Mes visites chez le psy m'ont permis de réaliser que peut-être je ne pensais pas les choses de la bonne façon. Ou du moins que mes sentiments, même si justifiés en premier lieu, pouvaient s'interpréter autrement.

— Ethan, qu'est-ce que tu essaies de me dire exactement ?

Il se tourna alors vers elle et la regarda fixement.

— Nous avons parlé un peu de ma mère biologique... et de mon comportement général dernièrement.

— Ton comportement général ?

Ethan secoua la tête.

— Tu sais, le « trop » ou le « pas assez »... c'est compliqué à expliquer, mais je réalise que, lorsque Cindy m'a dit que j'avais un QI élevé, je n'avais pas cerné toute l'étendue du problème sur ma façon d'appréhender les choses. Être haut potentiel n'est pas qu'une affaire d'intelligence. Je pense différemment, j'absorbe les choses autrement et ça a joué sur ce que j'ai vécu plus jeune et sur mon devenir d'adulte.

— Oh... Et donc ?

— Même si ce que j'ai vécu avec Sylvia m'a marqué profondément, cette aptitude a renforcé ce traumatisme outre mesure et a joué sur l'homme que je suis devenu.

— Et c'est bien ou mal ?

Ethan s'esclaffa, en la voyant toujours dubitative.

— Je ne sais pas... C'est en cours de résolution, je crois. Du moins, c'est moi et je ne peux pas faire grand-chose à mes gênes !

Kaya se repositionna face au plafond et réfléchit.

— Celui que tu es devenu... Tu sais, que ce soit en bien ou en mal sur tes actes, ce qui compte, n'est-ce pas l'homme que tu es devenu aujourd'hui plutôt que celui d'hier ou de l'enfance ?

Ethan observa à son tour le plafond, songeur.

— Je ne veux pas émettre de jugement, Ethan, je ne sais rien de ce que tu as vécu avec ta mère, mais je vois bien que cela te ronge encore aujourd'hui. Je vois que ça pollue l'image que tu as de toi adulte.

Elle se tourna vers lui à nouveau.

— Tu n'as pas à douter de ce que tu es devenu, quel que soit le mal dans ton passé. Tu es un homme brillant, qui a réussi professionnellement et dont la gentillesse n'est pas un défaut, mais la plus belle des qualités. Ça n'efface peut-être pas ce qui s'est passé, mais... tu as prouvé par la suite que tu as fait face, tu t'es battu pour ton avenir. Alors, sois fier de ça au moins.

Ethan contempla Kaya avec une reconnaissance infinie et un amour indéfectible. Pouvait-il croire que l'horreur commise dans son passé n'irait pas altérer son jugement présent à son sujet ? Dans tous les cas, Kaya lui redonnait espoir. Conjugué aux efforts du docteur Courtois, il envisagea une sortie lumineuse du tunnel qu'il traversait depuis trop longtemps. Il commençait à réellement envisager un avenir avec elle. Le bébé, son passé, ses cicatrices...

tout cela évoluait avec cet amour pour elle qui ne faisait que repousser ses démons.

Kaya lui caressa alors les cheveux et lui sourit.

— Je t'attendrai, Ethan. Autant que tu as attendu pour moi !

— Abbigail, vous pouvez rentrer chez vous !

La secrétaire d'Ethan examina son patron afin de vérifier si tout allait bien après de tels propos. Ce dernier comprit sa méfiance et sourit.

— Oui, je sais, il est 18h et ce n'est pas dans nos dernières habitudes, du moins les miennes.

— Seriez-vous en train de me dire que vous comptez, vous aussi, quitter le bureau de bonne heure aujourd'hui ?

Ethan lui offrit un plus grand sourire. Abbigail n'eut plus de doute sur l'état d'esprit de son patron qui, visiblement, allait beaucoup mieux.

— J'ai proposé à Kaya un cinéma et un restaurant, ce soir.

— Oooooh !

Abbigail se mit à rire de façon moqueuse tandis qu'Ethan accepta son amusement de bonne grâce.

— Il y a donc eu réconciliation ou c'est en projet ?

Elle alla vite s'asseoir face à lui, devant son bureau, pour pêcher les derniers cancans. Ethan se renfonça dans son siège, flatté de voir que son histoire avec Kaya était aussi addictive pour sa secrétaire, fan de feuilletons télévisés.

— Il y a eu réconciliation.

Abbigail afficha un énorme sourire en réponse, auquel il rougit légèrement.

— On sort donc le grand jeu ce soir ?

— On ne sort rien d'inhabituel. On y va juste doucement.

— Oui, vous avez raison ! s'anima-t-elle avec de grands gestes de mains. Lentement, mais sûrement ! C'est le mieux !

Elle observa alors son patron avec fierté.

— Profitez bien ! lui dit-elle alors plus doucement.

— J'y compte bien...

Il se leva alors de son siège.

—... si ma charmante secrétaire veut bien quitter mon bureau !

Abbigail se leva de son siège comme si on lui avait pincé les fesses et sautilla jusqu'à la porte de sortie tout en criant des « oui : ! oui ! oui ! Je suis partie ! », laissant son patron avec son impatience à quitter les lieux également.

Il prit sa sacoche, sa veste et quitta Abberline Cosmetics pour foncer à l'appartement se changer. Kaya finissait le boulot au magasin à 18h30 et devait le retrouver à la maison. Il avait tellement hâte que rien ne semblait être un problème pour réussir ce rendez-vous. Ils n'étaient jamais allés au cinéma ensemble. C'était une première ! Son sourire ne se dévissait pas de son visage en songeant à la soirée qui l'attendait. Sa poitrine brûlait d'excitation. Il avait même en tête des extras comme un petit câlin sous la couette à son arrivée, pour bien commencer la soirée. Il pensa également à tout ce qu'il aurait à raconter à Kaya avec un petit sourire. Il se rendait compte que les choses en lui évoluaient malgré tout. Même si tout n'était pas encore très clair dans sa tête, il écoutait le conseil des deux docteurs : celui de vivre plutôt que survivre. Et vivre avec Kaya était la seule chose qu'il voulait.

Kaya ne traîna pas. Ce rendez-vous, c'était le premier réel rendez-vous amoureux entre eux. Ils avaient fait des choses aux États-Unis, mais cette fois-ci, c'était différent. Elle avait vraiment l'impression d'être sa petite amie et qu'elle partait en flirt. Son sourire n'avait pas disparu de son visage de la journée. Elle avait effectué le travail de deux personnes, tellement survoltée à l'idée de la soirée qui l'attendait. Elle se pressa donc de rentrer, demandant même à quitter légèrement plus tôt. La vendeuse manager avait accepté. Tout en allongeant de grandes enjambées, elle appela Ethan.

— Coucou ! Je viens de quitter le magasin ! Je rentre !
— Je t'attends, je suis déjà arrivé à la maison !
— Déjà ?
— Dit celle qui m'appelle dix minutes plus tôt que l'heure prévue de son départ du magasin !
— J'avoue ! Coupable ! Je suis trop impatiente, je crois !
— Pas autant que moi !
— À ce jeu, on peut y jouer longtemps !
— Sous la couette dès que tu rentres ?!

Kaya sourit et rougit devant l'invitation.

— Je suis à l'embranchement de la rue St-Honoré et...

Tout à coup, Ethan entendit du bruit et des gémissements.

— Kaya ? Kaya ! Ça va ?

Il entendit comme un bruit du téléphone tombant au sol.

— Kayaaa ! Réponds-moi !

Le bip du téléphone fut sa seule réponse. Paniqué, il regarda l'écran et rappela immédiatement, dans le vide.

— Merde !

Il se précipita pour prendre ses affaires et partir à sa rencontre lorsque son téléphone sonna. Le mot « Princesse » apparut à l'écran.

— Kaya ! C'est toi ?! Qu'est-ce que tu as foutu ? Tu viens de me foutre une de ces peurs !

Une voix masculine vint couper ses espoirs.

— Ta Kaya est indisponible pour le moment. Elle fait un gros dodo !
— Quoi ? Qui êtes-vous ? Que lui voulez-vous ?

— Allons, Abberline ? Tu nous as déjà oubliés ?

Ethan réfléchit pour tenter de reconnaître la voix qui lui parlait. Face à son silence, l'homme reprit la discussion.

— Tu me déçois. Moi, je ne t'ai pas oublié, et elle non plus. Je n'ai pas oublié ta venue ni ta sortie théâtrale dans mon casino.

— Barratero...

— Aaah ben voilà ! La mémoire te revient, je vois !

Ethan serra le poing, réalisant la gravité de la situation à présent.

— Qu'est-ce que tu nous veux ?

— Voyons ? Tu pensais que ta mise en scène stopperait un homme de mon envergure ? Que j'en resterais là malgré ta stratégie pour que ce soit le cas ? C'est mal me connaître. J'ai horreur qu'on me défie de la sorte !

— Et donc, viens-en au fait ! lui cria Ethan, en rage devant son discours de poseur.

— Retrouve-moi dans trois heures à l'entrepôt textile « IGV textile » dans le 8e si tu veux revoir ta copine. Viens seul ! Sinon je doute que tu l'aies au téléphone de sitôt.

Ethan se retint de jeter son téléphone au sol. Il savait que c'était son seul moyen de communication avec ces ravisseurs. Malgré tout, la rage l'envahissait au point de vouloir frapper tout ce qu'il pouvait trouver à proximité. Il s'attrapa les cheveux en faisant les cent pas à travers le salon.

— Enfoiré de fils de pute !

La panique le gagna. Kaya était entre les mains de Barratero et il savait que s'il suivait les consignes, il risquait gros. Ce n'était plus tellement Kaya, la cible de ce patron de casino, mais lui à présent. Il l'avait mis en porte-à-faux et il se vengeait à présent. Il avait pourtant tout fait pour se protéger de lui et le tenir à l'écart de Kaya. Mais visiblement, Barratero semblait vouloir prendre tous les risques pour obtenir réparation. Ethan frappa sa fenêtre de rage. Il fallait absolument que le danger permanent que cet homme représentait pour eux deux, cesse. Il s'assit sur le canapé et s'attrapa la tête pour réfléchir.

Allez ! Fais marcher ton intelligence hors norme ! Allez !

S'il venait accompagné, il prenait le risque de voir Kaya être blessée. S'il venait seul, il prenait le risque que tous deux soient gravement blessés. Cette situation inextricable l'agaçait. En parler aux amis ou à la police semblait compliqué dans ces conditions. Mais que faire ? Il avait peu de solutions.

La priorité est de sauver Kaya... peu importe le reste ! Docteur, je crois que je suis incapable de changer mes habitudes...

Il avait peu de temps avant de rejoindre le lieu de rendez-vous... Il se releva à la hâte et prit ses papiers, puis sortit.

Barratero regarda sa montre, l'air suffisant. L'heure du rendez-vous arrivait et Ethan Abberline allait bientôt apparaître devant ses yeux. Il avait attendu ce moment depuis tellement longtemps. Il jeta un œil vers Kaya, ligotée à une chaise et bâillonnée.

— Ton chéri ne va pas tarder ! Quel dommage que son destin soit aussi funeste que celui d'Adam, tu ne trouves pas ?

Kaya secoua la chaise en pleurant, se doutant bien du sort que le patron de casino voulait réserver à Ethan. La roue venait de finir son tour et le moment de bonheur se finissait à nouveau pour laisser place à une nouvelle épreuve malheureuse. L'angoisse étreignait son cœur à l'idée qu'on fasse du mal à Ethan. Les scènes de lynchage d'Adam se superposaient dans sa tête aux hypothétiques scènes de lynchage à venir d'Ethan. Tout son corps tremblait à l'idée d'assister à nouveau à cette situation sans pouvoir intervenir. Cette impuissance était le pire. Être la spectatrice de ce tabassage et de tant de souffrance l'anéantissait de l'intérieur. Hormis pleurer, elle ne savait rien faire d'autre. Elle se doutait bien que le malheur reviendrait sonner à sa porte. Elle savait qu'elle était toujours un danger pour Ethan. Et pourtant, elle avait voulu y croire. Elle avait voulu écarter cette éventualité. Aujourd'hui, assise au milieu de cet entrepôt, ligotée, seule, dans le peu de lumière que le jour laissait filtrer, elle avait peur. Une peur maladive, viscérale. Une peur à glacer le sang. Bientôt, elle vivrait l'horreur et elle ne pouvait échapper à ce spectacle macabre. Elle le sentait. Cette fois, ils n'auraient pas la même chance. Elle pleura encore, sous le regard satisfait de son bourreau.

Au bout d'un quart d'heure, la porte de l'entrepôt s'ouvrit et Ethan apparut, seul. Il fronça les sourcils en voyant Kaya, ligotée et bâillonnée sur sa chaise, mais tenta de garder son sang-froid. Elle lui fit des signes négatifs de tête pour qu'il ne s'approche pas, mais il n'y fit guère attention. La voir ainsi ne faisait qu'augmenter sa colère et son envie d'en finir une bonne fois pour toutes !

Il s'avança doucement vers Barratero et ses sbires venus en nombre. Phil lui offrit un sourire sournois, prêt pour la vengeance, tandis qu'Al passait sa langue sur ses lèvres avec appétit, tel le prédateur prêt à fondre sur sa proie pour ne rien en laisser. Ethan resta impassible. Il ne devait pas montrer sa peur ou un quelconque signe de faiblesse.

— Je suis là, alors maintenant, relâche-la ! annonça-t-il alors à Barratero.

Barratero esquissa un sourire satisfait.

— Phil, fouille-le ! tonna-t-il alors sèchement.

Phil s'approcha d'Ethan et le jaugea un instant.

— Ose faire un seul geste inapproprié et ce sont tous mes copains autour qui te tombent dessus.

Ethan leva les bras d'un air blasé et se laissa fouiller. Phil revint rapidement en faisant un signe de tête négatif à Barratero.

— C'est bon, je n'ai pas de micros ou d'armes, donc relâche Kaya ! déclara-t-il, une fois ses bras rebaissés.

— Je ne crois pas que tu sois en mesure de me dire ce que j'ai à faire ! répondit froidement le patron de casino. Ce n'est pas toi qui as l'ascendant sur moi cette fois-ci.

Ethan esquissa un petit sourire arrogant.

— Si tu le dis !

Barratero tiqua à ses propos, cherchant les sous-entendus avant de juger que tout n'était que du bluff.

Pas d'arme, pas de micros, seul... que peut-il manigancer ?

Barratero se mit à rire de son comportement si assuré.

— Regarde-toi ! Tu n'es rien ! Il est temps de te renvoyer l'humiliation que tu m'as fait subir !

— Tu en es donc là ! Pathétique ! Tu la kidnappes et tu me fais venir pour quoi ? Pour une vengeance ? Tu n'as pas autre chose à faire ? C'est ridicule !

— LA FERME !

Kaya sursauta sur sa chaise. La voix glaçante de Barratero l'inquiéta davantage. Plus Ethan jouerait sur ses nerfs, plus il satisferait son désir de vengeance.

Ethan, arrête, je t'en prie...

— Tu vois, le problème avec toi, Abberline, c'est que tu penses que tu es infaillible. Tu te ramènes avec cette certitude que personne ne peut t'atteindre.

— Je n'ai jamais eu cette prétention, c'est toi qui la vois. Pas moi ! J'ai même beaucoup de faiblesses ! Tellement que je ne sais pas comment vivre avec !

— J'AI DIT : « LA FERME ! »

Ethan souffla de façon nonchalante.

— Il est temps de régler ce problème une bonne fois pour toutes.

Les hommes de main de Barratero s'approchèrent lentement d'Ethan, d'un air menaçant. Ethan recula de quelques pas, sortit alors un objet de sa manche et leva sa main afin que tout le monde voie bien ce qu'il tenait.

— Es-tu sûr de vouloir aller jusqu'au bout ? l'interrogea alors Ethan.

Barratero se tourna vers Phil et le fusilla du regard pour son erreur flagrante concernant sa fouille.

— Qu'est-ce que c'est ? osa-t-il lui demander, les dents serrées par l'affront.

— Un interrupteur ! répondit Ethan. Un bouton, quoi !... La question est de savoir ce qu'il déclenche !

Ethan lui sourit. Barratero sortit un couteau du fourreau accroché à sa ceinture et le plaça sous la gorge de Kaya.

— Peu importe son emploi, pose-le au sol, sinon elle meurt !

Ethan plissa des yeux face à sa menace.

— Tu verses une goutte de son sang, crois-moi que c'est fini pour toi ! gronda Ethan.

— Que vas-tu faire ? Me tuer avec quoi ? Une bombe ? Laisse-moi rire ! Tu bluffes ! Ton interrupteur, c'est du vent.

— Tu crois franchement que je vais venir sans avoir pris de précaution avant ? Tu crois vraiment que je suis stupide à ce point ?!

Barratero réfléchit face aux possibilités de son ennemi à le contrer.

— Tu as contacté les flics malgré mon avertissement ? C'est eux que tu dois prévenir ?

De rage, il tira les cheveux de Kaya et approcha un peu plus la lame de sa peau. Kaya tenta d'éloigner son cou malgré la poigne de Barratero sur ses cheveux, en vain. D'un regard et d'un mouvement de tête, il fit signe à Al de vérifier une nouvelle fois les extérieurs du bâtiment.

— Éloigne ton couteau de Kaya ! lui ordonna Ethan, d'un ton dur.

— Je serais curieux de voir ta tête si je l'égorgeais. J'avoue à présent hésiter entre te tabasser ou l'égorger... Sans doute, ce serait le pire scénario pour toi qu'elle meure sous tes yeux ! Effectivement, tu as une faiblesse et je l'ai entre mes mains ! Peut-être même que les deux peuvent être le mieux pour combler mon envie de te voir souffrir : que vous mourriez tous les deux ! Tu peux contacter les flics, cela ne changera rien à vous deux !

Ethan s'avança d'un pas, inquiet pour Kaya qui n'osait plus bouger par peur que le couteau ne la blesse.

— Ne la touche pas ! Tu veux me tabasser ? OK ! Fais-le ! Mais fiche-lui la paix ! Elle a assez donné...

Dans un long mouvement de bras, il jeta alors son interrupteur à terre et écarta les bras pour prouver sa vulnérabilité.

— Je suis prêt !

Kaya hurla à travers son bâillon alors que des ricanements se firent entendre parmi les hommes de Barratero.

— L'amour fait vraiment faire de belles conneries ! Si c'est ce que tu souhaites...

D'un geste de tête, il confirma la suite à ses hommes qui se rapprochèrent d'Ethan sur la défensive. Kaya hurla à travers son bâillon. Ethan évita un premier coup de poing, envoya valdinguer un homme de main sur trois autres qui tombèrent au sol, mais face au nombre, il fut très vite dépassé. Tout se passa très vite. Les hurlements de douleur de Kaya en pleurs, la pluie de coups de pied sur le corps à terre d'Ethan, l'immense rire sadique de Barratero et puis dans toute cette folie, tout à coup, une porte défoncée, des hommes en noir casqués et masqués, armés, viseurs sur chaque homme de main et puis des injonctions, des cris, la panique... Le trou noir. Puis des images. Un homme casqué devant Kaya, sa bouche libérée, un flou autour de ses paroles, seul « Ethan » comme réponse sortant de sa bouche et une extraction où elle n'était maître de rien.

16

SOLIDAIRES !

Kaya se réveilla sur un lit d'hôpital. Une infirmière discutait avec un homme à côté d'elle. Tout lui semblait brouillé dans sa tête. Et puis au milieu de ce brouillard, l'image d'Ethan. Elle se redressa dans un sursaut et cria « Ethan ». L'infirmière et l'homme, alertés par son cri, vinrent à elle.

— Bonjour, Madame. Tout va bien.

L'infirmière lui caressa le bras pour tenter de calmer l'air paniqué sur son visage.

— Ethan ! Où est Ethan ?

— Madame, calmez-vous. Vous êtes à l'hôpital. Vous venez de vivre quelque chose d'assez dur, mais vous êtes en sécurité maintenant.

— Où est Ethan ? répéta-t-elle alors que ses larmes reflétaient à présent toute sa peur sur ce qu'elle avait vécu.

— Il a été admis avec vous ici, mais je n'en sais pas plus.

L'infirmière lui offrit un petit air désolé. L'homme s'assit à côté d'elle.

— Madame bonjour, je suis Yvan Borier. Je travaille au 36 Quai des Orfèvres. Je suis commissaire de police.

Kaya regarda l'homme avec inquiétude.

— Ne vous inquiétez pas ! Votre calvaire est fini. Votre ami et vous êtes hors de danger. Barratero a été arrêté.

— Comment avez-vous su ? C'est Ethan qui...?

Le commissaire confirma de la tête ses suppositions.

— Il est venu nous voir. Il nous a relaté votre kidnapping et qui en était le commanditaire. Il nous a raconté vos déboires avec lui, les solutions que votre ami a apportées pour vous venir en aide, la récidive de Barratero à votre encontre. Monsieur Abberline a tenté le tout pour le tout en venant nous trouver, espérant que Barratero soit déjà dans notre viseur… et il a vu juste ! Barratero était déjà surveillé. Votre dossier va venir confirmer les soupçons d'exactions commises par cet homme. Le flagrant délit va plomber sa défense devant un tribunal. Il a été mis en examen pour enlèvement et séquestration, agression, extorsion dans le cadre de votre dossier, mais nous avons aussi des éléments pour du recel, de la corruption ainsi que d'autres crimes que nous allons pouvoir approfondir grâce à cette arrestation. Nous allons pouvoir fouiller ses locaux et remonter des pistes en nous appuyant sur des témoignages et des interrogatoires.

Kaya pleura en réalisant que Barratero allait enfin faire face à la justice.

— C'est fini pour lui. Il passera par la case prison. Vous pouvez respirer. Il nous faudra juste votre témoignage pour étayer les faits qu'il a commis sur vous et votre père.

Kaya acquiesça en silence. Monsieur Borier posa sa main sur celle de Kaya.

— Je m'excuse pour ce qu'il s'est passé dans l'entrepôt. Nous ne pouvions pas lui mettre de micros. Nous avons donc avancé un peu à l'aveuglette. Même si nous avons réussi à mettre des micros autour de l'entrepôt, nous n'avions pas assez de retours-sons pour nous permettre de suivre une conversation correctement. C'est pour cela que nous lui avons donné un interrupteur nous signalant le moment où nous devions lancer l'assaut. Nous devions matérialiser le kidnapping et l'agression pour justifier son arrestation. Seulement...

Le commissaire baissa les yeux, navré.

— Nous avons eu un problème avec l'interrupteur.

Kaya contempla le commissaire avec inquiétude.

— Lorsque votre ami a enclenché l'interrupteur, le signal ne nous est pas arrivé dans la seconde. Il y a eu un temps de décalage imprévu.

— Je n'ai pas vu quand il l'a enclenché...

Le commissaire lui sourit.

— Nous avions mis en place avec lui des techniques simples pour que Barratero ne se doute de rien. Mettre à l'intérieur de la manche l'objet était déjà un moyen pour qu'il ne se doute de rien. Ses hommes de main l'ont fouillé, mais bien souvent, les gens ne pensent pas forcément à vérifier les bras, les poignets, concentrés le plus souvent sur la ceinture, le tronc et les jambes. Les mains et les bras sont censés être levés pour neutraliser toute attaque pendant la fouille. Et ils sont tombés dans le panneau.

Le commissaire lui fit une grimace pour lui faire comprendre le manque de professionnalisme des hommes de Barratero.

— Ensuite, il devait appuyer sur le bouton au moment où il devait le jeter au sol.

— C'était prévu ?! s'étonna alors Kaya, voyant combien elle aussi avait été dupée par le jeu d'acteur d'Ethan.

— Oui, il fallait qu'il appuie sur le bouton au moment le plus propice : lors de son mouvement de lancer de l'interrupteur au sol. Cela montrait aussi à Barratero que Monsieur Abberline se mettait en position de faiblesse face à lui et sa position de force le confortait psychologiquement. Une personne sûre de son leadership est moins méfiante sur ce qui peut lui arriver.

Le commissaire soupira.

— Nous avons failli sur l'efficacité de l'interrupteur et nous sommes intervenus avec retard. Certes, cela se joue sur quelques secondes, voire minutes, si on prend en compte l'ensemble de la situation, mais nous sommes aussi responsables du passage à tabac de votre ami. Il n'aurait pas dû subir ce qu'il a subi.

Kaya serra les draps qui couvraient ses jambes. L'angoisse la saisit à nouveau en écoutant ce qu'il s'était passé pour Ethan.

— Que s'est-il passé, Commissaire ? s'alarma Kaya. J'ai perdu connaissance et je n'ai pas pu suivre la suite.

— Nous avons vu votre chaise basculer quand vous avez perdu connaissance. C'est ce qui vous a sauvé en quelque sorte de l'emprise de Barratero, qui s'est trouvé pris au dépourvu entre vous et nous. Votre ami, en revanche, a reçu un passage à tabac en règle assez important, jusqu'à ce qu'on neutralise tout le monde. Je suis désolé. Nous avons vite pris les dispositions pour le secourir ainsi que nous assurer de votre santé. Cependant, je ne vous cacherai pas que son état est assez sérieux. Je n'ai pas eu tous les détails parce qu'il est arrivé directement entre les mains d'urgentistes et nous n'avons pas eu de retour sur son état de santé depuis, mais nous avons fait tout ce qui a été en notre pouvoir pour qu'il soit pris en charge le plus rapidement et efficacement possible.

Kaya fixa le policier avec tristesse et désarroi. Le commissaire s'en trouva navré.

— Il a été très courageux. Je sais que ce n'est pas ce genre de choses que vous voulez entendre, mais il a fait le choix volontaire de prendre le danger pour lui dans le but de vous sauver. Ne lui en voulez pas. J'aurais fait pareil pour ma femme...

Des bandages, un plâtre, des pansements, des tuyaux... Oliver posa sa main sur l'épaule de Kaya, comprenant parfaitement les sentiments qui devaient la traverser en cet instant. Elle posa ses doigts sur les siens tout en regardant Ethan allongé sur son lit d'hôpital. C'était pire que ce qu'elle imaginait. Il dormait, mais son état était tel que l'on pouvait penser qu'il avait été plongé dans un coma artificiel.

— Kaya, ça va aller. Les docteurs sont optimistes. C'est beaucoup de contusions et blessures mineures. N'oublie pas que le nombre de ses blessures ne fait pas leurs gravités.

— Il a des côtes cassées, une jambe en morceaux, des points de suture, des hématomes... où ne vois-tu pas de gravité là-dedans ?

— Kaya, hormis l'opération de sa jambe, les organes n'ont pas été touchés et on peut être heureux qu'il n'y ait pas eu de coups de couteau ou des armes à feu lors de votre altercation avec Barratero. Vous avez eu beaucoup de chance que ce ne soit pas plus grave.

Kaya repoussa la main d'Oliver sur son épaule.

— Je n'appelle pas ça de la chance. La chance, ce serait Ethan en bonne santé, chez lui ou avec ses amis. Là, je ne ressens que ma culpabilité.

Oliver la fit tourner pour qu'elle lui fasse face. Il posa ses mains sur les épaules de la jeune femme et posa son regard dans le sien pour qu'elle l'écoute attentivement.

— Tu n'es coupable de rien. Le coupable, c'est Barratero. Ce sont ses actes et décisions qui ont abouti à cela.

— Si je n'avais pas de liens avec lui, Ethan n'en aurait jamais eu !

— C'est Barratero qui en a voulu à vos vies, pas toi !

— Tu crois ? lui répondit-elle durement. C'est en restant avec lui que je l'ai mis en danger !

— Kaya, n'entre pas dans cette voie ! Ethan t'aime et savait ce qu'il faisait. Il est tout aussi coupable dans ce cas de s'être jeté dans la gueule du loup ! Ne porte pas votre couple comme la cause de cette agression. C'est Barratero le coupable, et personne d'autre !

Kaya retira les mains d'Oliver de ses épaules.

— Merci de vouloir me remonter le moral ! lui répondit-elle alors, avec un sourire triste.

Elle le contourna et quitta la pièce. Oliver ferma les yeux et soupira.

— Pourquoi n'êtes-vous pas capables d'être un couple comme les autres ?

Il se rapprocha de son ami endormi et posa sa main sur la sienne.

— Rétablis-toi vite, Ethan... Tu dois la rassurer rapidement...

Ethan ouvrit les yeux vingt-quatre heures après son agression. Il réalisa rapidement où il se trouvait. Ces derniers temps, il allait souvent dans ce type de lieu. La douleur vint vite lui rappeler ses derniers souvenirs. Il sentait son corps en bouillie, mais il se trouvait heureux d'être sauf.

— Salut le Bleu !

Eddy se pencha alors au-dessus de son lit.

— Ouais, je sais que tu ne peux pas encore me parler, mais je dois dire que t'es un sale con ! Tu t'en fiches peut-être d'entendre cela à ton réveil, mais je suis énervé que tu aies exclu les Blue Wolf de l'enlèvement de Kaya. Surtout avec ce fils de pute de

Barratero ! On était déjà dans le truc ! Pourquoi tu nous as écartés de l'affaire ?

Eddy s'éloigna et souffla, agacé de devoir déverser sa rancœur ainsi. Il mit ses mains dans les poches et regarda par la fenêtre.

— Regarde ton état. Je suis content de te voir ouvrir les yeux, mais ça m'énerve... Désolé...

Une infirmière entra dans la chambre.

— Monsieur est réveillé ? Super ! Est-ce que ça va ?

Ethan fit un signe de tête positif.

— Bien, je vais enlever vos tuyaux. Vous pourrez parler...

— Vous pouvez vous occuper de sa tuyauterie devant moi ; ça ne me gêne pas.

L'infirmière considéra la requête d'Eddy un instant, puis sourit. Après plusieurs minutes de soins, Ethan but un peu d'eau et formula son premier mot.

— Kaya...

La voix cassée d'Ethan fit mal au cœur d'Eddy. Il pouvait comprendre combien l'état de santé de Kaya pouvait l'inquiéter.

— Elle va bien. Elle n'est pas blessée.

— Je veux... la voir.

Eddy observa à nouveau l'extérieur et ne lui répondit rien.

— Vous la verrez quand vous irez mieux ! lui répondit l'infirmière.

Ethan bougea ses doigts et observa Eddy.

— Je dois la voir !

— Elle viendra. Ne sois pas impatient... Laisse-la prendre du recul. Ton état l'a choquée.

— Tu l'as vue ?

— Non ! J'ai eu les informations par l'Olive. C'est Kaya qui l'a appelé et il a prévenu tout le monde. Repose-toi...

Le lendemain, Brigitte vint au chevet d'Ethan, puis Oliver... Mais l'absence de Kaya pesa sur le cœur d'Ethan.

— Oliver ! s'énerva Ethan. Amène-moi, Kaya ! Pourquoi elle ne vient pas ?

— Calme-toi ! Elle viendra à toi quand elle s'en sentira capable.

L'attitude d'Oliver lui laissait penser qu'il se passait quelque chose. Ethan s'agaça davantage face à ce mur que ses amis mettaient entre elle et lui.

— Je sais que notre amitié n'est pas au beau fixe et que tu as choisi Kaya à moi, mais s'il te plaît, je dois la voir !

— Je ne l'ai pas choisie à ton détriment. Ce que tu penses n'est pas la vérité, Ethan. Tu es et resteras toujours mon meilleur pote, seulement... je pense qu'elle a pris un coup moralement en te voyant dans cet état. Et je crains qu'elle se renferme sur elle-même. Kaya me met aussi à l'écart. Je le sens. Elle est distante depuis que vous êtes revenus de cette histoire. Elle l'est avec tout le monde. Ce qu'il s'est passé dans cet entrepôt l'a bouleversée bien plus fortement qu'elle ne le prétend ou du moins qu'elle semble le montrer. Je t'avouerai que je ne sais pas quoi faire. Même si je me pensais être un très bon ami à ses yeux, j'ai l'impression aujourd'hui que ce n'est pas le cas. Elle a quitté l'hôpital pour rentrer chez elle sans m'avoir prévenu. Quand je suis passé la voir, elle semblait surprise de me voir, mais surtout j'avais l'impression de la déranger, chose que je n'ai jamais ressentie avec elle. Elle me parle peu. Elle élude ton sujet. Ethan, je ne sais pas quoi penser de son comportement...

Ethan attrapa le poignet d'Oliver et le fixa durement.

— Va... la chercher et amène-la-moi !

La voix ferme d'Ethan surprit Oliver. Redoutait-il quelque chose ? Oliver se leva et fit un oui de la tête.

— Tu as raison. Elle ne doit pas rester seule. Nous devons rester soudés. Si je sens que quelque chose ne va pas, c'est que quelque chose ne va pas.

Ethan ferma les yeux tandis qu'Oliver sortait de sa chambre. Il détestait cette situation où il était impotent, incapable de gérer quoi que ce soit.

Kaya, s'il te plaît, ne fais pas de conneries...

Kaya glissa deux enveloppes dans la boîte aux lettres du domicile d'Oliver. Elle regarda le nom sur cette boîte avec tristesse.

Pardonne-moi, Oliver. Pardonnez-moi tous...

Elle avait passé ces dernières quarante-huit heures à régler sa vie post-Barratero. Elle avait témoigné contre Barratero, comme le lui avait demandé le commissaire Borier. Elle était allée voir Richard. Elle avait également vu Andréa. Tout était prêt. Elle avait agi le plus rapidement possible pour ne pas émettre de soupçons malgré ses certitudes tenaces : elle devait définitivement sauver Ethan d'elle-même en disparaissant.

Rien ne changera... Tout n'est qu'un éternel retour à zéro...

Elle quitta la cage d'escalier de l'immeuble où vivait Oliver et disparut.

Oliver rentra tard chez lui. Sa visite chez Kaya et ses tentatives d'appels avaient fait chou blanc. Il commençait à rejoindre l'inquiétude d'Ethan. Kaya agissait trop bizarrement en comparaison à ses habitudes. Il ouvrit sa boîte aux lettres avant de monter chez lui et trouva les deux enveloppes. Une dédiée à Ethan et une pour sa personne. Très vite, il comprit qui avait posé ces enveloppes dans sa boîte. Inquiet et complètement préoccupé par le contenu possible, il ouvrit son enveloppe. Ses yeux scannèrent la lettre s'y trouvant et sa crainte se matérialisa. Sans attendre, il retira la lettre de l'enveloppe destinée à son ami et en lut son contenu et en jeta les deux contenus à terre. Il s'agita quelques secondes, cherchant quelle pouvait être la meilleure option à choisir sur l'instant. Elle n'était pas chez elle et ne répondait au téléphone. Rien ne pouvait l'aiguiller. Il récupéra les deux lettres et les serra dans sa main.

— Putain de meeerde ! Pourquoi tu fais ça, Kaya ? Idiote ! Andouille...

Il songea à la dernière fois où il l'avait vue, dans son appartement.

C'était donc ça que tu préparais... et je n'ai rien compris ! Tu parles d'un ami...

— Monsieur Abberline ! Faites un effort !

— Il faudrait savoir ! Vous me dites de rester tranquille pour ne pas me faire mal et là, vous me dites de fournir un effort !

L'infirmière grimaça devant la mauvaise foi d'Ethan.

— Monsieur Abberline, plus vite vous suivrez mes recommandations, plus vite vous sortirez d'ici... mais dites-vous que ce ne sera pas demain ni après-demain, vu votre état.

— Pour me dire ça, autant vous taire ! Vous n'avez rien d'une personne qui prend soin des gens !

L'infirmière posa sa seringue avec fracas sur son set de soin.

— Très bien, vous ne voulez pas me montrer vos fesses ou vos cuisses, eh bien tant pis pour vous ! Vous allez faire une phlébite, vous perdrez vos jambes et vous pourrez prendre un abonnement ici !

Ethan croisa les bras, en colère. Il ne supportait déjà plus son alitement.

— Les coups que vous avez pris un peu partout peuvent provoquer des caillots de sang dans vos veines. Il faut qu'on surveille que les hématomes ne s'aggravent pas et que d'autres ne viennent pas s'ajouter. Votre immobilité n'aide pas à la bonne circulation du sang. Vous n'avez guère le choix !

Devant l'évidence et le professionnalisme de l'infirmière, Ethan souffla.

— Je sais que ce n'est pas une partie de plaisir, mais on pare au mieux pour votre rétablissement le plus rapide...

Oliver arriva dès la première heure des visites. Il n'avait pas de bonnes nouvelles à annoncer à son ami et il se doutait bien qu'il reporterait la faute sur son incapacité à l'avoir retenue. C'est en arrivant à hauteur de sa chambre qu'il entendit hurler un « aïe ! » à travers la porte. Quelques secondes plus tard, trois infirmières sortirent de la chambre. Oliver entra, malgré l'hésitation.

— Salut !

Il vit Ethan grommeler tout en se frottant la fesse.

— Tout va bien ?

— J'ai l'air d'aller bien après que ces trois catcheuses m'ont retourné et écrasé pour me faire leur maudite piqure ?

Oliver pouffa alors.

— Je savais que tu adorais l'hôpital !

— Plutôt mourir que de rester auprès de tortionnaires ! Heureusement que Kaya me tient en vie !

Le visage amusé à l'instant d'Oliver s'assombrit aussitôt. Ethan remarqua immédiatement que son ami était porteur de mauvaises nouvelles.

— Tu lui as parlé.

Oliver serra la main, puis sortit de sa poche la lettre lui étant destinée. Il s'approcha de lui pour la lui mettre dans la main.

— J'avais cette lettre pour toi dans ma boîte aux lettres hier soir, ainsi qu'une lettre pour moi. Je l'ai cherchée toute la journée, mais...

Ethan ferma les yeux et comprit. Il serra la lettre dans sa main.

— Elle m'a refait le coup !

Il s'esclaffa face à cette évidence.

— Elle a donc à nouveau disparu alors qu'elle m'avait promis... Je déteste ses lettres. Je déteste cet hôpital. Je déteste Barratero... Mais surtout, si tu savais comme je la déteste quand elle se comporte ainsi...

Navré, Oliver s'assit à ses côtés.

— Pour la première fois, je crois que je la déteste aussi...

Ethan observa le désarroi d'Oliver et fixa ensuite la lettre qu'il n'avait pas encore lue, mais dont il se doutait du fond.

— Il n'y a que moi qui ai ce droit de la détester ! fit Ethan gravement. Toi, tu dois la soutenir coûte que coûte, quelques soient les circonstances... si tu estimes vraiment être son ami.

Oliver le dévisagea alors, surpris par ses propos. Ethan baissa les yeux.

— Laisse-moi s'il te plaît l'exclusivité de la haïr...

D'abord triste d'entendre des paroles aussi graves sortir de la bouche d'Ethan, il finit par en sourire. N'étaient-ils pas en train de se remonter chacun le moral à leur façon ?

— Je suis content de voir comment tu le prends ! Car plus tu la détestes, plus tu n'auras qu'une envie : en découdre avec elle !

Oliver lui fit un clin d'œil auquel Ethan sourit tout en lui tendant son poing pour un check de confirmation.

— Ça prendra le temps qu'il faudra, mais elle va comprendre qu'on ne quitte pas un connard de mon acabit comme ça !

Oliver frappa le poing d'Ethan avec le sien.

— Cette fois-ci, compte sur moi pour t'être entièrement solidaire !

17

INSISTANT

— Allez, Millie ! Vas-y ! Viens voir Papa !
— Arrête de la forcer !
— Je ne la force pas ! C'est elle qui le veut !

BB grimaça. Dans la relation entre Sam et sa fille, c'était vraiment impossible d'avoir le dernier mot.

— Regarde Maman, je fais des pas !

Brigitte leva les yeux au ciel en voyant Sam traduire les supposées pensées de sa fille pour sa mère.

Simon observa le duo et surtout Sam avec pitié.

— T'es complètement gâteux ! Ce serait presque mignon si ce n'était pas si pathétique…

— Tu ne sais pas ce que c'est que d'être père ! s'exclama Sam. Ma mission est de l'accompagner dans sa vie et ça commence dès ses premiers pas ! Et comme ma fille est merveilleuse, elle va tous vous faire taire ! Allez, Millie ! Regarde, Papa te tend les bras.

— Irrécupérable ! rétorqua Simon. Entre Ethan et lui, on a vraiment un club de butés qui se forme.

— Tu crois qu'il va réussir à la reconquérir ? demanda alors Barney à Oliver.

Oliver sourit.

— Ça fait quatorze mois qu'il rumine son retour devant elle. Ce n'est pas maintenant qu'il va reculer. Comme tu dis, il est irrécupérable…

— En tout cas, ce matin, il ne tenait pas en place ! fit BB. Il pestait devant l'horloge en voyant le temps qui s'égrenait lentement. Je me suis levée à sept heures pour le bibi de Millie et il était déjà prêt à partir. Pour finir, il est parti plus tôt.

— On ne peut pas lui reprocher son impatience de la retrouver, après tout ce temps ! fit Barney.

— C'est vrai… Elle a été difficile et longue à retrouver… enchaîna Oliver.

— À croire que c'est devenu un réel amusement entre eux deux de jouer au chat et à la souris ! rétorqua Simon. Ils ne savent faire que ça.

— La question est de savoir qui est le chat et qui est la souris, cette fois… dit Barney.

— C'est vrai… on peut croire que c'est Ethan le chat, mais la souris Kaya est très forte pour faire venir son chat dans sa souricière ! fit BB avec un petit sourire.

— Bonjour Kaya !

— Madame Pic ! Bonjour ! Je vous sers vos olives aux anchois, comme d'habitude ?

— Oui, s'il te plaît.

— Allez, allez ! Venez goûter les bonnes olives ! Il fait beau, c'est l'été, c'est la saison de l'olive du Var ! Allez, allez !

Kaya sourit. Son patron s'en donnait à cœur joie pour rameuter les clients à son stand.

— Tenez, Madame Pic ! Ça fera 4,60 €.

Ethan se positionna à l'extrémité du grand stand d'olives. Il y avait grand monde en ce jour de marché. Il voulait l'observer discrètement avant de venir à elle. Son cœur battait fort dans sa poitrine. Elle était enfin en face de lui. Il pouvait enfin retrouver toutes ses mimiques, ses expressions du visage qui la caractérisait. Tel un grand bol d'air frais, il respirait Kaya à nouveau. Chaque sourire qu'elle distribuait à ses clients était un sourire pour lui. Elle semblait aller bien. Plutôt heureuse. Il s'appuya contre un des poteaux du stand et savoura ce qu'il voyait. Elle était toujours aussi belle, peut-être encore plus qu'il y a un an. Ses cheveux avaient poussé un peu et elle avait fait des mèches de couleur un peu rousse.

Putain, j'ai envie de la prendre dans mes bras !
— Allez, allez ! On achète la bonne olive pour vos pizzas et vos salades ! Il y en a pour tous les goûts ! Noire, verte, fourrée ou nature, on vient goûter l'olive de chez Dédé pour l'apéro !

Entre couleurs et odeurs, le stand attirait les badauds du marché. Le patron proposait quelques olives à la dégustation et Kaya servait les clients. Il faisait suffisamment beau et chaud pour donner un souffle d'été au stand. C'est dans cette condition de dégustation que le patron remarqua Ethan et lui proposa une olive.

— Allez, mon beau Monsieur ! Goûtez-moi ça au lieu de rester dans votre coin !

Ethan sourit et accepta d'en goûter une.

— Alors ? Envie d'une seconde ? fit le patron, sûr de sa marchandise. Allez ! cria-t-il à tue-tête. La Picholine est en promo aujourd'hui ! On fonce !

— Je vous en prends si vous m'autorisez à parler à votre vendeuse ! fit Ethan, d'un air déterminé.

Il montra Kaya du doigt, occupé avec deux clientes. Le patron se tourna vers Kaya puis sourit.

— Et encore un sous son charme !

Comment ça ? Encore un ?

— Kaya ! Le jeune homme veut que tu lui serves des Picholines !

Kaya tourna alors la tête vers son patron et vit ledit jeune homme, puis se figea. Ça y était ! Elle croisait enfin son regard. Kaya s'immobilisa alors qu'elle tendait son petit paquet d'olives à une femme d'une soixantaine d'années. Ethan lui offrit un petit sourire, mais Kaya remarqua surtout son regard chargé d'une ambition qu'elle ne connaissait que trop bien, celle de la faire plier à sa volonté. La cliente récupéra son paquet d'olives et lui posa un billet dans la main, ce qui la sortit un instant de sa torpeur. Cependant, Ethan constata son malaise. Chaque geste, depuis, devenait plus hésitant, plus saccadé. Son aisance avait tout à coup disparu, son sourire aussi.

La gorge d'Ethan se serra. Il ne lui faisait donc que cet effet plutôt négatif.

Elle n'est donc pas ravie de me voir…

Il soupira et douta de son plan. Après tout, elle l'avait quitté. *Pouvait-elle vraiment tourner la page ?*

Kaya ferma le tiroir-caisse et inspira un grand coup. Revoir Ethan était la dernière chose à laquelle elle s'attendait. Elle s'y était préparée les six premiers mois. Mais aussi longtemps après, elle avait fini par se faire une raison : c'était bel et bien fini, il ne reviendrait plus. Et pourtant, à chaque fois qu'elle jetait un coup d'œil vers l'extrémité du stand, il était là. Il l'attendait. Elle posa un instant sa main sur son cœur. Elle savait que ces longs mois ne signifiaient finalement rien quant à ses résolutions pour l'oublier. Il suffisait d'un regard et son cœur s'emballait à nouveau. Elle voulait le calmer, mais tant d'idées se bousculaient dans sa tête sur les raisons de sa présence. La seule certitude qu'elle avait, était qu'il était là pour elle, et rien d'autre. Et cela la faisait déjà paniquer.

Elle chercha le peu de courage qui lui restait en elle pour aller le trouver. Elle se posta devant lui, droite et le visage strict.

— Bonjour Monsieur ! Je vous écoute. Quelles olives souhaitez-vous acheter ?

Ethan ne cacha pas sa surprise devant son ton formel, distant, puis se mit à rire. Kaya tenta de garder de sa prestance, et douta finalement d'être convaincante en voyant Ethan rire. Elle finit par grimacer.

— Qu'est-ce que tu veux ? demanda-t-elle alors durement.

Ethan calma son amusement, puis la déshabilla du regard.

— Toi, évidemment ! lui répondit-il ensuite, avec conviction.

Kaya ne put s'empêcher de rougir et d'éviter son regard perçant. Sa voix rauque résonnait encore dans son cœur.

— Passe à autre chose, Ethan, c'est fini !

Elle s'éloigna, attrapa un petit sachet qu'elle remplit d'olives et revint lui tendre.

— C'est cadeau ! Considère cela comme un cadeau d'adieu.

Ethan grimaça à son tour en regardant le sac d'olives.

— Quel cadeau ! Voilà ce que vaut notre histoire d'amour à tes yeux ? Un sac d'olives ?

— Écoute, Ethan, je n'ai pas le temps ! Je travaille et je n'ai rien à te dire de plus.

— Donc, si tu ne travaillais pas, tu pourrais avoir du temps pour discuter ?

Le regard provocateur d'Ethan agaça Kaya.

— Ethan, je t'ai dit que je ne voulais pas discuter avec toi.
— Moi, j'ai des choses à te dire.
— Je m'en fiche ! Prends tes olives et va-t'en !

Kaya l'abandonna pour aller servir une nouvelle personne. Ethan serra le poing. Elle était dure avec lui.

Mais de nous deux, je suis le plus obstiné, tu devrais le savoir depuis le temps !

Kaya se força à sourire devant sa nouvelle cliente, mais le cœur n'y était pas. Repousser Ethan lui demandait une énergie immense et elle savait d'avance que cela ne suffirait pas pour le convaincre à rebrousser chemin.

— Au revoir, Monsieur ! dit alors le patron à Ethan, en voyant que Kaya avait fini de le servir.
— Oh ! Mais je ne compte pas partir ! répondit Ethan, toujours aussi déterminé.

Le patron le jaugea un instant, essayant de comprendre ses intentions.

— Je n'ai pas fini de parler à la demoiselle !

Le patron visa alors Kaya, crispée, tentant de bosser du mieux possible.

— Je vois…, un chéri éconduit… rétorqua le patron, soudainement blasé.
— Non, SON chéri ! Le seul et l'unique, qui ne connaît pas le mot « éconduit » ! répondit Ethan, confiant.

Inquiète, Kaya écouta d'une oreille la conversation entre les deux hommes. Rien ne la rassurait.

— Je ne bougerai pas d'ici ! continua Ethan d'une voix ferme. Quand est la pause de Kaya ?

Kaya s'agaça et quitta en trombe la cliente qu'elle servait pour revenir vers les deux hommes après s'être excusée.

— Il n'y a pas de pause, pas de discussion possible !
— Vraiment ? fit Ethan de façon plus sournoise. En es-tu sûre ?

— Quoi ?

Ethan regarda son paquet d'olives avec un intérêt soudain.

— Je suis pourtant certain que ton patron est un honnête homme qui ne fait pas du travail dissimulé et respecte les droits de ses employés, comme leur accorder une pause. Ce serait dommage que tu perdes ton emploi pour une simple pause non donnée !

— Ethan, ça suffit ! Je ne prendrai pas ma pause maintenant.

Le patron observa attentivement Ethan, entre sentiment d'affront et quête d'intention.

— C'est vraiment dommage de voir tant de gens exploités… Tsss ! Encore un emploi mal considéré… Triste monde !

Le patron de Kaya n'aimait pas les sous-entendus de ce client, mais sentait surtout qu'il voulait juste obtenir une audience, à défaut de jouer l'arrogance.

— Ethan ! Je sais ce que tu essaies de faire et cette fois, je ne te laisserai pas faire !

— Vraiment ?

Le visage déterminé de Kaya lui donna confirmation.

— Parfait ! Puisqu'on est d'accord sur l'issue positive du maintien de ton emploi, c'est l'heure de la pause !

Il contourna le stand, attrapa la main de Kaya et la tira vers l'extérieur.

— On n'en a pas pour longtemps ! fit Ethan au patron avec un clin d'œil. Promis !

Ce dernier n'eut pas le temps de protester. Bizarrement, il ne voyait pas de mal en ce jeune homme malgré ses simagrées.

— Ethan, non ! Je ne veux pas te suivre.

Ethan tira un bon coup Kaya vers lui pour que ses pieds cèdent et le suivent. Il la conduit dans une petite rue adjacente à la grande artère où se trouvait le marché. Ils seraient plus à l'aise avec moins de regards autour. Kaya était en colère. Ce manège, elle l'avait vécu tant de fois. On arrivait toujours à la même finalité : il gagnait. Elle s'en voulait de ne pas trouver de parade à ce cirque permanent. Ethan cessa sa marche, estimant qu'ils étaient dans un lieu suffisamment discret, puis l'obligea à lui faire face. Kaya entama les hostilités sans lui laisser la possibilité ni le temps de la convaincre de quoi que ce soit.

— Tu te prends pour qui ? Tu crois que le monde doit obéir à Ethan Abberline ? Tu as tout faux ! Tes manières ne changeront rien à ce que je peux…

Elle n'eut le temps de finir sa phrase que les lèvres d'Ethan vinrent s'écraser sur les siennes.

Ethan grogna contre la bouche de Kaya. Cela faisait plus d'un an qu'il ne l'avait pas touchée. Plus d'un an qu'il n'avait pas senti son cœur s'emballer au point de penser qu'il allait exploser. Il serra un peu plus son étreinte pour pouvoir exprimer son besoin urgent d'elle. Kaya resta figée. Ce baiser était tout à la fois : un espoir, une peur, des doutes, le rappel de leur passé commun, le bien-être d'être à ses côtés. Il ravivait la flamme en elle, jamais vraiment éteinte, mais bien enfouie au fond de son cœur pour ne pas souffrir davantage. Ethan lui donna un second baiser plus furtif, puis un troisième. Il devait rassasier sa soif d'amour et retrouver le réconfort de son absence par le contact doux de ses lèvres. Quatorze mois durant où sa vie avait été suspendue au fil de l'espoir de ce moment présent.

Il posa alors son front contre le sien pour tenter de calmer la tempête qui était née dans sa poitrine. Il était tellement heureux et soulagé.

— Bordel ! Comment peux-tu croire que je pourrais me passer de toi, quand je vois dans quel état je suis juste en t'embrassant ? Tu m'as tellement manqué...

Kaya avait elle aussi du mal à respirer. Elle se sentait tremblante et complètement déboussolée entre ce qui devait être et ce qui était réellement. Les baisers d'Ethan mettaient à mal plus d'un an de résolutions difficiles, de sacrifices et de concessions pour que tout s'achève définitivement. Elle avait tout quitté pour qu'ils ne se revoient plus jamais. Elle avait mis le paquet pour disparaître de sa vie. Elle était allée jusqu'à quitter Paris et abandonner tout ce qu'elle avait pour disparaître. Elle posa alors ses deux mains sur son torse et le poussa, la colère la gagnant finalement de voir tant de sacrifices s'étioler sous l'effet d'un désir dangereux pour eux deux.

— Ethan, je t'ai quitté. J'ai quitté Paris pour que tu ne me retrouves pas, pour que tu tournes la page plus facilement, pour que tu comprennes que je ne suis qu'un moment de ta vie et que tu puisses continuer sans moi.

Ethan la toisa, d'un air mauvais.

— C'est ce que tu crois avoir fait, effectivement ! lui répondit-il alors, le ton dur. Seulement, ce que tu veux pour moi n'est pas ce que je veux, moi, pour moi. Tu crois que tes stratagèmes ont fonctionné ? Alors pourquoi je suis là, devant toi ? Le temps, la distance, le silence n'ont rien changé à ce que je veux. Et c'est toi que je veux !

— JE TE METS EN DANGER, ETHAN ! hurla Kaya, n'acceptant pas son discours inchangé depuis le début.

— LE SEUL DANGER QUE JE VOIS, C'EST QUAND TU N'ES PLUS PRÈS DE MOI !

La respiration erratique et le regard dur, chacun avait voulu porter sa voix suffisamment forte pour montrer sa détermination à avoir raison. Kaya reconnaissait bien la volonté infaillible d'Ethan pour lui prouver le contraire, mais les souvenirs de son état, allongé sur son lit d'hôpital, lui redonnaient une force supplémentaire pour le repousser.

— Je ne veux plus revivre ce qu'il s'est passé, Ethan. Si toi, tu le vis avec une certaine forme d'optimisme, moi, je...

Ethan posa tout à coup le bout de ses doigts sur la bouche de Kaya pour qu'elle cesse d'exprimer ses craintes.

— Je ne balaie pas d'un revers de main le choc traumatisant que tu as vécu, Kaya, et que tu veuilles t'en prévenir tout comme m'en prévenir me parait logique ; après tout, ce fut un moment dur pour tout le monde. Nous avons vécu tous les deux quelque chose de dur, d'intensément violent. Sans parler de la perte du bébé juste avant. Je le comprends sincèrement. Mais ça ne changera rien à ce que je ressens pour toi. Si tu n'es pas à mes côtés, autant dire que tu me laisses mourir. Et là, c'est encore pire que le passage à tabac de Barratero. C'est une agonie lente et affreusement douloureuse. C'est avec toi que je reste en vie, contrairement à ce que tu penses, que tout me semble plus facile, moins pesant. Oui, j'ai douté. Oui, j'ai reculé, mais je suis revenu à chaque fois parce que ce n'est juste pas possible de vivre sans toi. Si tu penses être maudite, que tu m'apportes le pire au lieu du meilleur, dis-toi que question malédiction, je suis déjà touché par ma propre malédiction et que la tienne me paraît ridicule comparée à la mienne.

Kaya voulut répondre, mais Ethan l'en empêcha.

— Chacun pense que sa malédiction est pire que celle de l'autre, mais dernièrement, j'ai surtout compris qu'on est l'élément salvateur de l'autre. Regarde l'évolution que tu as gagnée au niveau des dettes contractées avec Barratero grâce à moi. Il est en détention provisoire et va être jugé bientôt. Il va croupir en prison, Kaya. Tu n'as plus de dettes. Quant à moi, mon remboursement, c'est ce qu'on a vécu ensemble et qu'on peut encore vivre tous les deux : je veux juste ta présence à mes côtés. Je ne veux rien d'autre. Si tu n'avais pas persisté avec moi, si on ne s'était pas trouvés entre contrats et petites combines, ta malédiction serait toujours aussi vive, prégnante, angoissante. Aujourd'hui, elle a quasiment disparu !

— Disparu ? Mais tu ne vois pas que ça empire ?! contesta Kaya. La prochaine étape, c'est que tu rejoignes Adam dans la tombe ! Ouvre les yeux !

Ethan se mit à rire devant son air extrêmement alarmiste. Kaya s'agaça davantage.

— Je ne rigole pas, Ethan ! Tu as déjà failli y passer la dernière fois ! Je te protège de moi, à défaut de pouvoir te protéger de toi et de ce qu'il y a sous ton torse !

Ethan l'attrapa alors dans ses bras, trop heureux de retrouver la femme qui pouvait compter le plus à ses yeux.

— Kaya, l'affaire Barratero est finie. Il n'y aura plus de représailles. Quant à me protéger, te protéger, nous protéger, j'ai eu le temps d'y penser pendant ma convalescence. Moi, tout ce que je veux aujourd'hui protéger, c'est mon avenir avec toi.

Kaya resta sans voix. Sa détermination était inébranlable. Elle aurait dû se douter que, pendant tous ces mois durant lesquels il l'avait recherchée, il avait eu le temps de peaufiner son discours. Elle tenta de se défaire de ses bras, mais Ethan ne se laissa pas faire.

— Lâche-moi ! protesta Kaya, paniquée par sa force à faire vaciller les murailles qu'elle avait dû construire pour ne pas craquer. Je ne reviendrai pas.

— Oh si ! Tu vas revenir ! clama-t-il haut et fort pour qu'elle comprenne que son refus était non négociable.

— Je t'ai dit NON !

Ethan la serra un peu plus, le sourire heureux sur le visage, tandis qu'elle se débattait.

— Tu m'as tellement manqué, ma Princesse. Tu es belle !

Kaya cessa de gesticuler et le fixa alors, le rose aux joues devant son compliment.

— J'ai envie de te couvrir de bisous et...

Il approcha sa bouche de son oreille.

—... de poser mes mains partout sur ton corps !

Les joues de Kaya passèrent du rose au rouge cramoisi. Ses paroles allèrent direct vers son cœur puis bifurquèrent vers son ventre. Elle déglutit tout en gardant son regard plongé dans le sien. Ethan se délectait de la mettre dans cet état de gêne et avait envie de la séduire un peu plus. Il se colla un peu plus à elle et avança son bassin contre celui de la jeune femme pour lui signifier combien son envie d'elle était sans précédent. Il souffla alors légèrement dans son cou avant d'y déposer un baiser qui désarçonna Kaya. Elle ferma les yeux pour rassembler un minimum de force afin de résister à ses appels séducteurs.

Le visage réfugié dans son cou, Ethan inspira un bon coup son odeur corporelle mélangée à celui de son shampoing parfum abricot. Il laissa alors échapper un énorme sourire, comme s'il était revenu au bercail contre elle. Ce parfum si familier, cette position contre elle où il pouvait presque sentir son pouls s'accélérer ou se calmer, c'était sa raison de vivre.

— Je t'aime. Je t'aime, Kaya.

Les larmes vinrent s'inviter dans les yeux de Kaya. C'était la pire des tortures qu'elle vivait. Comment rejeter l'homme qui vous fait comprendre que l'on est son centre du monde ? La douleur que la tactique séductrice d'Ethan entraînait en elle faisait écho à celle de l'avoir quitté. Elle laissa échapper un sanglot auquel Ethan prit attention. Il embrassa alors ses larmes avec douceur, comme un pansement qu'il mettait à toute sa douleur cumulée.

— Kaya, si ta malédiction est en train de disparaître, sache que la mienne en un an a aussi beaucoup évolué. Elle s'estompe aussi, elle a trouvé des explications et des pistes d'action. J'ai pris conscience que je devais aussi apprendre à la dépasser. J'ai compté sur la fatalité, sur des subterfuges, mes parents, mes amis ou toi, mais la résolution vient de moi et si tu veux être heureuse avec moi, je devais le comprendre.

L'attention de Kaya se figea sur ces paroles si importantes à leurs yeux.

— Tu parles du Docteur Courtois ? Tu as continué à le voir ? l'interrogea-t-elle doucement.

Ethan lui sourit et hocha positivement de la tête.

— Ouep ! Il est bizarre, mais plutôt efficace dans ses méthodes, je dois bien l'admettre.

— Il t'a réconcilié avec toi-même ? osa-t-elle alors demander.

— Tu as devant toi un homme qui ne recule plus ! Un homme qui se sent prêt à confronter son passé à son présent et surtout un homme qui ne veut plus se faire dévorer par son passé pour avancer vers l'avenir !

Il se détacha d'elle avec une certaine fierté, alors que Kaya séchait ses larmes d'un revers de main. Il sortit alors de sa poche intérieure de veste son téléphone et commença à faire glisser son doigt sur l'écran. Kaya l'observa avec curiosité et en ayant la hantise de ce qu'il comptait lui montrer.

— Tu cherches quoi ? le questionna-t-elle, méfiante de ce qu'il pourrait lui révéler.

— Mon tableau d'objectifs ! lui répondit-il tout en lui montrant finalement l'écran avec panache. J'y ai inscrit un nouvel objectif !

Kaya s'approcha avec angoisse du téléphone pour y lire les deux fameuses colonnes. Elle le dévisagea alors, paniquée. Il se mit à rire devant son air catastrophé.

— Tu pourrais exprimer de la gratitude et beaucoup de joie ! s'exclama-t-il, amusé. Comme toutes les femmes dans cette situation ! Ça serait cool, s'il te plaît ! Regarde-moi cette tête ! On dirait qu'on t'a annoncé la fin du monde !

— T'es pas sérieux ?

Ethan croisa les bras, visiblement peu satisfait d'être pris pour un guignol racontant des conneries plus grosses que lui.

— Comme si je pouvais écrire des choses fausses, futiles ou inintéressantes sur mon tableau ! Tu devrais me connaître depuis le temps ! Tu as donc oublié qui je suis ? Ne pas me voir tout ce temps a ramolli ton cerveau, peut-être ?

Kaya sentit le sol s'effondrer sous ses pieds. L'attitude soudainement plus dédaigneuse et ferme d'Ethan ne laissait à présent plus aucun doute sur le dur labeur qui l'attendait pour le repousser. Monsieur Connard était de retour dans toute sa splendeur, sa vacherie et sa détermination. Son objectif était démentiel, si ce n'était pas irréfléchi. En tout cas, plus pour elle que pour lui. Elle pouvait trembler de son retour. Son cœur allait prendre cher.

— Tu lis bien, chérie ! Je compte t'épouser et j'y mettrai tous les moyens pour y parvenir ! Je commence ?

18

AMBITIEUX

Kaya recula de plusieurs pas. L'homme devant elle, si apaisant la minute d'avant, l'effrayait à présent.

— Comment... C'est... Tu...

Ethan jubilait.

— Pas mal ! Au moins, tu en perds tes mots ! Ça a finalement son petit effet ! Tu commences à comprendre que je ne plaisante pas ! On y arrive !

Kaya remonta dans sa tête la vidéo des dernières minutes pour comprendre comment ils en étaient arrivés là, mais la stupeur restait.

— Ethan ! Mais qu'est-ce qui te passe par la tête ?! Tu te fous de moi ? Je te dis que c'est fini, et toi...

— Ce qui est fini, c'est notre peur d'être ensemble ! Chez moi, c'est réglé ! Reste à te le faire comprendre aussi chez toi ! Je prends donc les devants. J'ai envie d'être heureux une bonne fois pour toutes avec toi. J'ai déchiré ta lettre d'adieu d'ailleurs ; elle n'a aucun lieu d'exister ! Tu ne crois quand même pas que j'allais prendre ça pour argent comptant ? Je t'avais dit de ne plus m'écrire de lettre d'adieu la première fois que tu m'avais quitté. Tu as osé réitérer cette idée odieuse ! Tu as ma réponse en conséquence !

— ON PARLE DE MARIAGE, ETHAN ! Pas de punition ou de vengeance ! Remballe ta fierté de connard ! C'est quelque chose de sérieux, qui fait appel à des convictions, une promesse, un engagement à vie ! Et on est justement loin de songer à une vie entière à deux ! On est séparés, je te rappelle !

— C'est ce que toi, tu crois ! Moi, je ne me considère pas séparé de toi.

L'attitude confiante d'Ethan, avec ses bras croisés et son petit sourire satisfait, créa un nœud d'angoisse dans la gorge de la jeune femme.

— Quant à toi, continua-t-il, tu veux te le persuader, mais tu restes sensible à mes lèvres, à mes mots doux, à mes envies, signes que tout n'est pas éteint chez toi non plus.

Un grand sourire coquin se dessina sur ses fameuses lèvres tentatrices qu'il se mordit avec filouterie. Kaya rougit avant de réfuter fermement ses propos en le poussant d'agacement de ses deux mains sur ses bras croisés. Cet homme était un danger aussi bien dans ses paroles que dans le rapprochement constant qu'il tentait d'opérer auprès d'elle. Il recula de trois pas, mais rit de son adorable rébellion. Il décroisa ses bras et soupira.

— Un engagement, c'est ce qui correspond à ce que je cherche avec toi... lui déclara-t-il alors de façon nonchalante tout en regardant au loin. J'ai besoin de signer un nouveau contrat avec toi. Ça me rassure, je crois.

Il sortit alors un papier de la poche arrière de son jean. Kaya secoua la tête négativement en devinant ce qui y était griffonné. Ethan se pinça les lèvres pour ne pas rire en voyant la panique et l'effroi de sa belle. Il déplia sa feuille, puis se racla la gorge.

— Contrat de mariage entre Ethan Abberline et Kaya Levy... J'ai mis mon nom en premier pour montrer que c'est à mon initiative. N'y vois pas une impolitesse, juste une preuve que je suis l'instigateur de cette demande en mariage.

Les mains de Kaya tremblèrent. Elle ne savait plus si c'était de la peur ou simplement son corps qui réagissait en écho à son cœur en observant Ethan lui proclamer à sa manière son amour.

— Ethan Abberline, donc moi, par ce contrat, s'engage à aimer toute sa vie Kaya Levy, donc toi, et exclusivement elle.

Il esquissa un sourire fier en relisant cette phrase.

— Il lui fera TOUS LES JOURS des câlins, des bisous, proposera toutes les parties de jambes en l'air que la seconde partie, donc toi, voudra... Ne te prive pas de demander, surtout !

— Ethaaan ! s'offusqua alors la seconde partie en question, rouge de honte à cette mention un peu trop osée à son goût.

— Bah quoi ? Tu n'es pas heureuse que je mette mon corps à ta disposition H24 ?

— Ce n'est pas la question ! protesta-t-elle alors, les bras raides et les poings fermés par la colère.

— Ah oui ?! répondit-il ravi en remarquant qu'elle ne réfutait pas cette idée. J'aurais dû mettre peut-être un nombre de fois par jour...

— ETHAAAAN ! s'époumona-t-elle alors tandis qu'elle le voyait réfléchir à cet ajout dans la clause du contrat.

— Je t'aime aussi, chérie ! s'en amusa-t-il finalement. Tu es trop mimi à rougir comme ça dès qu'on parle de sexe ! Je continue !

Il se racla à nouveau la gorge avant de reprendre son ton officiel. Kaya se sentait fatiguée par toute cette mascarade.

— Ethan Abberline s'engage à lui offrir une descendance des plus foisonnantes pour assurer la lignée « petits connards de Kaya » et entretenir l'amour de son couple avec la seconde partie,

Kaya Levy, sur plusieurs générations, parce que leur amour ne peut que traverser les âges !

Il jeta alors un coup d'œil vers Kaya pour voir sa réaction à cette seconde clause. Cette dernière semblait déjà perdue. Ses yeux le fixaient sans réellement le voir. Son cerveau venait sans doute d'être court-circuité par autant d'informations si romantiques à son égard.

Tiens ? Elle ne tilte pas sur ma volonté d'être père ? Bizarre... Elle doit être encore sous le choc de ma superbe demande en mariage. Passons !

Il s'esclaffa et continua.

— Ethan Abberline s'engage à la rendre heureuse de toutes les manières que ce soit, parce qu'il n'y a que lorsque la seconde partie, donc toi, sourit que la première partie, donc moi, est heureuse.

Il éloigna alors sa feuille des yeux pour faire un petit aparté.

— En gros, fringues, restaurants, petits bains en amoureux, jeux à la console ou observations des étoiles, je suis ton homme ! Même pour les chatouilles, je suis volontaire pour t'en faire, et ce, dans n'importe quelle situation, parce que ce qui compte c'est ma dose quotidienne de sourires ! Quand je pense que tu as osé m'en priver pendant une grosse année ! Détestable Princesse ! Vraiment détestable d'aimer une Princesse aussi ingrate à mon égard ! Je vais t'écraser sous les chatouilles pour que ton sourire reste figé toute ta vie sur ton visage ! Je vais t'apprendre à me provoquer !

Kaya pouffa alors involontairement à cette parenthèse, avant de poser ses mains sur sa bouche pour ravaler son rire. Ses menaces sous fond de mignonneries amoureuses étaient aussi drôles que touchantes et apportaient une chaleur douce qu'elle avait beaucoup de mal à repousser. Ethan s'enthousiasma alors de voir cette réaction tout à coup amusée émanant de sa future fiancée.

— Je peux m'y mettre dès maintenant si tu veux, vu que cela semble te plaire ? Tu veux quel type de chatouilles ? J'ai une préférence quand tu te tortilles sous mes caresses le long de tes hanches après qu'on ait bais...

— ETHAAANNN ! Mais tu vas te taire ! Ce n'est pas possible d'être aussi pervers !

— J'AI PAS BAISÉ DEPUIS UNE BONNE ANNÉE ! SOIS TOLÉRANTE UN MINIMUM, S'IL TE PLAIT !

Il fixa Kaya, le regard dur, avant de se raviser et de prendre une posture plus classe.

— Bref ! Je suis en manque de toi, essaie de comprendre que je suis dans un état d'impatience extrême qui me...

— C'est bon ! J'ai compris ! le coupa-t-elle, blasée. Pas besoin d'une thèse dessus !

Kaya se racla à son tour la gorge pour reprendre son visage désabusé par le comportement de cet homme aux humeurs aussi changeantes que la météo.

— Merci, mais ça ira... Je ne veux ni chatouilles ni mariage.

Ethan lui lança un regard torve.

— On en reparlera plus tard... Je n'ai pas encore tout lu ! Tu vas changer d'avis d'ici la fin de ma lecture, tu verras... Je reprends !

Il inspira à nouveau un grand bol d'air frais et continua sa lecture.

— Ethan Abberline s'engage à jouer les infirmiers si Kaya Levy, donc ma chérie, tombe malade... Et on sait comment je peux te soigner efficacement d'une grippe !

Il pouffa alors, fier de sa nouvelle boutade. Un coup de poing vint frapper son épaule, ce qui le fit éclater de rire.

— Tu vois bien que le sexe, c'est la vie ! On revient toujours sur le sujet ! Ce n'est pas ma faute !

— T'es horrible ! s'égosilla Kaya.

Elle se cacha le visage de ses mains, morte de honte en repensant à ce qui s'était passé chez Alonso Déca.

— Mon Dieu ! J'ai honte ! baragouina-t-elle dans ses mains.

— N'aie pas honte ! Apprécie plutôt ma médicamentation imparable ! rétorqua-t-il fièrement.

— Tu me fatigues !

— Mais... je n'ai encore rien fait ! T'exagères !

Elle le poussa à nouveau sans grande force alors qu'il continuait de rire à la chahuter de la sorte, jusqu'à ce qu'il n'en puisse plus et qu'il la reprenne dans ses bras. Il avait besoin de ses étreintes trop longtemps absentes. Kaya posa son front contre son torse, se laissant aller un instant au plaisir de retrouver cette complicité si particulière entre eux deux.

— Un an de séparation, ça t'a donné une énergie folle à laquelle je n'étais pas préparée... lui chuchota-t-elle. Pas de doute que tu es en forme !

Ethan s'esclaffa.

— Attends d'être dans un lit, nue, dans mes bras, et tu pourras dire que je suis en forme !

Elle lui redonna un coup pour la forme. Ethan sourit affectueusement. L'avoir dans ses bras l'apaisait.

— Effectivement, j'ai eu le temps de cogiter pendant mes looooongues heures de solitude sans toi.

Il lui caressa la tête avec amour. Elle leva la tête vers lui et grimaça.

— Je t'interdis de bifurquer sur tes plaisirs solitaires !

— Quoi !? Je t'assure que là, c'est toi qui as l'esprit mal tourné ! Je ne pensais pas à ça !

— C'est ça ! Essaie d'inverser les rôles ! Oui, je te connais ! Surtout à ce niveau !

Ethan éclata de rire alors qu'elle le menaçait de l'index.

— C'est à croire finalement que le plus cochon des deux n'est pas celui qu'on pense !

— ETHAAAAAAAAN !

Elle le repoussa vivement alors qu'il se marrait à n'en plus finir. Rouge de honte et extrêmement agacée, Kaya pesta tous les noms d'oiseaux à son encontre.

— Putain, Kaya ! Qu'est-ce que c'est bon de se retrouver ! Tu me flingues à chaque fois !

Il passa sa main sur ses cheveux et souffla de soulagement tout en la fixant affectueusement. Kaya rougit de plus belle, devant bien admettre que leurs échanges étaient toujours aussi agréables malgré tout.

Il remit alors sa lettre devant lui afin de renforcer tout ce qui l'animait au plus profond de son cœur. Il reprit son discours empli d'une solennité nouvelle après cette parenthèse frivole.

— Je continue ! Ethan Abberline s'engage à faire voyager la seconde partie, donc ma Princesse adorée, à travers le monde... – te voir aux USA m'a donné envie de te voir en maillot de bain à Bali ou aux Seychelles – et au septième ciel, même si c'est déjà fait, vu que je t'ai montré Saturne et qu'à l'Antiquité, c'était l'étoile la plus loin de nous, la septième, et donc considérée comme la plus proche des dieux, là où le bonheur est absolu ! Tu me suis ?

Kaya fit une moue épatée, mais amusée par son savoir incroyable.

— Oui, tu ne te rends pas compte de tout ce qu'il est possible d'apprendre à mes côtés... commenta-t-il avec un air évident. C'est bien pour cela que je compte te le montrer tout au long de notre vie !

— Épatant ! Je suis bouche bée par autant de chance !

La soudaine ironie de sa bien-aimée fit sourire Ethan. Elle se décrispait enfin.

— Tu vois que tu vas finir par signer ce contrat !

— Je ne signerai aucun contrat avec toi ! s'exclama alors Kaya, complètement désabusée par cette idée. Encore moins un contrat de mariage ! On en a suffisamment signé pour savoir qu'ils ont tous été voués à l'échec !

Kaya soupira de lassitude devant le comportement plutôt léger et têtu, mais clairement réfléchi de ce dernier. Ethan regarda la femme qu'il voulait pour la vie s'agacer et sourit. Il se doutait que cela devait mouliner dans sa tête. Sa vengeance, il l'avait en cet instant à la voir tergiverser pour contrer ce qu'elle considérait comme une nouvelle lubie insensée.

À connasse et demie, connard double, mon amour ! Tu vas voir ce qu'il en coûte de rejeter mon amour ! Tu vas en bouffer matin, midi et soir, toute ta vie !

Il avait envie de l'embrasser à nouveau, juste pour lui dire que tout ce qui comptait, c'était de retrouver ses lèvres. Il était vraiment prêt à tout pour elle. Il combla alors l'espace les séparant et pencha son visage devant le sien avec malice.

— Je vais te combler, ne t'inquiète pas ! Un mariage, c'est la seule solution... pour que tu ne me quittes plus jamais !

La bouche de Kaya s'ouvrit de désarroi, puis elle leva les yeux de dépit.

— Tu divagues complètement ! Me pousser au mariage pour contrer ta peur d'être seul ! Tu te rends compte de ce que tu dis ! Et pourquoi tu ne m'enfermerais pas pendant que tu y es ? Là, je ne partirais plus !

Ethan se gratta la tête.

— Je t'ai déjà enfermée dans un coffre de voiture, mais ça ne va pas avec mon standing ! Et puis, tu mérites mieux maintenant, tu ne crois pas ?

Il se mit alors à rire. Kaya le frappa une nouvelle fois du poing, agacée par autant de badinerie autour d'un sujet aussi sérieux que le mariage.

— Tout ce qui t'anime... Tout ce contrat... C'est juste pour te donner un but dans ta vie que tu as trouvé difficile durant ta convalescence, mais tu peux très bien vivre sans moi. Tu te persuades que je suis indispensable à ta vie, mais c'est faux ! Tu as toujours rebondi. Tu as toujours été un battant ! Tout ce qui te pousse à revenir vers moi, c'est la peur de la solitude. Je te comprends sincèrement, parce que je me sens moi aussi seule constamment. Mais j'ai cette conscience de reconnaître que même si tu as été un magnifique compagnon durant un temps, tu ne peux pas l'être durant toute une vie parce que nous ne sommes pas compatibles. On a essayé, mais la réalité est que le destin nous a prouvé que si nous réessayons, nous allons droit dans le mur. Accepte-le, toi aussi, Ethan ! Il y a sûrement quelqu'un d'autre dans ce monde qui signera ce contrat, mais ce ne sera pas moi.

Ethan soupira.

— Tu es exaspérante à t'entêter ainsi, tu sais !

— C'est plutôt à moi de dire ça ! Tu as toujours été contre le mariage, Monsieur Casanova prônant sa liberté !

— C'est vrai, mais c'était avant toi !

Il l'attrapa alors par la taille et ferma les yeux un instant.

— Pourquoi ne pas l'envisager, Kaya ? lui murmura-t-il alors.

Il les ouvrit à nouveau et fixa Kaya intensément.

— Je te veux, je te l'ai dit. Tu me veux aussi, tu l'as dit devant bon nombre de témoins à l'hôpital, donc c'est parfait ! On s'était réconciliés et je t'ai dit de m'attendre un peu... On a assez attendu ! Avançons à nouveau d'une étape tous les deux...

— C'était avant Barratero !

— C'EST DU DÉTAIL ! cria-t-il, franchement agacé par la peur qu'elle éprouvait pour ce type. Tout couple a ses moments de malheur, mais ils sont minimes face à ceux de bonheur... Et ma vie est un bonheur permanent quand tu es avec moi. Oui, j'ai peur d'être seul, mais c'est ton absence que je redoute avant tout ! Je ne la supporte plus. Je la déteste même ! Je me suis battu contre elle pendant plus d'un an. J'ai composé avec, mais je ne l'ai jamais acceptée. Kaya, ta présence est indispensable à mon bonheur. Ce n'est pas la solitude, le pire, Kaya, c'est de ne plus sentir ton odeur d'abricot dans tes cheveux, ne plus pouvoir te taquiner, ne plus voir tes accès de colère contre moi, ne plus sentir tes lèvres contre les miennes et ton souffle contre mon cou quand je te fais l'amour. C'est ne plus m'émerveiller de ces petits riens que tu me donnes sans t'en rendre compte. C'est ne plus pouvoir te tendre mes bras pour que tu viennes contre moi et me faire pardonner. Ce sont des picotements permanents au bout des doigts par manque de pouvoir poser mes mains partout sur toi. C'est... C'est... C'est le vide de toi que je ne peux plus accepter.

L'émotion ressentie à déverser ces mots fit vriller la gorge d'Ethan qui retint un sanglot.

— Je ne lâcherai rien, Kaya. J'ai trop besoin de toi...

Kaya regarda autour d'elle, aussi émue que coupable de son désarroi.

— Faut que je m'assoie ! murmura-t-elle à elle-même. C'est un mauvais rêve ! Oui, je dois dormir encore. Ta venue, c'est que du fake ! Je dois rejouer ma culpabilité à t'avoir quitté.

Elle se pinça la peau pour tenter de se réveiller, mais seule la douleur lui vint en réponse. Elle s'assit alors vraiment au sol et se donna de petites claques aux joues pour retrouver ses esprits. Tentant de reprendre de la contenance, Ethan s'assit à côté d'elle en silence et passa sa main sur son visage. Il ressentait cette impasse dans laquelle ils étaient et ça le minait. Il ne traversait pas suffisamment ses remparts pour la toucher au point de la faire craquer. Il lui attrapa alors la main et y déposa un baiser dessus.

— Kaya, je n'ai jamais été aussi confiant de toute ma vie. Cette mise à distance que tu as initiée n'a fait que renforcer chez moi mon besoin de toi dans mon quotidien. J'ai vécu une année horrible.

— Parce que tu crois que j'ai pu faire ce que j'ai fait avec une aisance déconcertante ? s'énerva alors la jeune femme, tout en retirant sa main de la sienne.

Elle rapprocha ses genoux contre elle. Tout cela l'énervait. Elle se sentait oppressée comme à chaque fois qu'elle avait l'impression de passer pour la méchante de l'histoire. Elle ne savait plus quoi penser et désirait juste se cacher dans un trou de souris le temps de mettre un peu d'ordre à tout ça.

— Non, je sais que ça te ronge, comme moi... répondit Ethan, plutôt conciliant. Je le vois parce que tu ne me dis pas un oui franc à ma demande en mariage, mais tu n'es pas partie non plus. Tu m'as écouté et je vois bien que ça te bouleverse.

La jeune femme se balança d'avant en arrière, signe évident qu'elle tentait d'évacuer son stress.

— Kaya...

Il soupira alors, cherchant quoi dire de plus pour la convaincre...

— OK, on n'a qu'à se donner un peu de temps. On n'est pas obligé de se marier demain, mais plutôt après-demain !

Kaya le dévisagea, cherchant sa franchise dans ses paroles. Il lui sourit gentiment. Elle comprit alors qu'il lui donnait du temps, mais pas trop. Finalement, il restait fidèle à lui-même. Kaya lui fit une moue incertaine auquel Ethan répondit en cognant doucement son front contre celui de la jeune femme.

— Je te laisse y réfléchir... lui déclara-t-il doucement.

Perplexe, Kaya décolla son front de celui d'Ethan et le fixa en réalisant qu'il rétropédalait légèrement dans ses objectifs et atténuait volontairement son côté bulldozer pour elle.

— C'est peut-être trop d'un coup pour toi à digérer. Rien que ma venue a dû te déstabiliser ! se félicita-t-il avec panache tout en regardant le ciel. Je suis sûr que tu en as mouillé ta culotte !

— Ethaaan ! gronda la voix de Kaya au milieu de son discours.

Il rit légèrement, mais continua.

— Alors, j'imagine dans quel état tu t'es trouvée avec ma demande en mariage ! Après tout, je viens de te faire la plus belle demande en mariage au monde, non ?

Il se tourna alors vers elle pour voir sa réponse. Un des sourcils de Kaya tressautait par réflexe alors qu'elle le dévisageait, le considérant comme le connard le plus prétentieux au monde avant tout, puis se résolut à sourire à tout son cinéma. Il avait malgré tout le mérite d'être l'homme qui l'avait toujours décontenancée au point de lui faire ressentir tant d'émotions différentes à la fois qu'elle avait pu réaliser combien elle était vivante malgré la mort d'Adam. C'était son super pouvoir. Ethan éprouva un soulagement face à son petit sourire.

S'engage à aimer toute sa vie Kaya Levy ?

Elle contempla ses chaussures avec nostalgie. La demande en mariage d'Adam n'était pas aussi recherchée ; elle pouvait l'admettre, mais l'ombre de sa mort restait toujours entre Ethan et elle. Elle lui rappelait combien celui qui restait en vie souffrait dès qu'il se donnait corps et âme à l'autre et que celui-ci disparaissait.

Ethan se releva et lui tendit la main pour qu'elle en fasse de même. Elle évalua son offre un instant. L'accepter, c'était faire un geste vers lui ; la refuser signifiait qu'elle refusait tout de lui. La seconde option était donc la plus cohérente avec son discours depuis qu'il était réapparu devant elle. Pourtant, son être tout entier voulait retrouver cette main si chaude et réconfortante. Cette indécision lui vrillait le cœur. Ethan remarqua son trouble pour juste sa main à accepter et sourit.

— T'inquiète, je ne vois pas en ce geste le fait que tu acceptes ma main pour un mariage !

Il lui fit un clin d'œil et avança un peu plus sa main vers elle. Les yeux de Kaya exprimèrent alors une gratitude soulagée et elle se saisit de son offre. Ethan la releva et déposa un baiser sur son front.

— Mais bon, si tu demandes ma main, je te dis oui de suite !

Kaya le fixa de manière désabusée, mais malgré cela amusée, même si rien n'était réglé.

— Je te ramène chez toi ?

— Pour que tu apprennes mon adresse ? Jamais de la vie ! Et je suis en pause, je te rappelle !

— Ma Princesse adorée, tu me déçois ! soupira-t-il alors, très triste. Tu ne me connais vraiment pas assez, mon cœur ! Va falloir que je retravaille ce point avec toi ! Si je sais où tu travailles, je sais forcément où tu vis !

Kaya écarquilla les yeux et le fixa.

— Je sais tout de toi, Kaya ! lui déclara-t-il doucement.

Il commença à énumérer sur ses doigts ce qu'il avait appris par son détective.

— Ton adresse, ton bailleur, ton job, le chiffre d'affaires de ton patron et surtout... surtout... pas de petit ami !

L'éclat de son bonheur au fond de ses yeux ne faisait aucun doute. Kaya ricana légèrement.

Oui, tu es toujours le même... Quelque part, ça me soulage autant que cela m'effraie, Ethan, parce que je sais que c'est ça qui me fait craquer...

19

HÉSITANT

Ethan gara la voiture devant le petit pavillon dans lequel Kaya vivait. Elle réalisa qu'il n'avait pas menti : il connaissait bien son adresse et avait même poussé le vice jusqu'à l'entrer en avance dans les données de son GPS. Il l'avait attendue sagement dans un café du marché, le temps qu'elle finisse ses heures de travail. Il avait été clément ; il ne l'avait pas fait virer. Un exploit, une progression dans son comportement avec elle. Elle pouvait l'admettre ; il avait peut-être un peu changé.

— C'est ta nouvelle voiture ? lui demanda-t-elle alors, pour trouver le temps de mieux préparer son départ de la voiture.

— Non, ce n'est pas la mienne. Je l'ai empruntée à Simon et Barney.

— Oh ! C'est sympa de leur part. Tu n'en as pas racheté une ?

— Si ! répondit-il avec un petit sourire. Pas une corvette, parce que mon compte en banque ne me le permet pas encore pour le moment et que je préfère économiser pour notre future famille, mais j'en ai une.

Kaya leva une nouvelle fois les yeux de dépit, puis passa à un autre sujet pour ne pas lui permettre d'approfondir ses rêves insensés.

— Tu as reçu mes versements pour ma dette ? l'interrogea-t-elle alors, plus inquiète.

Ethan grimaça de façon agacée.

— Oui... répondit-il, les dents serrées. Le seul indice m'indiquant que tu allais bien et surtout vers où je pouvais concentrer mes recherches. Comme si je pouvais me contenter de ton fric comme élément de consolation ! râla-t-il, amer.

Kaya baissa la tête.

— Ethan... Ce n'était pas dans ce but...

— J'ai quelque chose pour toi ! la coupa-t-il alors.

Kaya le dévisagea un instant, se rendant bien compte qu'il essayait de détourner le sujet. Il sortit de la voiture et sortit du coffre un sac. Il ouvrit la porte à Kaya pour qu'elle sorte de la voiture et lui tendit le sac. Immédiatement, elle jeta un œil dedans.

— Un ordinateur ?

— Avec une souris et un téléphone, oui !

— Pourquoi ?

— Allume-le quand tu seras tranquille. Sur l'écran du bureau, il y a un dossier avec des vidéos dedans...

Il passa sa main derrière la tête, tout à coup plus gêné.

— Tu veux que je les regarde ? Que contiennent-elles ?

Ethan s'approcha d'elle et lui attrapa le bout des doigts avec les siens.

— Ma sincérité.

Il cogna son front sur celui de Kaya gentiment, mais son regard restait à la fois triste et calme.

— S'il te plait..., regarde-les. Appelle-moi quand tu les auras toutes vues.

— Ethan... je ne veux pas de tél...

— Regarde-les ! lui ordonna-t-il presque, alors qu'il fermait à présent les yeux, son front toujours collé au sien. Je t'en prie. Pour une fois, arrête de protester et obéis.

Kaya soupira.

— D'accord...

Ethan se décolla d'elle tout à coup et, dans un grand sourire en contraste complet avec son attitude plus mélancolique juste à l'instant, contourna la voiture pour revenir au siège conducteur et se réinstalla. La fenêtre côté passager descendit ensuite.

— J'ai été très heureux de te revoir aujourd'hui.

Il redémarra le moteur de la voiture et regarda droit devant lui.

— Tu n'imagines pas à quel point cela ne me suffit pas.

Il se mit à rire, puis tourna la tête à nouveau vers elle tout en laissant reposer sa tête contre son siège.

— Je ne crois pas qu'il existe un docteur qui puisse me guérir de ma folie de te désirer autant.

Les yeux marron intense d'Ethan transpercèrent ceux de Kaya qui se mit à rougir.

— Regarde vite ces vidéos que tu me reviennes. J'en peux plus de me contenir.

Il esquissa un petit sourire, mais Kaya remarqua aussi beaucoup de fatigue dans son attitude, comme si quelque chose le rongeait de l'intérieur. La voiture quitta alors les lieux, laissant Kaya avec son sac et beaucoup d'interrogations concernant ce qu'elle devait faire à présent.

Elle rentra chez elle et posa le sac sur la table de la cuisine. Elle s'assit et étendit ses bras sur la table de façon lasse. La tête sur ses bras, elle contempla l'extérieur du sac avec distance.

Sa sincérité ? Je la connais, je n'en doute pas... là n'est pas le problème. Que m'as-tu préparé, Ethan ? Quel est ton plan pour me reconquérir ?

Elle se redressa et souffla. Elle se leva et alla prendre une douche.

— J'ai besoin de me vider la tête de cette journée trop compliquée à digérer...

— Te voilà enfin ! s'écria Simon en voyant Ethan arriver au bord de la piscine de la villa qu'ils avaient loué.

Ethan alla s'allonger sur un des transats et posa un de ses bras sur son visage.

— Alors ? Tu l'as vue ? demanda Oliver, impatient de le voir cracher le morceau.

— Ça a été la pire journée de ma vie ! déclara-t-il alors.

— Tant que ça ? demanda Brigitte qui s'approcha avec le bébé dans ses bras.

— Raconte ! s'agaça Simon.

— Simon ! Calme-toi ! rétorqua Barney. Tu peux bien comprendre qu'il ait peut-être besoin de solitude et de s'isoler si ça ne s'est pas passé comme il l'espérait.

— Ses cheveux ont poussé... Elle s'est même fait une couleur ! Elle a les cheveux tirant un peu vers le roux... Elle est magnifique !

Sam pouffa à l'écoute de sa description.

— Eh beh, si t'es pas accro, je ne sais pas ce que c'est ! Tu commences fort !

Ethan se rassit tout à coup et s'emporta.

— J'ai tout aimé ! Elle était comme d'habitude ! Belle, coriace, intimidante... si troublée et troublante.

Il se laissa retomber sur son transat et reposa son bras sur son visage.

— Putain ! Elle me manque tellement ! Ça me fait un mal de chien de ne pas pouvoir la serrer dans mes bras...

Ethan réprima un sanglot dans la gorge, mais cela ne passa inaperçu aux yeux de personne. Brigitte donna le bébé à Sam et alla s'asseoir sur le bout de transat où était Oliver, à côté de celui d'Ethan, et posa sa main sur la sienne.

— Courage ! Tu arrives au bout !

— Elle t'a rejeté ? osa l'interroger de nouveau Simon. Qu'est-ce qu'il s'est passé ?

— Je n'ai pas pu me retenir...

— Tu devrais savoir qu'agresser les femmes d'un baiser sans préambule, ce n'est pas s'assurer de rentrer dans ses bonnes grâces ! l'invectiva Sam.

Ethan s'esclaffa. Sam ne put entrevoir que son sourire, le reste de son visage restant bien caché sous le bras de ce dernier.

— Un baiser ? Comme si je pouvais me contenter de ça à mon stade ! Je l'ai demandée en mariage...

— T'AS QUOI ?!!! firent tous ses amis en chœur.

Les cigales chantonnaient, mais aucune des personnes autour de la piscine ne put décrocher un mot de plus.

— Je sais que je suis allé trop vite, que j'aurais dû attendre, ne pas la brusquer, mais vous l'auriez vu vendre ses olives tout en souriant aux clients...

— C'est sûr ; ça doit vachement donner envie de se marier... marmonna Simon cherchant à comprendre. MAIS, BORDEL ! DEPUIS QUAND TU PARLES MARIAGE ?!

— T'es sérieux ! continua Oliver, tout aussi surpris. Tu lui as sorti la bague et tout le tralala devant des olives ?!

Brigitte pouffa en s'imaginant la scène, avant d'éclater de rire.

— Ne me dis pas que tu aimes ce style de moments pour une demande en mariage ?! s'inquiéta alors Sam tout en dévisageant la femme devant lui comme une inconnue.

— Ne dis pas n'importe quoi, Sam ! s'énerva Brigitte. Tu sais bien que je ne veux pas me marier ! Encore moins devant des olives ! Désolée Ethan, mais j'imagine bien la tête de Kaya !

— Je ne me suis pas mis à genoux ni n'ai tendu de bague... C'était une demande... à ma façon.

Il sourit alors, mais aucun ne put y décrypter de la fierté ou du regret.

— T'as fait quoi alors ? demanda Sam, tout ouïe.

— Elle a dit quoi ? s'interposa Simon, estimant que sa question avait plus de valeur que celle de Sam.

Ethan se redressa, regardant au loin de façon déterminée.

— Je refuse un non de sa part. Je ne peux pas l'accepter. Je n'y survivrai pas. J'en ai la certitude aujourd'hui.

— Elle n'a pas voulu ?... devina Brigitte, désolée pour lui. Donne-lui du temps. Elle a déjà dû être surprise de te voir aujourd'hui et en plus ta demande a dû grandement la déstabiliser.

— Je sais... C'est ce que je lui ai proposé finalement, mais... ça fait mal de devoir encore attendre.

Il courba alors son dos dans un abattement qui surprit tout le monde tout à coup. Sa précédente détermination perdait en force avec les jours. Ses amis avaient admiré sa force mentale durant cette année si difficile pour lui entre sa convalescence, sa rééducation et la perte de Kaya. Il avait fait preuve d'une obsession assez impressionnante autour de sa quête pour la retrouver. Il avait dépassé les pronostics de guérison et de rééducation. Il n'avait rien lâché pour pouvoir la retrouver le plus vite possible. Même s'il lui avait fallu une bonne année, chacun s'accordait à reconnaître qu'Ethan n'aimait pas Kaya. Ce n'était pas de l'amour à ce stade. Ce n'était pas de l'adoration non plus. C'était simplement un besoin vital pour lui comme manger, respirer ou dormir. Pas un jour n'était passé sans qu'il se lève avec pour seul objectif de revoir

Kaya le plus rapidement possible. Il s'y était attelé sur tous les pans de sa vie pour préparer ce moment.

Quand il avait annoncé à tout le monde que le détective l'avait enfin retrouvée, ce fut presque un soulagement pour tous. Une souffrance pesante entourait Ethan depuis le départ de Kaya et le visage heureux de leur ami à cette annonce ne fit aucun doute sur le fait qu'ils l'aideraient de n'importe quelle manière que ce soit. C'est ainsi que le plan « Kaya come home » vit le jour. La location de la villa, le projet de vacances comme excuse fortuite si nécessaire pour lui donner un alibi, leur présence à tous comme soutien et poids dans sa démarche avait été une évidence.

Barney s'approcha de lui et se posta devant le transat.

— Je peux te foutre dans l'eau si tu veux calmer ta douleur ; on dit que le froid anesthésie !

— Tu sais bien qu'il ne sait pas nager ! répondit Oliver en riant alors qu'Ethan se demandait jusqu'à quel point Barney pouvait être sérieux dans sa proposition.

— C'est toi qu'on va foutre à l'eau ! fit Simon tout en faisant un signe complice à Oliver qui se leva tout à coup pour se précipiter sur Barney.

Se délestant d'un poids, le transat sur lequel Oliver et BB étaient assis se souleva et Brigitte bascula et tomba au sol dans un cri tandis qu'un « plouf ! » énorme se fit entendre derrière eux. Ethan regarda tout ce petit monde crier et geindre et se mit à sourire. Il regarda le ciel, inspira et expira un grand bol d'air.

Oui, encore un peu de patience.

Il prit son téléphone et écrivit un SMS à Kaya.

Mardi 5 août – 17h45
Appelle-moi à n'importe quelle heure du jour ou de la nuit. Je viendrai.

Kaya lui répondit plus rapidement qu'il ne l'avait espéré.

Mardi 5 août – 17h48
C'est ta spécialité, ça ! Pas la mienne, troubleur de sommeil !

Un énorme sourire apparut sur son visage. Sam le remarqua.
— C'est Kaya.
— Oui, c'est ma Princesse.
— Bah tu vois, la porte n'est pas entièrement fermée !
Sam lui sourit et lui tendit Millie. Ethan accepta l'enfant dans ses bras et Sam fonça faire une bombe dans la piscine au milieu de tous ses amis.
Il joua un instant avec les doigts du bébé et sourit.
— Toi, tu vas adorer Kaya, je sens !

Il tapota alors une réponse.

Mardi 5 août – 17h55
Il n'y a pas d'heure à préférer pour te dire combien je t'aime !

Cela faisait deux jours que Kaya avait vu Ethan. S'il n'était pas revenu la voir pour le moment, elle sentait bien la pression qu'il lui mettait à travers ses SMS. Il ne voulait pas la bombarder de demandes, mais le peu de messages qu'elle recevait lui prouvait qu'il s'impatientait à attendre sa réponse. En réalité, elle repoussait l'échéance. Elle en était bien consciente. Elle n'avait pas ouvert l'ordinateur. Elle appréhendait de regarder ces fichues vidéos tout comme elle appréhendait de devoir revoir Ethan. Elle savait qu'il ne patienterait pas indéfiniment, mais chaque jour qu'elle gagnait lui laissait penser qu'elle aurait un répit pour trouver la force d'accepter fermement la décision qu'elle avait prise il y a un an, celle de le quitter, et ainsi pouvoir la lui dire sans faillir.

Son retour inattendu avait réveillé ses doutes et l'amour qu'elle lui portait malgré son douloureux choix. Retrouver Ethan, c'était comme respirer un bol d'air frais, mais comme toute bonne chose, elle savait aussi que cela resterait de courte durée avant que la suffocation ne reprenne. Voilà pourquoi elle craignait de craquer, de replonger avec lui et de revenir au point de départ, celui de lui apporter plus de souffrance. Rompre avait été douloureux certes, mais restait moins grave que si elle restait avec lui. Il était plus fort seul, sans elle. Elle l'affaiblissait. Elle le replongeait dans ses ténèbres et l'envoyait mourir face à son propre combat. Quelle personne pouvait accepter une telle issue ? Elle savait que son choix était le plus raisonnable, mais la détermination d'Ethan à revenir auprès d'elle restait effrayante. Elle le connaissait que trop bien. Elle savait que faire reculer cet homme demandait un effort et une stratégie longuement préparée à l'avance. Seulement voilà, elle ne savait plus quel plan élaborer pour qu'il lâche l'affaire. Elle ne savait plus quels mots pourraient lui faire comprendre que leur intérêt commun était de ne plus se voir.

Elle se sentait prise en étau entre sa volonté de bien faire en refusant de revenir vers lui pour le sauver et cette attraction pour lui qui la faisait sourire et la laissait rêveuse en repensant à son contrat de mariage et aux belles promesses qu'il contenait. Sa faille était bien là : le temps et la distance n'avaient finalement rien changé à ses sentiments pour lui. Il avait raison ; elle ne restait pas indifférente malgré son discours. Elle refusait de croire que son retour était guidé par ses sentiments amoureux, alors qu'elle-même admettait maintenant que les siens étaient restés intacts.

Tu parles d'une hypocrite !

En réalité, elle avait peur. Peur que son amour pour lui ne revienne trop en force en regardant ces vidéos et qu'elle ne puisse plus assumer son choix de le protéger. Elle avait peur d'être égoïste. Elle refusait de ne penser qu'à son bonheur au détriment de celui d'Ethan s'il restait loin d'elle. Visionner ces vidéos, c'était tenter le diable. C'était entrer dans un jeu dangereux alors qu'elle sentait ses résolutions vaciller un peu plus chaque heure depuis qu'il était réapparu devant elle. Elle pensait avoir réussi à refaire sa vie sans lui, mais elle réalisait que tout n'était pas si clair dans sa tête et dans son cœur. Elle avait déjà essayé de le quitter pour les mêmes raisons, mais cette fois-ci, sa résolution avait pris de l'importance en le voyant si salement amoché sur son lit d'hôpital. L'écho de ce qu'elle avait vécu avec Adam lui avait brisé tout espoir de croire qu'elle pourrait vivre heureuse avec celui qu'elle aime.

Je ne regarderai pas ces vidéos, Ethan... Je suis désolée...

Elle rentra après sa journée de travail avec cette obstination en tête de ne pas flancher et de trouver le courage de dire à Ethan qu'elle refuserait tout ce qui viendrait dorénavant de lui. Elle passa acheter deux trois bricoles à manger à la supérette puis se rendit chez elle. C'est lorsqu'elle arriva au bout de sa rue qu'elle vit une voiture qu'elle connaissait et quelqu'un, debout à côté, qui l'attendait. Elle déglutit.

Et merde ! Qu'est-ce que je vais lui dire ?

Elle s'avança pourtant, le pas lourd, tout en regardant sa cible avec inquiétude jusqu'à ce qu'en détaillant l'homme qui patientait, elle découvre que ses traits ne correspondaient en rien à ceux d'Ethan.

— Oliver ?!

Oliver l'entendit alors et se tourna vers le cri d'étonnement qui vint vers lui.

— Salut ! lui répondit-il alors, un grand sourire aux lèvres.

Le visage heureux et soulagé d'Oliver en la voyant résonna comme un soulagement bienvenu dans le cœur de Kaya, qui retrouvait un ami. Instinctivement, elle courut jusqu'à lui pour tomber dans ses bras. Oliver la serra avec plaisir.

— Alors, vilaine ! On joue à cache-cache ?!

Kaya s'éloigna de lui, mal à l'aise.

— Oliver, pardon. Ce n'était pas contre toi. Je devais couper complètement les ponts pour... pour...

Face au désarroi de son amie, Oliver l'attrapa par le cou et la rapprocha de lui pour un nouveau câlin.

— Je sais... Je comprends que ça n'a pas dû être facile pour toi... Cela a été dur pour tout le monde.

Il lui frotta la tête et tous deux se laissèrent quelques secondes de répit pour savourer ses retrouvailles.

— Qu'est-ce que tu fais là ?! lui demanda-t-elle alors, perdue. Tu es venu avec Ethan ?

— On est tous descendus dans le sud avec Ethan !

— Quoi ?!

— Nous avons loué une villa et posé nos vacances tous ensemble. Sam, BB, Simon, Barney... On est tous venus.

— C'est donc pour ça que vous avez la voiture de Simon et Barney ? Parce qu'ils sont venus avec vous !

— Oui, on est descendus à deux voitures : celle de Sam et BB parce qu'ils avaient beaucoup de bordel de puériculture à prendre, et celle de Simon et Barney qui est plus spacieuse.

— C'est vrai ! BB a accouché ! Tout s'est donc bien passé ? s'enthousiasma alors Kaya.

— Oui, très bien ! Millie commence même à marcher !

— Millie ? Une fille ! Ils ont eu une fille !

Le sourire ravi de Kaya finit par s'estomper en réalisant ce qu'elle avait raté et combien elle avait perdu en quittant tout le monde. Oliver comprit sa tristesse et lui caressa la joue.

— Kaya, il faut qu'on parle, je pense.

La jeune femme comprit vite vers quel sujet la conversation qu'il souhaitait entamer avec elle risquait de tourner et soupira.

— Viens ! Je t'invite à manger dans mon petit pavillon.

— Chouette ! On cuisine quoi ce soir !?

Le sourire conquis d'Oliver lui redonna un peu de baume au cœur.

— Omelette !

— Tu veux me mettre au régime ! D'entrée ! Comme ça ! Tu me trouves gros !

Kaya se mit à rire alors qu'il se tâtait le corps.

— Non, tu es parfait ! Allez ! Viens !

20

TÊTUS

Oliver avait évité de parler d'Ethan d'entrée. Il comprenait bien que ce sujet restait délicat et ne souhaitait pas braquer Kaya dès son arrivée. Aussi, ils cuisinèrent en discutant de tout et de rien, comme ils le faisaient lorsqu'elle était à Paris. Tous deux retrouvaient leur complicité comme si une année ne les avait pas séparés. Ce n'est qu'au moment du repas qu'Oliver se lança, une fois qu'il eut senti que Kaya était plus détendue.

— Kaya, si je suis là, tu dois te douter que c'est pour Ethan.

Kaya posa sa fourchette et courba le dos, navrée.

— J'aurais bien attendu que vous vous réconciliiez, mais... comment dire ?

— Je ne reviendrai pas vers lui, Oliver. Je ne peux pas.

Oliver souffla face à son ton ferme.

— Tu n'as pas regardé ses vidéos, je présume.

— Tu es au courant pour ses vidéos ? s'étonna alors la jeune femme.

— Il m'a dit qu'il avait besoin de prendre un ordinateur de l'entreprise pour toi et qu'il le remettrait plus tard dans le local à matériels, que je ne m'inquiète donc pas de la disparition d'un ordinateur dans l'inventaire de l'entreprise. Il m'a dit qu'il avait à y mettre dedans sa dernière cartouche pour que tu lui reviennes : des vidéos...

— Tu... tu les as vues ? Tu sais ce qu'elles contiennent ?

— Non ! répondit Oliver tout en riant. Je pense que tu es la seule destinataire de ces vidéos, Kaya, et Ethan n'a jamais eu l'envie de nous demander notre avis dessus. C'est sans doute trop personnel pour qu'on y ait un droit de regard.

— Oui, tu as sans doute raison...

Kaya regarda son omelette avec amertume. Elle savait qu'Ethan avait mis beaucoup de lui pour la retrouver et elle rejetait pourtant ses moindres efforts. Que ce soit pour sa demande en mariage ou les vidéos, elle le blessait dans ses bonnes intentions en les niant.

— Pourquoi ne les as-tu pas visionnées ? l'interrogea alors Oliver.

— Je me doute de quel type de contenu il s'agit. Il va vouloir m'attendrir d'une quelconque manière pour que je me souvienne de nous et que je craque.

Elle regarda alors Oliver avec une grande détresse.

— Je ne veux pas craquer, Oliver !

Oliver soupira.

— Regarde-toi ! Tu as peur de l'aimer, Kaya. Tu es loin d'avoir tiré un trait sur lui.

— Je ne peux pas revenir avec lui, Oliver ! Il a failli y rester ! Si la police n'était pas intervenue ce jour-là, il serait dans le même cimetière qu'Adam ! Il ne doit plus me côtoyer ! Il a vidé son compte en banque, il s'est ouvert le torse, il s'est fait tabasser ! La prochaine étape, ce sera...

Kaya ne trouva pas la force de dire la fin de sa phrase. Elle serra sa fourchette comme seul exutoire à sa sourde colère de ne pouvoir lui offrir mieux que son absence dans sa vie.

— Tu es rongée par la culpabilité et la peur de ce qui s'est passé avec Barratero. Je comprends que, pour toi, tu voies cela comme un ultime avertissement avant qu'il n'arrive pire. Après tout, tu te bases sur ton expérience douloureuse avec Adam et Ethan n'est pas un homme sans problèmes, mais...

Oliver souffla à nouveau, bouleversé de voir ses deux amis dans une impasse alors que leurs sentiments restaient toujours aussi vivaces.

— Tu ne peux pas fuir éternellement dès qu'un malheur arrive à ton entourage ou à toi. La vie n'est jamais complètement rose et même si tu as peur, même si tu as vécu des choses malheureuses dans le passé, tu ne peux pas rester sur cet état de fait. Auquel cas, tu finiras amère et acariâtre !

— Acaria...! Tu y vas un peu fort, tu ne crois pas ?! répondit-elle, légèrement blessée dans son estime.

Oliver se pencha au-dessus de la table, un petit sourire aux lèvres.

— Tu vis déjà seule avec un chat et un chien !

— Ce sont ceux de mon proprio ! Je te l'ai déjà dit !

Oliver se recula sur sa chaise et lui jeta un regard dédaigneux.

— C'est le premier pas, Kaya !

— Tu peux parler ! Tu fais pareil avec Mirabelle ! Et c'est bien ton animal de compagnie !

— Touché ! se mit à rire Oliver. Eh bien justement ! s'emporta-t-il, tout en se levant de sa chaise. Je ne veux pas te voir finir comme moi avec ma tisane, mon chat et mon plaid sur les genoux devant un feuilleton à l'eau de rose pour grand-mères ! Tu vas te bouger tes fesses et aller regarder ces vidéos !

Il alla alors chercher le sac qu'elle avait laissé dans son micro-salon à côté de la cuisine, d'un pas déterminé.

— Tu regardes des trucs de grand-mères, toi ? s'interrogea Kaya, étonnée et songeuse.

— Non ! Mais toi, tu vas y venir et ça me fait peur ! lui rétorqua-t-il de façon cinglante.

Il revint avec le sac et en retira l'ordinateur. Il l'ouvrit et appuya sur le bouton d'allumage. L'écran d'accueil apparut et il tourna l'ordinateur vers Kaya.

— Laisse-lui une chance de te parler une dernière fois. Après tu feras ce que tu voudras, mais donne-lui sa dernière chance !

Kaya fixa Oliver avec angoisse.

— Tu veux vraiment que je revienne dans ses bras...

Elle baissa les yeux et secoua la tête avec un petit sourire contrit.

— Il n'en va pas que de la survie d'Ethan, mais de la mienne et de celle de tous les copains ! lui confia alors Oliver.

Kaya fit une moue un peu surprise. Oliver se trouva obligé de lui dire la suite.

— Tu as déjà essayé de contenir un lion en cage ?! Si je suis là, c'est parce que nos vacances sont devenues un enfer ! Alors s'il te plaît, regarde ces foutues vidéos et appelle-le ! Sauve-nous tous !

Kaya pouffa devant sa supplication teintée de commandement et d'humour. Oliver attrapa sa veste sur le dossier de sa chaise et l'enfila.

— T'as intérêt à t'y mettre dès maintenant, sinon je reviens te faire la misère !

Il lui fit un petit sourire malgré sa drôle de menace et la salua avant de quitter sa cuisine et partir.

Kaya regarda le dossier dans l'ordinateur avec appréhension, mais moins qu'avant. L'effet Oliver devait y être pour quelque chose. Elle se sentait rassurée qu'il la pousse à le faire, même si elle redoutait sa propre réaction. Elle regarda Sanka, le caniche couché dans son panier, et Ruby le gros matou mangeant ses croquettes.

— C'est si mal d'être une vieille acariâtre ? bougonna-t-elle alors pour elle-même.

Elle prit l'ordinateur et alla se poser sur son canapé. Elle ouvrit ensuite le dossier contenant les vidéos et elle vit une douzaine de dossiers avec dans chaque plusieurs vidéos.

— Qu'est-ce qu'il m'a encore pondu comme inepties ?

Elle cliqua sur la première vidéo du premier dossier et très rapidement, elle vit Ethan assis dans son lit d'hôpital. Il était encore dans un sale état, mais il semblait avoir repris du poil de la bête. Cela indiquait la date d'une semaine après son départ.

« Salut Princesse ! Je... »

Kaya le vit soupirer et regarder par la fenêtre. Il avait toujours ses bandages autour du crâne, ses hématomes sur le visage et sa lèvre gonflée par une énorme coupure. Son avant-bras droit était toujours dans le plâtre et elle se doutait que sa jambe n'était pas des plus en forme non plus. Le revoir ainsi lui serra le cœur.

« Je crois que je vais devenir fou ! Tu es quelque part dehors et moi, je suis bloqué ici et je ne peux pas aller te retrouver. J'essaie de rester calme, je me persuade que je comprends ta réaction, mais en vérité, je suis en colère. Comment as-tu pu me refaire le coup de la lettre et du départ en catimini ?! Comment tu peux croire que je puisse accepter cela une nouvelle fois sans broncher ?! Je t'en veux ! Je t'en veux énormément de me planter ainsi ! Tu profites de mon immobilisme... »

Les larmes de Kaya montèrent jusqu'à ses yeux en ressentant la rage qui habitait Ethan sur cette vidéo, mais surtout son chagrin alors qu'elle vit des larmes couler sur celle de l'homme qu'elle aimait. Il tentait de rester cohérent, malgré la tristesse qui le gagnait.

« Je crois que je pourrais faire une grosse connerie tellement je t'en veux ! Quelque part, cette chambre d'hôpital me retient de tout péter dehors... »

Elle savait à présent que regarder ces vidéos allait être une épreuve pour elle. Elle s'y attendait et sa culpabilité d'être partie était bel et bien au rendez-vous. Il lui montrait les coulisses, ce qu'il avait vécu en son absence. C'était alors ça le contenu de ses vidéos.

« Je te déteste, Kaya ! Tu entends ? JE TE DÉTESTE ! »

La vidéo se coupa un instant avant qu'un second film ne s'enchaîne. Elle remarqua que la date indiquait toujours le même mois. Elle comprit alors qu'il avait fait un dossier pour chaque mois qui les avait séparés l'un de l'autre. Elle la mit immédiatement sur pause, ferma l'ordinateur et pleura. La douleur était déjà trop forte. La détresse déjà trop intense. Elle se leva et alla se moucher. Elle ne se sentait pas capable d'aller plus loin. Tout ce qu'elle voyait, c'était sa culpabilité et l'indignité de mériter l'amour d'Ethan. Elle fonça alors dans sa chambre pour pleurer et oublier.

Le jour qui suivit ne fut pas plus apaisant pour la jeune femme. Elle n'était pas à ce qu'elle faisait. Le sourire aux clients n'y était plus. Son patron remarqua ses yeux bouffis, mais n'insista pas sur l'origine de son mal-être. Il ne pouvait lui en vouloir de ne pas être en forme. Tout le monde avait ses faiblesses et Kaya avait toujours eu le sourire malgré tout. Cette fois, elle masquait difficilement ses tracas et il devinait aisément que l'homme de l'autre jour en était la cause. Il espérait simplement que cet état ne serait qu'une passade. Kaya avait donc passé sa journée tel un zombie errant dans une vie qui l'indifférait. Tout ce qu'elle voyait était cette culpabilité d'être une amante indigne, un poids douloureux aux chevilles des hommes qui avaient croisé sa route et l'avaient aimée. Des « je te déteste ! » résonnaient dans sa tête telle une musique sordide qui l'enfonçait un peu plus dans ses convictions. Aussi, lorsqu'elle reçut un appel d'Ethan le soir même, l'effroi s'installa en elle. Elle se refusait de décrocher de peur d'être encore plus détestable, plus horrible. Ethan rappela alors une fois de plus, deux fois, trois fois, dix fois. Son insistance était admirable. Il ne laissait pas de messages pour autant sur le répondeur de son téléphone, mais insistait. Elle l'éteignit définitivement pour ne plus entendre la sonnerie suppliante d'Ethan.

— De toute façon, j'ai déjà un téléphone...

Elle rangea par la même occasion son ordinateur et chercha une solution pour mettre fin à tout ça !

— Dois-je déménager à nouveau ? Demander une mise à distance judiciaire ?

Elle se laissa alors tomber sur son canapé et s'attrapa la tête avec les mains. Elle ne savait plus quoi faire pour qu'on l'oublie. Ce fut la sonnette qui la sortit de sa folie. Sanka, le chien du propriétaire, aboya alors. Aussitôt, d'un pas mécanique, elle se leva et alla voir qui venait. Souvent, le voisin d'à côté lui rendait visite. Il lui donnait des œufs des deux poules de son jardinet mitoyen au sien.

Lorsqu'elle vit par la fenêtre Ethan devant le portillon avec la voiture de Simon et Barney, elle se figea. Ethan semblait nerveux. La sonnette retentit encore et encore et elle put entendre alors un « Sors de là ! Je sais que tu es chez toi ! ». Sanka aboya de plus belle. Elle tenta de calmer le chien en lui lançant des « Chut ! » et en le caressant. Elle se recroquevilla derrière la porte, complètement paniquée. Elle entendit alors Ethan ouvrir le portillon qui bloquait tout le temps et frapper à la porte d'entrée derrière laquelle elle se tenait. Sanka aboya un peu plus.

— Ouvre-moi !

La colère d'Ethan ne faisait pas de doute. Il frappa encore et encore.

— Ouvre-moi, bon sang !

Kaya se mit à pleurer derrière la porte et boucha ses oreilles pour que la voix d'Ethan n'atteigne plus son cœur.

— Ouvre-moi, Kaya ! Je t'en prie, ouvre-moi !

Les coups devinrent moins forts.

— Dis-moi ce que j'ai fait qui t'a déplu... Est-ce la venue d'Oliver ? Je n'étais pas au courant ; il l'a fait à mon insu...

Tout à coup, le silence s'installa entre eux. Elle retira ses mains de ses oreilles, se demandant s'il était parti. Sanka se mit à gémir, sentant bien la présence de quelqu'un derrière la porte.

— S'il te plait, parle-moi, Kaya...

Kaya put percevoir sa détresse dans la voix. Il était complètement démuni. Elle l'entendit s'asseoir contre la porte derrière elle.

— Je veux juste savoir si tu as vu mes vidéos.

Face au silence de Kaya, Ethan perdit patience. Il se leva et décida de remettre son masque de connard.

— Très bien ! Je ne souhaitais pas en arriver là, mais tu m'y obliges ! Si tu ne m'ouvres pas, je défonce la porte ! Je compte jusqu'à trois !

Kaya se releva d'un coup, gesticulant partout afin de vite trouver une réponse à son ultimatum.

— Je ne lâcherai rien de nous, Kaya ! Un...

Elle se mordit la lèvre, ne sachant quoi faire.

— Deux....

Ethan arma son pied, prêt à frapper la porte.

— Trois !

Ethan frappa la porte de son pied, une fois, deux fois, trois fois, mais la porte ne céda pas. Il décida alors d'y aller à l'épaule. Il prit de l'élan et fonça. La porte s'ouvrit à ce moment-là. Il traversa le perron et alla s'étaler sur la table de la cuisine avant de tomber au sol, emportant la corbeille de fruits au passage.

— Non, mais t'es malade ! cria alors Kaya. Tu sais combien ça coûte une porte d'entrée ?!

Ethan se frotta la tête pour calmer la douleur du coup qu'il venait de prendre en tapant contre le meuble de la cuisine.

— Tu ne me laisses pas le choix ! Tu ne voulais pas me parler.

— Et si je n'avais pas été là ? Tu aurais défoncé la porte, et après ?

— Je savais que tu étais là !

— Comment pouvais-tu en être aussi sûr ? Tu m'espionnes ?

— Non, je le sentais, c'est tout.

Kaya leva les yeux. Ethan se redressa et s'étira pour vérifier qu'il était encore en un seul morceau. Sanka aboyait, mais Kaya le tenait fermement par le collier.

— Sanka ! Chut ! Suffit !

— C'est quoi ce clébard ? s'agaça alors Ethan. Je déteste les caniches !

— C'est Sanka, le chien du proprio. Je garde aussi Ruby, son chat.

— Tu fais du gardiennage maintenant ? ironisa Ethan, plutôt surpris.

Kaya caressa le chien pour qu'il se calme, puis le relâcha. Sanka alla sentir Ethan qui montrait malgré tout de l'hostilité envers l'animal.

— C'était le deal pour louer ce petit pavillon à moindre coût par rapport au cours moyen de cette ville. Il me le loue que si je garde les animaux quand il part en vacances...

Ethan fit une mine perplexe tout en tentant d'éloigner le chien de lui.

— Autant dire souvent... marmonna-t-elle avec un soupçon d'agacement dans la voix.

Ethan sourit et secoua sa tête négativement en voyant combien elle était facile à duper.

— Tu es vraiment idiote ! C'est le genre de deal qui pue l'arnaque ! Quand on t'impose un tel compromis, ce n'est jamais à l'avantage du locataire !

— J'ai fait comme j'ai pu ! Je n'avais pas beaucoup le choix à l'époque.

— Tu l'as aujourd'hui ! objecta Ethan. Tu as juste à revenir chez moi !

— Ethan... soupira Kaya.

Le visage peu enthousiaste de Kaya fit comprendre à Ethan que ses doutes avaient raison d'exister quant à la suite de leur relation.

— Tu n'as pas regardé les vidéos, c'est ça...

Kaya baissa les yeux. Constatant un retour au calme, Sanka alla se recoucher dans son panier.

— Ethan, peu importe ce que contiennent les vidéos, je ne reviendrai pas.

Ethan leva le menton et plissa des yeux. Il n'aimait pas ce qu'il entendait.

— Très bien ! Tu ne me laisses pas le choix... Où est l'ordinateur ?

Kaya tenta de sonder ce qu'il avait en tête tout à coup. Elle se doutait qu'il n'allait pas renoncer pour ces quelques mots de refus.

— Dans le salon. Dans son sac...

Ethan alla au salon, chercha des yeux le fameux sac et s'en saisit. Il sortit l'ordinateur et s'installa sur le canapé.

— Qu'est-ce que tu fais ? le questionna-t-elle, suspicieuse.

— Puisque je ne peux pas te faire confiance, dit-il calmement entre deux clics de souris, tu m'obliges à être plus ferme...

Il se leva alors, lui attrapa la main et la tira jusqu'au canapé pour l'obliger à s'asseoir à côté de lui.

— Ethan, je ne veux pas les regarder !

— Tu vas les regarder ! lui répondit-il durement. Je ne laisserai pas ton entêtement saboter mon besoin de toi !

Il enclencha alors la première vidéo. Kaya vit les premières images de la vidéo et son cœur se serra.

— Tu me détestes ! Je sais ! Donc pourquoi tu veux te marier avec moi ? Qu'est-ce que tu me veux ?!

Ethan appuya sur pause et l'observa alors.

— Tu l'as regardée ? s'étonna-t-il alors.

— Je n'ai regardé que la première séquence de la vidéo...

Ethan ferma les yeux un instant, essayant de garder son calme.

— Ce n'est pas parce que tu as un meurtre en début de film qu'il faut se dire que le film va être horrible ! Tu me fatigues par moments ! Quand je te dis de tout regarder, regarde tout au lieu d'être si butée !

— Je n'ai aucune raison de t'écouter ! protesta alors Kaya. Tu n'es ni mon père ni mon boss !

— Non, je suis l'amour de ta vie ! revendiqua énergiquement Ethan. J'ai donc encore plus de droits qu'un père ou un patron !

Kaya s'esclaffa, stupéfaite par tant d'aplomb de sa part. Elle devrait être habituée depuis le temps, mais Ethan avait toujours de quoi la surprendre quand il s'agissait de sa fierté.

— Que les choses soient claires, Kaya... Je ne quitterai pas ce canapé tant que tu n'auras pas vu toutes les vidéos !

Les yeux en soucoupes, elle accusa alors le coup comme l'ultime menace à sa survie.

— Toutes !? Je ne vais pas pouvoir regarder tout d'un coup ! Je bosse, moi, demain ! Tout le monde n'est pas en vacances ! Donc, tu peux partir. De toute façon, je ne désire pas te voir squatter mon canapé !

Ethan s'étira de façon nonchalante, puis s'allongea, comme pour préparer le terrain de sa future literie.

— Tu vas en regarder un maximum, crois-moi !

— Tu me gonfles, Ethan ! s'opposa Kaya, tout en se levant du canapé. Je ne regarderai pas ces vidéos !

— Très bien ! Je pense que je vais rester longtemps ici ! chantonna alors Ethan, amusé.

Il sortit son téléphone et composa un numéro.

— Allo ? Oliver ? Ouais, c'est moi...

Kaya regarda Ethan dérouler sa manigance, d'un air complètement ahuri.

— Oui, tu peux m'amener un sac de vêtements ? Je pense que je vais squatter chez Kaya quelque temps.

Il posa un œil torve vers Kaya.

— Elle a oublié que de nous deux, je suis le plus borné !

Elle put entendre le rire d'Oliver à travers le téléphone d'Ethan.

Oliver, ce traître !

Elle voulut partir, mais la main d'Ethan sur son poignet l'en empêcha.

— Où vas-tu ? siffla-t-il d'un ton mauvais.

— Aux toilettes ? répondit-elle de la même façon. Je peux ? Ou tu veux me donner la main ?

— Je te suis ! lui répondit-il tout en raccrochant à Oliver sans lui dire au revoir.

— Tu plaisantes !?

— Ai-je l'air de plaisanter ? Tu m'as énervé ! Je ne te laisserai aucun répit.

Les yeux marron d'Ethan s'obscurcissaient avec son visage plus fermé. Le message était clair. Elle voulait l'éloigner, elle avait obtenu tout le contraire. Il se leva et attendit. Sans un mot, elle lui tourna le dos et alla vers les toilettes à l'étage du pavillon. Tout dans sa démarche et son attitude montrait à Ethan qu'elle était tendue et lui en voulait. Mais avait-il d'autres choix ? Elle s'enferma dans les toilettes et ferma les yeux. Elle devait se calmer et ne pas paniquer devant ses manigances.

— Ça me rappelle quand on était dans ma chambre chez mes parents... se confia alors Ethan, plus doux à l'évocation de ce souvenir.

— Je ne comprends pas quel plaisir tu éprouves à faire le guet devant la porte ! lui répondit-elle, acerbe.

— Va savoir...

Il s'appuya, le dos contre le mur soutenant la porte des toilettes, et sourit.

— J'aime peut-être partager tous ces petits moments intimes avec toi. Je veux tous les vivre avec toi.

Son regard se perdit jusqu'à ce que la chasse d'eau retentisse et que Kaya sorte. Elle jeta un œil vers lui, mi-agacée mi-touchée par ses envies affectueuses. Elle se rendit ensuite dans la salle de bain pour se laver les mains. Ethan se mit à rire.

— Quelle façon détournée de me faire visiter les lieux ! Merci ! C'est gentil ! Mais allons au plus direct : où est la chambre ?

Kaya grommela et quitta l'étage avec un agacement évident. Il soufflait le chaud et le froid et elle savait combien il excellait à ce jeu. Plus il serait dur, plus elle souhaiterait qu'il redevienne plus doux. Le défi était clair pour lui.

Chaque moment de répit qu'il m'accordera ira dans le sens que j'espère, à savoir moins de tension, et il finira par me faire craquer ! Je dois résister !

Ethan ne perdit pas son objectif immédiat de vue et la ramena vers le canapé.

— Parfait ! Soirée vidéo ce soir !

Il cliqua sur la souris et Kaya croisa les bras et les jambes.

— Ma soirée va être mortellement chiante ! railla alors la jeune femme, déjà lasse de ce qui l'attendait.

21

RETROSPECTIF

Kaya se réveilla le lendemain matin avec la drôle de sensation qu'elle ne devrait pas être là où elle se trouvait, mais ne pouvait s'empêcher de vouloir dormir encore un peu et savourer la douceur d'un balancement familier. Elle posa sa main sur ce qu'il lui servait d'oreiller et réalisa que cela ne ressemblait en rien au moelleux qu'elle connaissait de l'objet. C'était plus dur, plus irrégulier. Et surtout, un oreiller ne berçait pas ! Tout à coup, elle ouvrit les yeux et releva la tête. Son réveil fut immédiat. Elle était à moitié allongée sur Ethan. Ils étaient enlacés l'un autour de l'autre, suffisamment serrés pour tenir sur la largeur du canapé. Elle tenta alors de rembobiner le cours de la soirée dans sa mémoire.

Elle se souvenait d'Ethan, endormi à côté d'elle, vers une heure du matin, alors qu'elle commençait à piquer du nez, des moments gênants où il s'était filmé en colère contre elle, puis sa sortie de l'hôpital, le début de sa rééducation. Ses coups de mou au moral, son besoin de la voir, ses progrès lui redonnant l'énergie suffisante pour continuer et à croire qu'il la retrouverait bientôt. Voir ses vidéos l'avait mise aussi mal à l'aise qu'elles l'avaient touchée. Elle n'avait pas tout vu, mais le peu qu'elle avait regardé fut une oscillation entre colère, culpabilité, tristesse et grand élan d'amour. Ethan avait choisi de montrer combien chaque jour passé était dédié à la femme qu'elle était. Ses différentes humeurs soit l'apaisaient, soit l'agaçaient. Chaque vidéo présentait une émotion du moment : un rire, un moment de totale déprime, une lente agonie ou un gros coup de boost à son moral. Ethan avait fini par prendre l'habitude de lui parler à travers ses vidéos comme si elle était encore là, quelque part, et l'attendait.

Ethan dormait à poings fermés. Plusieurs fois dans les premières vidéos qu'elle avait regardées, il avait exprimé son manque de sommeil. Son sommeil n'était plus aussi serein depuis son accident avec Barratero. Il estimait que c'était son absence qui le rendait superficiel. Il n'avait plus sa tranquillité d'esprit. Kaya, quant à elle, s'interrogeait sur un possible choc traumatique lié à son passage à tabac. Elle n'en mentionna pourtant rien. C'était à croire qu'il lui avait raconté des bobards dans ses vidéos tant son sommeil semblait tranquille aujourd'hui. Elle contempla ses longs cils, sa cicatrice sur l'arcade sourcilière, ses lèvres et se perdit dans une tristesse infinie. Elle le trouvait beau, mais ne pouvait le toucher. C'était tout ce qu'elle pouvait se permettre : l'observer en cachette. Elle devait se rendre à l'évidence que ces simples moments de bonheur restaient les prémices d'un événement à venir difficile pour eux si elle se permettait d'aller plus loin en répondant à ses avances.

Sans qu'elle puisse réagir, la main d'Ethan se leva tout à coup et se rabattit sur l'arrière de son crâne pour qu'elle pose de nouveau sa tête vers son torse. La force d'Ethan ne laissait aucune chance à Kaya de se rebeller. Elle rougit alors de sentir à nouveau son parfum contre ses narines. Elle restait persuadée qu'elle ne s'était pas endormie contre lui de la sorte. C'était lui qui avait pris l'initiative de la ramener contre lui pendant qu'elle dormait. Il n'avait pas beaucoup commenté ses vidéos. Il s'était contenté d'observer ses réactions et de sourire, comme si finalement son film à lui était son visage laissant échapper une émotion avec laquelle il pouvait se rassasier. Elle avait pu sentir son regard posé sur elle comme une sensation d'enveloppement douce et chaude. Il l'avait aimée du regard durant toute la soirée. Elle avait essayé de paraître impossible, mais ce matin, contre son torse, elle relâchait toute cette énergie à lutter. L'amour d'Ethan était respectueux, même s'il lui avait montré qu'il agirait en bulldozer s'il le devait. Il était limpide, même si contrôlé.

— Ethan, je dois aller travailler..., lui déclara-t-elle doucement, sa joue complètement écrasée contre son T-shirt.

Elle l'entendit alors grogner alors qu'il se repositionnait mieux contre elle afin de lui laisser encore moins de chance de s'évader hors de ses bras.

— Ethan... S'il te plaît.

— Toi, s'il te plaît ! protesta soudain Ethan. Ça fait plus d'un an que je rêve de te garder contre moi jusqu'au matin, ton parfum d'abricot dans les cheveux chatouillant mes narines.

Malgré sa voix encore ensommeillée, il sourit, mais garda ses yeux fermés comme pour simuler qu'il dormait toujours et que leur discussion n'avait pas lieu d'être.

— Jusqu'au matin... Justement ! On est le matin, donc le rêve est fini.

Il souffla en l'entendant râler sa désapprobation.

— Bon, je rectifie ! Jusqu'au midi !

— Ethaaan !

Il gloussa et se tortilla un peu plus pour se blottir encore plus contre elle, ses jambes s'accrochant à celles de Kaya telle une liane autour d'un tronc. Il laissa échapper un baiser dans son cou, puis un second. Son cœur s'emballait dès que ses lèvres touchaient la peau de sa belle princesse. C'était un sentiment grisant. Son besoin de tendresse, tout comme celui de lui en donner, revenait frapper à la porte de son cœur au point de vouloir se laisser submerger par cet élan de chaleur sans trop avoir à réfléchir aux conséquences. Toutefois, même s'il souhaitait être plus entreprenant, il ne laissa pas parler ses mains. Il craignait que ce soit le geste de trop qui la pousserait à le rejeter définitivement. Il ne souhaitait pas casser ce fil si fin qu'il avait retissé avec elle durant la nuit. Malgré tout, chaque baiser qu'il distribuait généreusement blessait un peu plus Kaya, qui souffrait de devoir résister face à sa tendresse à revendre, et il le ressentait. Elle était tendue, nerveuse, hésitante. Elle ne relâchait pas sa vigilance ni même ne voulait le voir gagner du terrain. Elle restait encore et toujours sur la défensive.

— Ethan, je vais être en retard !

— Je m'en fiche ! lâcha-t-il du tac au tac. Fais-toi virer, ça m'arrange ! Tu n'auras plus de problèmes pour remonter sur Paris avec moi !

— Je ne remonterai pas avec toi sur Paris.

— Je ne repartirai pas sans toi.

— Tu le devras !

Ethan fit alors face à Kaya et la fixa avec attention.

— Très bien ! Dans ce cas, je ne te lâche plus. Je vais te serrer dans mes bras aussi longtemps qu'il le faudra. Où que tu ailles, je serai accroché à toi. Je ne te laisserai pas respirer sans moi. Le seul air dont tu as besoin est le mien tout comme tu es ma bulle d'oxygène. C'est moi qui déménagerai ici !

— Déménager ici ! répéta-t-elle tout en manquant de s'étrangler avec sa salive. Tu n'y penses pas !

— Si ça me permet de rester avec toi, je suis prêt à vendre Abberline Cosmetics ou créer une succursale ici !

Ethan vit alors autant d'amour dans les yeux de Kaya que de déchirement. Il ne supportait plus de voir cette tristesse infinie en elle, tel un sacrifice évident qu'elle faisait au nom de leur amour pour sauver une conviction qui l'animait, contre son avis.

— Tu ne vas donc jamais comprendre que notre avenir n'est pas d'être ensemble... nota-t-elle avec amertume.

— Ça, c'est ce dont tu tentes de te persuader ! Mais je suis sûr que tu as rêvé plein de fois d'un avenir ensemble ! Ne serait-ce quand tu étais enceinte !

— Ethan, c'était avant ! contesta-t-elle avec dépit.

— Menteuse ! Ose me dire que tu n'as pas pensé à nous depuis que je suis revenu !

Kaya souffla.

— Tu m'obliges à reconsidérer notre relation en même temps !

— Je ne veux pas que tu reconsidères, je ne te laisse pas le choix : tu es à moi ! Tu es tout ce qui m'est de plus cher à mes yeux. Il est hors de question que je cède mon trésor ! Je t'aime et je ne compte pas te perdre. Donc, tout ce que je fais, c'est juste de ronger mon frein pour l'instant afin que tu reviennes vers moi. Je veux que tu croies à nouveau en notre avenir, Kaya. Je vais tout faire pour te redonner foi en nous !

Ethan put lire de la reconnaissance chez Kaya, mais aussi beaucoup de fatigue, malgré ses heures de sommeil au compteur.

— Faisons un deal ! déclara-t-il alors.

Le visage affligé de Kaya se changea en surprise.

— Si je te laisse partir au travail, je veux une compensation.

— Ethan...

— Je veux ma consolation en contrepartie !

Kaya écarquilla les yeux à l'évocation de ce mot. Ethan lui sourit doucement.

— Je prends un gros risque à laisser partir la prunelle de mes yeux au travail. Tu peux à nouveau fuir et disparaître. Rien que d'y penser, j'ai envie de mourir.

C'est toi qui vas me tuer à me dire des paroles si bouleversantes, Ethan...

— Que veux-tu, en contrepartie ? osa-t-elle toutefois lui demander, sachant que sa réponse allait lui être douloureuse à encaisser.

Il leva alors sa main et posa son index sur sa bouche qu'il caressa du regard autant que son doigt le faisait.

— La promesse que tu rentreras ce soir et que tu finiras de visionner les vidéos... Promets-le sur la tête de notre bébé.

Le corps de Kaya se tendit davantage face à cette demande aussi dure à entendre que douloureuse à accepter. Elle baissa les yeux.

— Mettre notre bébé sur la table des négociations, c'est...

— Horrible ? Méchant ? Irrespectueux ? Je n'ai plus que son évocation comme arme pour te reconnecter à moi. Assez ironique, je l'avoue en sachant que j'étais le dernier à penser à une paternité, mais... tu sais très bien qu'à mes yeux, il a autant de valeur que toi...

Les mots d'Ethan se matérialisaient en de douces caresses sur son cœur abîmé par les désillusions et les déceptions successives qu'elle avait vécues depuis toute jeune. Elles lui réchauffaient ses blessures gelées par le cadenas qu'elle avait posé sur son affection pour les gens qu'elle aimait et adoucissaient son amertume. Par moments, en l'écoutant dire de si jolies choses, elle se projetait même avec Ethan en tant que famille heureuse. Un doux rêve, le seul qui lui permettait de s'apaiser face à une réalité si hostile à son bonheur.

— Tu as ma parole que je rentrerai ce soir, Ethan. Je ne vois pas comment je pourrais fuir en laissant tout ce que j'ai ici, sans parler de Sanka et Ruby ! Je ne peux pas les abandonner !

— Tu m'as bien abandonné ! s'offusqua alors Ethan.

— Tu n'es pas un animal qui dépend des humains, que je sache !

— Je suis un pauvre minou abandonné qui a besoin de ronronner auprès de sa belle maîtresse.

Il se frotta un peu plus à elle, tout mielleux, imitant les ronronnements de Ruby qui l'avait collé la veille sur le canapé, tandis que Kaya râlait de ses bêtises.

— Allez ! Lâche-moi, idiot !

— Mon bisou sur la bouche !

— Ethaaan !

— Il faut sceller le pacte !

— Une tape dans la main peut suffire !

— Non ! Pas avec toi ! T'es pas une pote !

— Arrête de faire le gamin capricieux, je vais être à la bourre !

— Pas mon problème ! lui répondit-il tout en préparant ses lèvres pour son baiser.

Le regard coquin d'Ethan contrastait avec celui énervé de Kaya.

— Tu exagères !

— Je suis un fou amoureux en manque ! Ce n'est pas ma faute !

— Tu es chiant, oui !

— OK, amoureux lourdaud, j'assume ! Mon bisou !

Ethan approcha ses lèvres de la bouche de Kaya qui recula sa tête tant qu'elle le put, malgré l'étreinte solide d'Ethan. Plus elle louchait sur le danger identifié qui se rapprochait de ses lèvres, plus Ethan se retenait de rire de cette situation pour le moins mignonne. Il finit par éclater de rire en voyant la tête catastrophée de Kaya.

— Tu crains vraiment mes lèvres, ma parole ! Si je t'embrasse, tu penses que tu vas fondre ?

— Pas... pas du tout ! bredouilla-t-elle, gênée par l'interprétation de son attitude. Je ne suis pas aussi mièvre !

Sans réellement s'en rendre compte dans un premier temps, elle réalisa finalement qu'elle était tombée dans son piège. Elle se sentait maintenant obligée de démentir ses suppositions pourtant vérifiées : les lèvres d'Ethan étaient bien des plus redoutables. Soit elle refusait de l'embrasser en laissant sous-entendre qu'elle était faible face à ses baisers, soit elle s'exécutait pour le faire taire, mais il gagnait quand même parce qu'elle craquait.

Connard, connard, connard ! Tu m'énerves !

Ethan continua de sourire, ravi de voir qu'elle avait compris son entourloupe.

— OK, on s'embrasse, mais c'est tout ! finit-elle par dire, agacée. Tu n'imagines rien d'autre !

— Arrête de dire des conneries ! répliqua-t-il. Je ne me suis jamais restreint en termes d'imagination avec toi ! C'est d'ailleurs mon vrai problème ! Je veux réaliser tout ce que j'imagine !

— Eh bien, n'imagine pas plus qu'un seul baiser, car tu n'auras rien d'autre !

Ethan n'attendit pas la suite pour prendre son baiser des lèvres de Kaya. Complètement prise au dépourvu, Kaya se figea. Emporté dans son élan, Ethan rajouta encore un baiser, puis un autre et encore un autre, chacun plus tendre, plus profond, plus empreint d'espoir que le précédent. Cela faisait des jours qu'il attendait ce moment où il pourrait à nouveau retrouver les lèvres de la femme qui consumait en lui toute retenue.

— Plus tu voudras me restreindre, Kaya, et plus j'exprimerai mon envie de plus.

Ses mots murmurés contre ses lèvres se renforcèrent par de nouveaux baisers qu'il distribuait sans compter, tous plus doux, chauds et câlins. Une vague de tendresse dans laquelle Kaya se laissait emporter, bien malgré elle, et qui enveloppait son cœur d'amour. Elle n'avait même plus la volonté de le repousser. Tous ses mots tendres depuis qu'il était revenu avaient fini par briser son bouclier. La froideur qu'elle voulait brandir comme un étendard face à l'invasion ennemie fondait sous les attaques délicieuses des lèvres d'Ethan. Toute raison s'effaçait face aux sensations exquises de leurs bouches qui se frôlaient et se frottaient encore et encore.

Ethan resserra son étreinte et glissa sa langue autour de celle de Kaya et gémit. Il se consumait de désir pour elle. Kaya lui avait tant manqué qu'il n'avait pas envie de perdre le peu qu'elle lui accordait. C'était à la fois suave et férocement érotique, caressant et appelant à un désir charnel démesuré. La main droite d'Ethan se balada finalement le long des courbes de Kaya. Il avait besoin de retrouver ce territoire si familier et d'y laisser à nouveau son empreinte. Il n'avait plus la force de retenir ses gestes. Elle glissa contre le sein gauche de Kaya qui prit une légère apnée quand il le pressa de ses doigts redoutablement efficaces. Leurs yeux se plantèrent alors dans le regard de l'autre et chacun put y lire une convoitise à peine masquée. Kaya fut celle qui fut la plus troublée des deux. Elle réalisa combien son ardeur n'avait pas faibli, le concernant, et combien il lui était facile de replonger sans honte dans cet appétit à vivre de délicieux moments avec lui. Elle paniqua et se sortit de ses bras tout en tombant du canapé. Elle recula, les fesses au sol, puis se releva pour prendre une bouffée d'air. Elle craquait. Définitivement, elle échouait dans ses projets. Une minute d'inattention, de relâchement, et il l'avait dévorée toute crue. Un instant volé et elle sombrait. Elle quitta le salon précipitamment, complètement paniquée à l'idée d'être si faible face à ses résolutions, mais surtout meurtrie de devoir renoncer à tant de réconfort.

Ethan se rassit et se frotta les cheveux. S'il avait progressé, rien n'était gagné pour autant. Sa soudaine mise à distance lui montrait que même si elle vacillait, elle restait prête à tout pour l'éloigner et lui prouver qu'il avait tort d'insister. Il soupira et regarda Ruby qui vint se frotter à sa jambe.

— Toi, tu ne rejettes pas mes caresses, hein ? Si seulement j'étais à ta place, elle ne trouverait rien à redire à mes envies de câlins...

Kaya finit son travail sur les rotules. Les émotions qui l'avaient traversée depuis la veille avaient fini par la lessiver. Entre le trop-plein et les doutes, son mental ne suivait plus. Aussi, elle ressentit un immense soulagement quand Ethan lui signifia par SMS qu'il la laisserait tranquille ce soir et qu'il rentrait à la villa de vacances. Bien sûr, il n'y avait aucune forme d'abandon dans son annonce. Il l'avait exhortée à poursuivre le visionnage des vidéos et il l'avait menacée de revenir la hanter la nuit si elle s'y refusait.

Hormis grimacer, Kaya n'avait pas réussi à trouver la force de répondre à son message. Les baisers d'Ethan du matin l'avaient bien plus ébranlée que ceux qu'il lui avait pris lors de leur première rencontre au marché, au moment de son retour dans sa vie. Sans doute, l'effet conjugué des vidéos, de sa présence et de ses mots affectueux, l'avait rendue plus perméable à toute attaque sur son cœur. Son cœur. Elle doutait qu'il résiste encore longtemps à tant d'intensité.

Une fois chez elle, elle s'assit devant l'ordinateur et soupira. Elle restait partagée sur le fait de continuer à les regarder. D'un autre côté, elle préférait largement les regarder seule qu'avec lui derrière son épaule. Il la mettait mal à l'aise et elle ne pouvait réagir qu'avec de la retenue à ses côtés.

Elle alluma l'appareil avec appréhension. Il lui restait encore beaucoup à voir. Ruby vint s'installer à côté d'elle.

— Je préfère ta présence ! Tu ne me juges pas au moins !

Elle caressa son petit corps poilu et enclencha la suite de la vidéo.

« Salut ! Aujourd'hui, je quitte le service de rééducation pour rentrer chez moi. Mes efforts ont payé ! Je vais enfin pouvoir retrouver un rythme de vie plus proche de mes habitudes. J'appréhende quand même mon retour à l'appartement parce que je sais... que tu n'es pas là. Je crois que je vais dormir sur le canapé. Ma chambre ou la tienne, je ne peux pas... Pas tant que tu n'y es plus. Je n'ai juste pas envie de sentir ton odeur et renforcer la douleur de ton absence. Déjà que le reste de l'appartement me ramène à tant d'autres souvenirs... »

Kaya baissa les yeux. Avait-il vraiment passé une année à dormir sur le canapé ? Elle soupira et continua avec la vidéo suivante.

« Comment vas-tu aujourd'hui ? J'ai repris contact avec le docteur Courtois. Il pensait que j'avais disparu. Il a été plutôt surpris d'apprendre ce qui nous était arrivé, tu m'étonnes, mais heureux de voir que je continuais de le consulter. Lui parler m'a fait du bien. J'ai pris son après-midi pour lui raconter ce que nous avions vécu avec Barratero et ton départ, ce que je ressens depuis, et il s'est contenté de... sucer sa foutue sucette, sans émettre le moindre mot ! L'enfoiré ! Il m'énerve quand il fait ça !

J'ai l'impression que ses lunettes vicelardes me scannent sous la peau ! Beurk ! J'en ai des frissons ! Je préfère encore les séances du kiné, même si elles sont plus douloureuses ! »

Kaya se mit à rire. Le voir parler du docteur la rassura. Ethan lui avait dit qu'il avait continué sa thérapie. Cette vidéo le confirmait.

Peut-être est-ce le but de ces vidéos ? M'en dire plus sur le contenu de ses séances avec le docteur Courtois ?

Son attrait augmenta alors. Elle avait peut-être les réponses à tant d'interrogations dans cet ordinateur.

« Bonjour Kaya. Aujourd'hui, j'ai décidé de parler à Sam pour m'excuser de notre désaccord sur mon rôle de parrain et le faire revenir à Abberline Cosmetics. Tu crois qu'il va me pardonner ? Je sais qu'il a demandé de mes nouvelles par l'intermédiaire d'Oliver et BB quand il a su pour l'affaire de Barratero. D'ailleurs, avec Oliver, on a discuté un peu de ce qui s'était passé à l'hôpital, de ta fausse-couche et de ton départ. Tu sais, je l'ai frappé quand j'ai appris qu'il savait pour ta grossesse et qu'il s'était bien gardé de me le dire. En fait, je me suis froissé avec tout le monde. Même Eddy ! Pourtant, Oliver a continué de faire le lien entre toi et moi, et surtout, il est resté à mes côtés quand tu es partie. C'est un véritable ami. Il ne m'a pas lâché malgré tout ce que je lui ai dit. Quelque part, il m'a fait réaliser l'importance d'avoir quelqu'un sur qui compter. Il y a bien sûr toi qui m'as mis sur le chemin du bonheur d'être amoureux, mais il y a lui aussi, avec son soutien indéfectible malgré mon caractère et ma jalousie. Je ne sais pas pourquoi il fait ça. C'est vrai, il avait toutes les raisons de me lâcher ! Tu me dirais sans doute que c'est parce qu'il est celui qui me connaît le mieux... Peut-être. En attendant, il a fait comme si tout était oublié. Quel con ! »

Kaya sourit en apprenant la nouvelle ! Elle confirmait qu'il s'était bien réconcilié avec tout le monde. Il avait visiblement fait du ménage dans sa tête pour voir ce qui semblait importer le plus entre réelle amitié et petite trahison.

« Salut, je dois rencontrer Sam bientôt par l'intermédiaire de BB. Si tu la voyais ! Elle est énorme ! Elle a demandé à être arrêtée. Abbigail s'en est chargée. Heureusement qu'elle est là, sinon je ne sais pas comment la boutique tournerait. Ma convalescence a ralenti considérablement le fonctionnement de l'entreprise. Je crains d'être en négatif cette année. Entre ma crise aux USA, Barratero, le départ de Sam de l'entreprise et ma relation sinueuse avec toi, j'ai eu pas mal de coups durs. Ce que nous projetions de faire pour le développement d'Abberline Cosmectics a été sabordé par mes absences et mes choix. J'en ai conscience. J'ai merdé, niveau boulot. Partout d'ailleurs ! Est-ce une des raisons qui t'ont aussi poussée à tout arrêter avec moi ? J'ai merdé avec mon travail, mes amis et toi... J'ai tout raté. Je me pose... des questions... J'essaie de comprendre pourquoi tu es allée dans un tel extrême en disparaissant ainsi et je réalise que j'ai peut-être foiré plus de choses que je ne le pensais. Du moins, je percute maintenant tout ce que j'ai perdu. Je vis vraiment ton départ comme une punition à toutes mes erreurs. C'est horriblement douloureux, mais tu m'obliges, par la force des choses, à tout reprendre pour comprendre. Un mal pour un bien peut-être. En attendant, je me donne comme objectif de réparer tout ce que j'ai foiré, dans l'espoir que tu sois la dernière chose à récupérer dans ma vie. Tu me manques tellement. »

Kaya ne put s'empêcher de toucher des doigts l'écran, et en l'occurrence le visage d'Ethan. Elle percevait sa solitude et ses regrets. Ses doutes et désillusions. Il tentait de se reconstruire et cela la touchait plus que de rigueur. Enfin, il avançait vraiment.

« Coucou ! Journée de merde ! Vie de merde ! Il fait moche. Il fait froid. Et j'ai tellement envie de toi. Où es-tu, bon sang ? J'ai appelé tout le monde, même l'autre guignol de patron de boutique de vêtements ! Tu te rends compte du sang-froid qu'il m'a fallu pour ne pas le cogner alors qu'il jubilait de me voir si désarmé face à ton absence. Son témoignage m'a confirmé néanmoins combien tu devais être désœuvrée et meurtrie. Ta décision a dû être dure à prendre et c'est ce qui me fait penser aussi que je n'abandonnerai pas. Je sais que tu as fait ce choix à contrecœur. Dans toute la bile qu'il a pu déverser contre moi, je n'ai retenu qu'une chose : la tristesse qu'il a perçue dès que tu parlais de moi. Il m'a dit que tu m'avais dédouané à chaque fois qu'il avait tenté de justifier ses doutes me concernant. Il aurait pu ne rien me dire, le salaud, mais il m'a quand même donné cette touche d'espoir. Je sais que cette tristesse n'est pas due au fait que je t'ai fait souffrir, mais bien à celle de devoir me quitter. Je ne me satisfais ni de tes mots sur ta lettre ni de tes choix. Encore moins de cet éloignement que tu pensais judicieux pour nous deux sans doute. Kaya, je te jure que je vais te retrouver et te faire ravaler toutes tes présomptions. »

Kaya serra sa main sur son genou. La rancœur était palpable. Comment pouvait-il en être autrement ? Même l'oubli ne semblait pas l'avoir tarie. Elle l'aimait, c'est vrai, et c'était aussi pour cette raison qu'elle l'avait quitté.

Peut-il seulement comprendre mes choix ?

« Kaya, où es-tu ? J'ai besoin de toi ! Il m'énerve, ce con de docteur ! Il m'énerve ! Je veux bien admettre que j'ai une sensibilité plus grande que la moyenne, que cette sensibilité influe directement sur mon comportement général et sur mes choix. Elle explique même que je ne suis pas gentil, selon lui, mais juste empathique. Admettons ! Je veux bien partir sur ça ! Je t'en avais parlé et quelque part, j'avais ressenti une forme de soulagement quand il a essayé de me faire un peu déculpabiliser, mais là, il me demande d'accepter ma sensibilité et donc ce côté gentil, comme une force et non comme une faiblesse ! Pour le coup, j'ai cru entendre ma mère ! Cindy et lui sont finalement pareils ! C'est parce que je suis gentil que je suis où j'en suis ! Je ne vais pas accepter d'être ce qui m'a poussé à faire que des conneries ! »

Ethan souffla et s'attrapa la tignasse de désespoir. Elle sourit à nouveau et comprenait combien ses thérapies devaient lui demander beaucoup d'efforts et d'abnégation. Mais elle lui était reconnaissante de faire ces efforts.

« Salut ! Tu vas être contente, j'ai fait la paix avec Sam. Ça y est ! Il s'accorde un moment de réflexion pour revenir dans l'entreprise, mais on a fait un pas l'un vers l'autre. Je ne pensais pas que ça me ferait autant de bien de pouvoir reparler avec lui.

C'est mon pote ! J'en souris parce que je réalise qu'il m'a manqué, ce con ! Je me suis expliqué sur ce que tu avais manigancé pouvant conduire à la photo qu'il a vue. Il a marmonné. Je lui ai dit que je ne serai pas le parrain, mais que je serai toutefois là pour lui parce que c'est mon ami. Ce crétin, tu ne vas pas me croire, il a sorti sa larmichette ! Il a pleuré ! Je suis resté con ! Et tu sais quoi ! Ce salaud, il m'a alors lancé un ultimatum ! Ça joue les sensibles, mais ça sait prendre à revers la sensibilité des autres ! Il m'a dit qu'il ne reviendrait que si j'acceptais que son fils soit le seul que je prenne dans mes bras ! Il m'énerve ! J'ai serré les dents et j'ai accepté. La seule raison valable que j'ai trouvée, c'est que ça m'entraînerait pour le jour où tu retomberas enceinte. Cette fois-là, je serai alors prêt. Le docteur Courtois m'a félicité pour cette avancée. Il n'empêche, je ne me trouve toujours pas légitime à être père... Mais on y travaille avec le Doc... »

Kaya s'allongea sur le canapé et posa sa tête sur un oreiller tout en regardant le visage d'Ethan sur la vidéo.
Le jour où je serai enceinte ?
Elle sourit. Il semblait vouloir toujours rectifier cet échec, malgré ses réticences à la paternité.
Pourquoi es-tu un paradoxe à toi tout seul, Ethan ? Dis-moi pourquoi tu refuses d'être père.

« Putain, je suis mort ! J'ai bu comme un trou ! J'ai voulu présenter mes excuses auprès d'Eddy. Après tout, on s'est quitté à l'hôpital sans que je me sois vraiment excusé. Il m'a tué, j'ai envie de vomir ! Il m'a baisé avec une course à la téquila et j'ai perdu ! Il m'a séché, l'enfoiré ! J'ai vomi, j'ai dormi, j'ai revomi.

Bref ! Il m'a rendu tous les coups que je lui ai mis dans la gueule en me faisant ressortir les tripes par la bouche. Kayaaaa ! Aide-moi ! Je vais mourir ! »

Kaya pouffa. Elle reconnaissait bien là Eddy et sa façon bien particulière d'amadouer les gens. Elle repensa au soir où Ethan avait bu et était revenu vers elle. Ses bras lui manquaient. C'était indéniable. Encore plus lorsque les souvenirs refaisaient surface.

« Salut ma chérie ! Aujourd'hui est un grand jour ! Comme tu le vois, je suis à l'hôpital. On m'enlève la broche dans la jambe. Je repars pour un peu de rééducation, mais ça devient bon ! Je vais pouvoir refaire du taekwondo bientôt ! Je crois que j'ai pris du poids à végéter à cause des béquilles... M'aimeras-tu avec un embonpoint ? J'ai des doutes ! Tu vas me rire au nez ! J'ai du travail pour maigrir ! Je vais aussi pouvoir te courir après ! Je ne te laisserai aucune échappatoire possible lors de nos retrouvailles. Le détective est sur une piste. Prépare-toi ! J'arrive ! »

Kaya grimaça. Elle repéra vite ce regard déterminé qu'elle connaissait bien. Celui qui annonçait qu'elle allait se faire bouffer toute crue prochainement ! Le connard aux multiples facettes lui préparait donc déjà son plan...
Et quel plan, en y repensant !
Elle rougit au souvenir de sa demande en mariage.

« Santé ! Ouais, je suis bourré ! Tu peux compter ! J'ai collectionné les verres pour preuve sur la table ! Regarde ! Le détective a fait chou blanc. Putain, bordel, où es-tu ?! Ça me gave de n'avoir de tes nouvelles que par les remboursements liquides que tu m'envoies par courrier ! J'en peux plus de ne pas te voir ! J'essaie de rester fort, mais là, tout ce que je peux faire, c'est pleurer... »

Elle vit Ethan s'effondrer une nouvelle fois en apprenant l'échec du détective à la trouver. Sa détresse lui vrilla le cœur. Voir en direct tout ce par quoi il était passé lui faisait mal. Elle avait été la cause de sa solitude, de son désarroi. Elle soupira et regarda le plafond du salon. Toutes les émotions qu'il lui faisait parvenir par ces vidéos lui déchiraient la poitrine. Au-delà de sa culpabilité, elle voyait bien que son départ n'avait rien eu de véritablement bon dans la suite de sa vie.

C'est moi qui vais devenir hypersensible, Ethan, avec tout ça !

Elle cliqua nonchalamment sur la vidéo suivante et se redressa d'un coup.

— Non, pincez-moi ! Je rêve ! Il n'est pas en train de...

« Kaya... Kaya... Kayaaaa. »

Kaya ouvrit la bouche de stupéfaction alors qu'il était en train de se masturber en direct devant elle. Elle se cacha d'abord les yeux de ses mains, avant de laisser un petit espace entre ses doigts pour voir s'il continuait. Elle eut tout à coup chaud, tentant de regarder partout sauf vers la vidéo, mais les gémissements d'Ethan, accompagnés du bruit qu'il faisait, la ramenaient vers la vidéo. Elle eut droit au final en apothéose avec son prénom susurré une dernière fois. Rouge de honte et peut-être aussi titillée dans son désir, elle fit une pause où elle éprouva le besoin de s'éloigner du salon et d'aller boire un coup.

— Crétin ! Connard ! Comment as-tu pu me faire un coup pareil ? Je vais te tuer !

Des bouffées de chaleur encore présentes en elle, elle se ventila avec sa main.

— Je vais le massacrer !

22

DÉCLARÉ

« Coucou ! Le mangeur de sucettes m'a dit que c'était bien si je pleurais, si j'évacuais le trop-plein d'émotions en moi. Très franchement, j'ai envie de le tarter ! Comme si pleurer pouvait me redonner la pêche juste derrière, alors que je ne suis pas bien du tout, tout le temps ! Ça joue les psys, mais ça ressort juste des évidences. C'est le principe même de l'acte de pleurer : laisser ressortir sa peine, l'exprimer. Là-dessus, il me rétorque : « c'est ça, en pleurant, vous exprimez vos émotions, comme vous le faites actuellement en crachant sur mes bonnes paroles ! ». J'avais envie de lui exprimer la démangeaison de mon poing ! Pourquoi j'insiste avec lui ?! »

Kaya se mit à rire. Elle réalisait à quel point ce psychiatre exerçait une influence sur Ethan. Il râlait beaucoup contre lui, mais il restait de bons conseils et surtout Ethan semblait toutefois trouver un intérêt évident à suivre sa thérapie.

« Aujourd'hui, on a parlé de ma mère biologique avec le doc... Il m'a fait comprendre que oui, j'avais une part de responsabilité dans ce que j'ai vécu avec elle, mais que la plus grosse faute lui revenait. Je le sais bien. Mais je me sens toujours coupable. Il m'a alors dit de ne plus ressentir comme le garçon que j'étais, ni comme l'homme que je suis devenu, mais de ressentir comme quelqu'un qui a compris une situation qui nous avait échappés à tous les deux. J'ai du mal à le suivre, je t'avoue. Je pense que ses sucettes lui montent au cerveau ! »

Kaya pencha la tête, intriguée par ses paroles. Si elle ignorait toujours ce qu'il s'était passé avec sa mère biologique, elle se sentait soulagée qu'il en parle enfin à quelqu'un. Le conseil du psychiatre était pertinent. Prendre le recul nécessaire en regardant la situation d'un regard extérieur lui semblait pertinent.

J'espère qu'un jour, tu te confieras à moi de la même manière...
Kaya eut un sursaut soudain.
— À quoi est-ce que je pense ! Comme si j'attendais ses confidences pour revenir auprès de lui ! Ressaisis-toi, Kaya !
Elle se tapa les joues pour évacuer ses pensées nostalgiques.

« BB a accouché ! Un beau bébé de 3kg600 ! Ils l'ont appelé Guy ! Non, je plaisante ! Je te fais marcher ! Il s'appelle Alfonse ! Bon ! OK ! J'arrête ! C'est Millie. Millie, ouais ! C'est une fille ! Sam qui se voyait déjà avec un héritier pour créer sa lignée de mini Sam se retrouve avec une nana, une mini meuf. Même si je me suis bien foutu de sa gueule concernant le véritable sexe de son enfant, je suis content pour eux. C'est cool. Je n'ai pas pu m'empêcher de penser à nous, à notre bébé. S'il avait été encore là, tu serais à la fin de ta grossesse aussi. Nos bébés auraient eu peu d'écart. Ils auraient pu jouer ensemble. En voyant l'excitation de Sam, je crois que je l'ai un peu envié. Je me suis imaginé à sa place et tout ce qui en est ressorti c'est que je n'avais plus ni bébé ni femme à mes côtés. J'ai failli flancher devant eux, mais BB m'a demandé de prendre le bébé dans mes bras et d'aller faire un tour dans le couloir parce qu'elle devait parler à Sam en privé. Je pense qu'elle a surtout prétexté ça pour me donner une ouverture et quitter la pièce. Tenir ce bébé dans mes bras, ça a été... dur ! Putain ! Voilà que je repleure en y pensant ! Si tu la voyais ! Elle est vraiment minuscule, même si on dit que c'est déjà un beau bébé. J'aurais tellement voulu que ce soit notre bébé, Kaya. Je regrette tellement ce qu'il s'est passé. Je ne me sens toujours pas légitime d'être père, c'est vrai, mais je crois que mon désir de paternité est pour autant encore plus vivace maintenant, parce que ce serait un bébé fait avec toi. Je vais en parler au docteur. On a déjà parlé de ce qui t'était arrivé et ma réaction. Il estime logique que je ne me sente pas digne. Cette dualité en moi concernant la paternité me bouffe. Pour autant, il campe sur le fait que la dignité se travaille tout au long de sa vie. Sans doute... Mais peut-elle contrebalancer ma culpabilité sur mon passé, j'ai des doutes... Pourtant, je n'arrête pas de penser à ma possibilité d'être le père de ton enfant et quelque chose de doux me vient alors en tête... »

Kaya oscilla de la joie à la tristesse. Le couteau dans la plaie était toujours là. Il ne s'effacerait sans doute jamais. Pourtant, du baume avait été passé dessus lorsqu'elle l'avait retrouvé ivre dans cette ruelle à côté du bar et qu'il avait dit regretter ce qu'il s'était passé. Ça avait été peut-être la base de leur réconciliation. Cependant, pouvait-elle dire que de l'eau avait coulé sous les ponts et qu'elle avait changé de position sur une grossesse ? Elle l'ignorait. Cette histoire les avait marqués tous les deux.

« Aujourd'hui, j'ai eu ma séance hebdomadaire avec le doc. On parle beaucoup. Je crois que c'est la personne avec laquelle j'ai le plus parlé de mon passé. Il a été difficile au début pour moi de parler de ça, mais je réalise que son analyse me fait du bien et son absence de jugement aussi. Je m'interroge sur nous, sur mon hésitation à tout te révéler. Serait-ce aussi simple d'en faire de même avec toi ? Avec tout mon entourage ? Je sais que je te dois des explications, tout comme à Sam, BB, Simon et Barney, et le docteur m'encourage à « libérer ma parole » comme thérapie. Le truc tellement cliché ! Tsss ! Et pourtant, je sais que parler de ce que j'ai vécu dénouera les nœuds de ma communication avec vous et de votre compréhension à mon égard. Mais je crois que j'ai peur de votre jugement. En fait, je ne veux pas le prendre en pleine poire parce que c'est me donner plus de souffrance finalement. Il faut que je dépasse ma peur du jugement, de la souffrance que je pourrais ressentir, et que je nous fasse confiance. Je sais bien tout ça, mais... pfff ! J'ai l'impression d'être un poisson qui tourne en rond dans son bocal. Le doc m'a dit que je devais mieux m'estimer pour ce que je suis réellement et d'arrêter d'être ce que je ne suis pas. Facile à dire ! J'essaie d'aller dans ce sens ! Je m'écoute plus, je fuis moins les émotions qui me semblent dangereuses, j'avance vers ce qui me fait peur, comme la paternité. Mais je réalise que je suis loin d'être serein et je me trouve toujours imparfait à vos yeux... Comment l'être après ce que j'ai vécu avec ma mère ? Je sais que tu ne comprends pas grand-chose à ce que je dis... Je dois trouver le courage et la détermination de croire que je peux être aimé malgré mon passé... »

Kaya fixa l'écran de façon perplexe. Elle réécouta la vidéo pour être sûre de bien comprendre chaque mot prononcé, puis soupira. Se confier... Elle savait combien cela pouvait être dur de dire la vérité, de dire des choses qui peuvent déplaire, de craindre le regard mauvais des autres... Pouvait-elle vraiment lui en vouloir ? Bien évidemment que non, même si elle rêvait d'éclaircir le brouillard autour d'Ethan. Elle remarqua cependant combien il allait dans une démarche thérapeutique qui semblait lui convenir, puis sourit.

« Salut ô Princesse insaisissable ! Le détective a une nouvelle piste ! Putain ! Je suis partagé entre la joie et la frustration une nouvelle fois. L'insaisissable va-t-elle être enfin attrapée ? Je jubile de me retrouver en face de toi et voir ta tête !... Tu me manques tellement. J'en peux plus. Depuis hier, j'ai l'esprit qui carbure à nouveau en pensant au jour de nos retrouvailles ! Je n'en ai pas dormi de la nuit. J'ai refait dix mille fois le film dans ma tête et j'en suis arrivé à chaque fois à la même conclusion : « Kaya, je veux vivre à tes côtés ». Et je sais que je n'ai qu'une seule chose à faire pour cela. Oui, regarde bien mon sourire ! Je réalise que je ne peux pas continuer comme ça, avec mes peurs. Si je veux passer ma vie avec toi, je dois me battre et ne rien lâcher, pas même sur ce qui pourrait nous séparer comme mon passé ! Le docteur a raison : je dois assumer l'homme que je suis avec ses erreurs et je dois te convaincre de m'aimer avec mes défauts. Une grande tâche m'attend ! Putain ! Je crois que je suis bon pour l'asile ! Je peux guérir de tout, mais pas de toi ! »

Kaya apprécia cette vidéo avec une certaine angoisse en arrière-goût. La sentence était claire : c'était tout avec elle, et il n'y avait pas de second choix possible. Elle déglutit, figée sur son canapé, le regard posé sur l'écran. Une fébrilité inattendue lui parcourut l'échine. Elle cliqua sur la dernière vidéo.

« Demain est le grand jour ! Je vais enfin te revoir. Je tourne en rond comme un lion dans sa cage. Je suis intenable d'après les copains. En même temps..., putain, je vais te revoir enfin ! Même si j'ai réduit la distance entre nous en arrivant à Saint-Raphaël et Dieu sait combien tu as choisi une ville bien lointaine de Paris, les heures sont trop longues jusqu'à ce que je te croise. J'ai envie de me rendre déjà au marché, même si je sais qu'il n'est pas encore installé et que j'ai des heures d'attente inutiles. J'ai même pensé à aller au plus court et à sonner chez toi directement, mais tout le monde me déconseille de le faire et me recommande d'y aller sur un terrain neutre pour que tu ne te braques pas trop. Je les comprends, mais c'est tellement dur... Je t'aime tellement. J'ai tellement envie de te prendre dans mes bras et t'embrasser. Tout me manque trop : ta peau, tes sourires, tes coups de poing, ta méfiance face à mes coups tordus, tes lèvres, tes seins, tes fesses... Rhaaa ! Je vais péter un câble ! Quatorze mois et cinq jours de séparation et on me demande d'attendre encore quelques heures jusqu'à demain ! Quelle hérésie quand on voit combien j'ai d'amour en moi à te redonner ! Le psy l'a dit : « Je suis un passionné ! Quand j'aime, c'est à fond ! » Alors, imagine tout ce que j'ai cumulé depuis des mois ! Quelle perte de temps encore alors que je veux passer ma vie à t'embrasser ! Kaya, s'il te plaît ! Ne me repousse pas !

Sinon je vais mourir ! Autant me tuer ! De toute façon, tu peux bien me repousser pour toutes les raisons qui existent, je ne renoncerai pas ! Je ne renoncerai plus à nous ! C'est impossible ! Entre-le-toi dans le crâne : ma vie est liée à la tienne ! »

La vidéo se finit sur cette nouvelle injonction de sa part. Kaya ne sut ce qu'elle pouvait résumer de tout cela, hormis cette impatience et cette volonté qu'il avait de tout faire pour se donner les chances de revenir auprès d'elle. Ethan était déterminé. Il avait orienté sa vie durant cette longue année à être un homme nouveau pour elle, un homme meilleur peut-être, un homme qu'on ne pouvait rejeter. Elle posa ses mains sur sa poitrine. Tout se résumait à elle pour finir et à ce qu'elle souhaitait. Avait-elle vraiment l'énergie de repousser Ethan ? En avait-elle vraiment envie ? Ses convictions vacillaient à nouveau et le visionnage de ses vidéos en était certainement le but. La faire craquer, lui ouvrir les yeux sur son acte inutile de l'éloigner d'elle, lui prouver que rien n'était encore définitif entre eux et que leur relation pouvait encore évoluer. Elle repensa à leurs retrouvailles au marché en sachant maintenant dans quel état d'esprit il était, ses espoirs et sa fierté d'être debout devant elle et puis cette déclaration d'amour à travers ce contrat de mariage. Ses yeux s'embuèrent à nouveau. Avait-elle une nouvelle chance de rencontrer un homme aussi incroyable qu'Ethan par la suite ? Pourrait-elle aimer un autre homme que lui alors qu'il était un homme si...

...passionné ?

Elle se mit à rire malgré ses larmes. Oui, Ethan était dans l'exagération magnifique. Il était dans la démonstration, dans l'explosion des mots et des gestes. Comment ne pas trouver le reste fade ? N'était-ce pas aussi cela qui avait permis à Ethan de lui ravir son cœur ? Elle se remémora tous ces moments passés avec lui de la flute de champagne se renversant sur son costume à la crêperie, de son premier contrat signé à leur première fois, de leur consolation mutuelle à leurs confidences..., de son cours de taekwondo à son voyage aux États-Unis... Tant d'instants partagés. Leurs disputes hautes en couleur, leurs réconciliations intenses, les cris, leurs pleurs, leurs peurs, leurs rires... Et puis ces sentiments naissants qu'on nie d'abord, puis qu'on repousse, qu'on connaît, mais qu'on ne veut pas vivre, et enfin cette évidence du bonheur.

Kaya se mit à pleurer à chaudes larmes. Son cœur était triste de cette situation et heureux d'être malgré tout au centre des attentions d'Ethan. Tout ce qu'elle rejetait depuis un an lui revenait en pleine face. Elle ne pouvait que se résoudre à cette vérité : le temps n'avait pas permis à son cœur de l'oublier. Dès qu'il apparaissait devant elle, les conséquences sur tout son être demeuraient les mêmes. Elle pouvait nier, les faits restaient les mêmes. Elle aimait cet homme.

Elle se saisit du téléphone.

Deux heures et demie du matin. Il doit dormir...

Elle souffla, ne sachant ce qu'elle devait faire. Il lui avait expressément dit de le contacter dès qu'elle avait fini le visionnage, mais il était tard. Elle lui envoya un SMS, se disant que s'il dormait, cela ne le réveillerait pas.

Kaya - 10 août, 2h27
J'ai tout vu...

Ses larmes ne cessaient de couler. Elle regarda Ruby qui dormait à côté, lorsque son téléphone vibra. Elle vit alors un message d'Ethan.

Ethan - 10 août, 2h36
J'arrive !

La panique s'invita aussi bien chez Ethan que Kaya.

Ethan fit un bond dans son lit lorsqu'il reçut le SMS de Kaya. Il n'arrivait pas à dormir, cherchant une nouvelle stratégie pour reconquérir Kaya. Son message eut l'effet d'un seau d'eau à son visage. Il s'habilla à la hâte, dévala les escaliers dans un tambourinement ressemblant au passage d'un éléphant réveillant toute la maisonnée et fonça à la voiture.

Kaya écarquilla les yeux et secoua la tête dans un moment d'effroi. Elle examina sa tenue, l'état de l'appartement, l'heure une nouvelle fois, et se leva en poussant des « non ! non ! non ! » catastrophés. Elle ne se sentait pas prête à lui faire face aussi rapidement. Malgré tout, elle comprenait l'état d'impatience d'Ethan, justifiant ce « J'arrive ! » sans plus de cérémonie.

Elle fonça se regarder le visage dans une glace pour effacer ses traces de larmes du mieux possible puis fonça ranger un peu la cuisine. Jamais elle ne s'était activée de façon aussi organisée pour ranger ses affaires. Lorsque la sonnette retentit, elle sursauta, le cœur battant. Ils y étaient. L'heure de vérité arrivait. Elle sortit de la maison et s'avança un peu. Ethan était là, visiblement bien réveillé. Elle pouvait voir sa poitrine se lever et redescendre au rythme de la sienne. Ils se regardèrent un instant avant de sourire tous les deux. Ethan décida alors de réduire les mètres les séparant en ouvrant le portillon qui, comme à son habitude, bloquait. Il s'acharna quelques secondes dessus, mais son impulsivité eut raison de lui et il décida de sauter la clôture. Le chien aboya alors sur lui, alors qu'il lui disait des « chut ! » pour ne pas ameuter le quartier. Kaya tenta bien de rappeler son gardien, mais Ethan trouva la solution une fois ses deux pieds posés dans le jardinet de l'entrée. Il émit alors un énorme grognement, ses bras s'écartant avec l'ampleur du son sortant de sa bouche, et le chien déguerpit entre les jambes de Kaya. Cette dernière pouffa avant de faire rentrer le chien dans la maison. Ethan resta un instant devant le portillon, fixant Kaya. Son cœur était prêt à exploser alors que quelques mètres les séparaient encore. De nouvelles larmes apparurent alors dans le coin des yeux de Kaya.

— Tu les as toutes vues, alors ? lui demanda-t-il doucement.

Kaya secoua la tête positivement tout en reniflant avant de répondre.

— JE TE DÉTESTE ! Comment tu as pu...

Elle se mit à rougir et baissa encore la tonalité de sa voix.

— Comment tu as pu...

Ethan tenta de tendre un peu mieux l'oreille alors qu'elle devenait rouge écarlate.

—... faire ça en te filmant !

Sur le coup, Ethan ne comprit pas avant que Kaya se cache les yeux et qu'il comprenne. Il se mit à rire alors.

— Tu as regardé ce passage jusqu'au bout ? lui demanda-t-il d'un air coquin.

— Ethaaan ! cria-t-elle tout en tentant de retenir les décibels pour ne pas être entendue par tout le quartier.

Ethan se mit à rire de plus belle.

— Tu peux me le dire ! Ça t'a plu ?

— Chut ! Tais-toi ! répondit-elle tout en lui faisant un signe de la main pour qu'il baisse le son.

— Quoi ? C'est ta faute ! répondit-il tout en prenant soin de garder sa voix normale. Tu n'avais qu'à pas me quitter ! Je n'en serais pas arrivé à cela ! C'est toi qui l'aurais fait !

— Ethaaan !

Cette fois-ci, la voix de Kaya retentit dans tout le quartier. Ethan se mit à rire de plus belle avant de foncer vers elle et la prendre dans ses bras pour l'embrasser. Ses lèvres s'appuyèrent contre celles de la jeune femme avec un soulagement que ses narines firent ressortir dans un souffle. D'abord surprise, légèrement paniquée, Kaya se laissa toutefois aller dans ce baiser, qui fut accompagné d'un second, puis d'un troisième. Ethan posa ensuite son front contre celui de sa belle.

— C'est donc tout ce dont tu as retenu de ces vidéos ? Ma petite branlette ?

Kaya voulut objecter de façon assassine, mais il écrasa une nouvelle fois sa bouche contre la sienne en ricanant. Kaya s'agita dans ses bras, mais ne put rien contre la force qu'il exerçait contre ses lèvres.

— Ma Princesse coquine...

Il alla alors chercher la langue de Kaya sans attendre d'invitation. Le baiser fut cette fois-ci plus fougueux, plus fiévreux. Les mains d'Ethan se baladèrent sur le long T-shirt de Kaya jusqu'à ce qu'il lâche un grognement, mais cette fois-ci, de plaisir. Kaya se laissa emporter par cette vague de désir soudaine qui déferla sur son corps.

— Tu m'as tellement manquée ! lui chuchota-t-il alors.

— Tu m'as manqué aussi...

La tristesse de Kaya revint alors s'agripper à sa gorge.

— Je ne veux pas que tu souffres à cause de moi...

— Kaya, c'est d'être loin de toi, ma plus grande souffrance...

— Mais Barratero...

— Kaya, Barratero est en prison jusqu'à son jugement et je pense qu'il va y rester un long moment. D'autre part, je peux aussi me casser une jambe en dévalant l'escalier, me faire percuter par une voiture et là, tu vas encore dire que c'est de ta faute ? Kaya, arrêtons ce cercle infernal de peur dans lequel chacun s'enferme. Vis avec moi ! Passons outre notre passé ! Si je suis là devant toi, c'est parce que c'est toi ! C'est parce que tu es la seule qui me pousse à me dépasser de la sorte. Tu es la seule qui m'ait obligé à me confronter à moi-même de façon si drastique pour que je puisse revenir plus fort. J'ai besoin de toi et tu as besoin de moi. Je le sais...

— Je ne supporterai pas qu'il t'arrive quelque chose... Ce lit d'hôpital dans lequel tu étais allongé...

Les larmes dévalèrent les joues de Kaya de façon incontrôlée. Ethan pouvait y lire une réelle peur. Son traumatisme était bien réel.

— Kaya, je suis là, devant toi. C'est bon, c'est fini, c'est passé ! Tu ne le revivras pas. Je te le promets.

— Tu ne peux pas me le garantir... Personne ne le peut.

Elle se détacha de ses bras, vaincue par la fatalité qui étouffait ses espoirs.

— Tu me déçois...

Kaya releva la tête vers le visage d'Ethan, interloquée par ses paroles soudainement plus dures.

— Non seulement tu as oublié qui je suis, mais tu as oublié l'essence même de notre duo !

Kaya l'interrogea du regard, ne comprenant toujours pas où il voulait en venir.

— As-tu oublié pourquoi nous nous sommes rencontrés, pourquoi nous avons signé tous ces contrats, pourquoi nous nous sommes acharnés à ce point à rester avec l'autre ?

Kaya chercha dans sa mémoire une once de réponse. Ethan observa sa perplexité et ses doutes sur son visage.

— Parce qu'on est le seul réconfort de l'autre ! s'agaça-t-il à lui répondre.

Ethan esquissa un petit sourire devant l'air surpris de la jeune femme.

— J'ai besoin de mon réconfort si je me fais agresser, si je me casse une jambe, si je me fais percuter par une voiture ou si je doute de moi parce que mes cicatrices me brûlent...

Kaya ouvrit légèrement sa bouche de stupéfaction face à cette réponse aux airs d'évidence.

— Tous nos contrats n'avaient qu'un seul but : recevoir le plus de réconfort possible de l'autre. Plus tu me donnais de tendresse, plus j'en voulais. Plus tu tentais de me comprendre, plus je voulais te parler. Plus tu touchais mon cœur, plus je voulais toucher le tien. Plus je me sentais dorloté, plus je souhaitais être le seul à l'être de ta part. Kaya, tu es ma sucette !

Kaya apparut alors interdite devant la comparaison soudaine.

— Je te demande pardon ?!

Ethan rigola, fier de sa dernière phrase.

— Ouais, tu es ma dose de bonheur, ma sucrerie, mon réconfort !

Face aux convictions d'Ethan pour le moins surprenantes, Kaya se méfia.

— Me comparerais-tu aux sucettes de ton psy ?

Ethan se frotta le nez, amusé.

— Ouais ! Les épreuves sont dures, mais au final, je sais que j'ai ma sucette qui m'attend après chaque obstacle, malchance ou malheur à franchir et alors, tout ce qu'il s'est passé avant n'a plus autant d'importance. Ma sucette, c'est ma récompense après avoir tant éprouvé ! Tout doit se finir par ce réconfort, ce petit bonheur qui fait oublier la gravité du reste. Tu comprends maintenant ? Je ne comprenais pas l'intérêt du psy pour sa sucette de fin de séance. Maintenant, je sais pourquoi il m'en donne une à chaque fin de séance. Tu m'es indispensable, tout comme je pense l'être pour toi. Tu es cette finalité derrière l'adversité. Si je n'ai plus cet espoir de douceur au bout, comment continuer ?

Il lui attrapa alors ses mains et reposa son front contre le sien pour renouer cette proximité qui lui échappait sans cesse.

— Kaya, je ne peux plus me passer de toi. J'ai souvent reculé, mais maintenant je sais que cela ne sert à rien, parce que justement je ne vois plus d'intérêt à avancer et à vivre si je n'ai pas ce moment de répit avec toi. Peu importent mes peurs, ce que je peux penser de moi ou de ce que tu peux penser de moi, la vérité, c'est que le manque que tu crées prédomine tout ! Maintenant que je sais ce que c'est que d'avoir du répit, je ne peux plus m'en passer ! Et toi, c'est pareil ! Regarde ce que tu t'obliges à faire, combien tu t'imposes de souffrance. Et vois combien tu as soufflé, combien te reposer sur moi t'a soulagée...

Kaya laissa son chagrin s'échapper de sa gorge. Les propos d'Ethan étaient vrais, pertinents. La réelle raison à cette recherche de profondeur de leur relation allant vers des sentiments amoureux était bien là. Ce soutien mutuel face à l'adversité avait toujours été le ciment de leur relation et par moments, chacun des deux l'avait oublié, l'avait renié.

Ethan la prit dans ses bras et la serra fort contre lui.

— Je t'aime, Kaya. Tu peux me repousser encore et encore, je me poserai toujours devant toi pour te montrer combien tu as besoin de moi. Je ne veux pas paraître insistant ni passer pour un type oppressant. Je veux juste que tu comprennes ce qui nous lit et...

— Je le comprends ! le coupa-t-elle tout à coup.

Elle passa ses bras autour de la taille d'Ethan et le serra également contre elle. Ethan souffla de soulagement en la voyant revenir vers lui.

— Pardonne-moi... continua-t-elle. Pardon de t'avoir abandonné. Tes vidéos... donnent du crédit à ton discours. Tu as raison. J'ai laissé la peur me submerger au point d'oublier ce qui nous lie. J'étais prête à sacrifier notre bonheur d'être ensemble pour que tes malheurs soient moindres, mais moi-même, je réalise que cette année loin de toi n'a pas été concluante en termes de bonheur.

Elle enfonça sa tête dans son T-shirt pour pleurer davantage.

— Je suis tellement contente que tu sois là !

Ethan ferma les yeux et embrassa sa tête tout en la cajolant.

— Ne me quitte plus, Kaya... S'il te plaît, reste avec moi. Tu veux ?

Il se recula légèrement pour voir la réponse de Kaya sur son visage mouillé de larmes. Elle acquiesça alors, tout en s'efforçant de sourire malgré la peine qu'elle leur avait causée à tous les deux. Ethan répondit à son sourire par le sien et lui essuya ses larmes. Kaya tenta de s'essuyer le nez de ses mains tout en tentant de calmer ses inquiétudes. Ethan ne pouvait s'empêcher de vouloir la toucher. Il sécha une larme, replaça une mèche de cheveux, lui effleura le lobe de l'oreille, frôla son cou. Kaya remarqua son attention prononcée, renforcée par un regard séducteur, langoureux et plein d'attente, et en rougit. Au point de ne plus oser croiser ce regard presque prédateur sous peine d'être dévorée ! Ethan remarqua sa timidité soudaine et sa gêne, et en sourit. Il lui attrapa son visage en coupe et ne se retint plus. Il pressa sa bouche contre la sienne afin de souder définitivement leur réconciliation. Il éprouvait le besoin de contact avec elle après tant de mois de séparation. Kaya y répondit cette fois volontiers. Elle passa ses bras autour du cou d'Ethan et appuya également ses lèvres contre les siennes. Ethan sourit contre sa bouche et déposa plusieurs petits baisers avant de chercher à nouveau sa langue. L'atmosphère devint immédiatement plus intime, plus ardente. Ethan migra ses mains vers les fesses de Kaya. Sa soif d'amour le rendait entreprenant. Plus il sentait les mains de Kaya sur son cou, ses cheveux ou son visage, plus son envie de la toucher trouvait un écho. Il se rendit vite compte qu'elle n'avait pas de short sous son long T-shirt. Il gémit à l'idée du peu de remparts qu'il avait à franchir pour toucher à son but ultime. Ses lèvres migrèrent vers le cou de la jeune femme qui se cambra volontiers alors qu'elle sentait les mains d'Ethan soulever le T-shirt pour serrer sa culotte.

— Ethan, viens ! lui susurra-t-elle à l'oreille. Rentrons !

Ethan se détacha de leur étreinte et recula tout à coup de trois pas. Kaya le questionna du regard.

— Attends ! Avant, il faut que...

Kaya remarqua qu'il essayait de reprendre son sang-froid.

— Il faut quoi ? lui demanda-t-elle.

Ethan se montra tout à coup mal à l'aise. Il s'agita, se frottant les cheveux, puis s'essuyant les lèvres.

— Ethan ? Tout va bien ?

Face au regard inquiet de Kaya, Ethan se lança.

— Si je ne le fais pas maintenant...

Il fit un tour sur lui-même, comme pour se donner du courage.

— J'ai besoin de le faire...

Toujours dans l'expectative, Kaya le dévisagea, indécise, sur ce qu'il voulait dire. Il se mit tout à coup à genoux devant elle. Kaya grimaça, se demandant ce qu'il lui prenait tout à coup.

— Qu'est-ce que tu fabriques ? lui demanda-t-elle alors, le voyant ses deux genoux à terre.

Il regarda un peu partout avant de renifler un coup et de plonger sa main dans une poche de son short. Il en sortit un petit écrin qu'il présenta à Kaya. Le temps s'arrêta quelques secondes où seuls les battements de leurs cœurs se firent entendre. Il ouvrit l'écrin non sans un certain stress et esquissa un léger sourire inquiet. Kaya écarquilla les yeux en voyant son contenu.

— Veux-tu... Non ! Kaya, je t'en prie... Deviens ma femme ! Pou... pour toujours !

Kaya fixa la bague avec effarement.

— C'est...

Voyant sa focalisation justifiée sur la bague dans l'écrin, Ethan expliqua son choix.

— Oui, c'est elle. C'est bien la bague de fiançailles qu'Adam t'a offerte...

— Qu'est-ce que... C'est... une blague ?

Ethan baissa les yeux au sol.

— Tu m'as donné cette bague, alors que tu ne croyais plus ni en lui, ni en moi, ni en l'amour. Tu nous as mis dans la case des amours déçus, des imposteurs, des menteurs. Moi qui ne voulais pas être comparé à lui, j'ai été mis à son niveau. Tu sais, j'ai beaucoup cogité depuis que tu as posé cette bague sur mon bureau. Je suis allé même plusieurs fois au cimetière voir cet homme que tu avais aimé et que tu avais renoncé à aimer définitivement. J'ai bu avec lui, je voulais lui rendre sa bague, et puis... Je crois que je ne pouvais pas plus m'identifier à lui qu'à ce moment-là, où je me retrouvais au même stade que lui... Adam avait des rêves sans doute, et puis un jour, tout s'est fini. Il n'a plus été auprès de toi. Tout s'est arrêté.

Il releva les yeux vers Kaya.

— Si pour lui, tout s'est fini tristement, moi, j'avais encore une chance, contrairement à lui. J'avais encore cette possibilité d'être heureux en te rendant heureuse. Je pouvais prendre sa place pour faire ce qu'il n'avait pu faire. Tu sais, même si je l'ai longtemps détesté, finalement, il m'a aidé à comprendre beaucoup de choses, donc... J'ai décidé de prendre sa relève pour... que tu reçoives tout ce qu'il ne pourra jamais te donner ! Disons que je porte par cette bague tout l'amour que deux hommes veulent te donner...

Les jambes de Kaya se dérobèrent devant l'explication d'Ethan. Elle se laissa tomber au sol, les larmes revenant sur ses joues encore plus nombreuses qu'avant. Son cœur se serra en voyant Ethan à genoux avec cette bague. Elle leva sa main tremblante vers l'objet de tant de bonheur et de souffrance qu'elle hésitait à toucher à nouveau. Tant de promesses avaient été dites devant cette bague à l'époque, tant de nouvelles venaient d'y être faites.

Ethan posa l'écrin au sol, entre eux deux, puis sortit de son autre poche une feuille pliée. Il la déplia et la posa à côté. C'était son contrat de mariage qu'il lui avait énoncé quelques jours plus tôt.

— Voilà deux promesses d'amour, mais... je peux t'en donner encore beaucoup ! lui déclara-t-il alors tout en riant légèrement en s'imaginant tout ce qu'il avait encore en tête et que Kaya pouvait aussi aisément s'imaginer... ou pas.

Kaya sourit malgré ses larmes. Ses yeux restaient posés sur cette bague dans laquelle tant de sentiments différents se mélangeaient.

— Alors ?... s'inquiéta Ethan. Dis quelque chose... Je ne sais pas... un « oui ! » par exemple !

Kaya le fixa, puis reposa ses yeux sur la bague avec hésitation. L'émotion était palpable devant son attitude, mais Ethan comprit qu'elle ne lui dirait pas le « oui » qu'il attendait.

— Kaya ? Pourquoi restes-tu silencieuse ? C'est le choix de la bague, c'est ça ?

— Non ! finit-elle par dire dans un soupir. Crois-moi, je ne m'attendais pas à ça ! Ça me touche bien au-delà de ce que tu pourrais penser...

— Mais ?

— Mais en vérité, comme d'habitude, j'ai l'impression que tout m'échappe, tout va trop vite. On se retrouve après un an, et toi...

Elle fit un geste de main le montrant à genoux derrière cette bague, tout en essayant de retenir un nouveau sanglot.

— Comment peux-tu déjà être au niveau du mari aimant alors que moi, je suis tout juste au stade de la petite amie qui tente d'avoir une relation pérenne avec son...?

Elle le remontra de la main d'une façon plus ou moins nonchalante. Ethan grimaça en la voyant être dans l'incapacité de dire ce qu'il était pour elle.

— Chéri ? tenta-t-il pourtant de finir. Boyfriend? Connard ?... Mec dépressif ?... Bordel ! Arrête de jouer avec mes nerfs en gardant tes mots ! Crache ! Je veux entendre !

— JE FAIS CE QUE JE PEUX ! lui cria-t-elle en pleurs. Tu me rends chèvre ! Je pleure en même temps que je suis heureuse. Je crie de colère en même temps que je crie de joie...

— T'es... sûre que c'est de la joie ? Là, c'est toi qui me perds !

— Ethan, je ne te dis pas « oui », mais pas « non » non plus... Je veux juste qu'on se retrouve et qu'on se pose un peu. Je veux profiter de mon petit ami avant de vivre avec mon fiancé. Je veux vraiment partager ces moments avec toi. On n'a même pas pu faire notre cinéma !

— Tu peux les partager en tant qu'épouse ! C'est quand même le grade au-dessus !

— Je préfère être égoïste et profiter des deux ! Petit ami, puis époux ! lui répondit-elle alors en haussant les épaules avec un petit sourire. Et surtout, je veux profiter de toi plutôt que de te partager avec Adam !

Cette fois, un plus grand sourire vint fendre le visage de Kaya. Elle se mordit les lèvres de façon coquine avant de lui foncer dessus pour s'écraser sur lui et l'embrasser. Ethan l'accueillit de façon indécise. Il ne s'attendait pas à ce type de réponse. Comme à son habitude, Kaya le désarçonnait dans ses plans, dans ses objectifs. Il se mit à rire entre ses lèvres et se laissa complètement aller contre le sol, Kaya contre lui. Il regarda le ciel, heureux malgré tout. Les étoiles étaient là, avec eux, à les encourager à aller de l'avant tandis qu'ils s'embrassaient.

— Kaya, OK, je serai ton petit ami pour un temps, mais je te préviens, je ne compte pas en rester là ! Tu seras ma femme un jour !

Kaya se mit à rire et réfugia sa tête dans le cou de son amoureux.

— Comme si tu pouvais abandonner tes objectifs !

À suivre...

Je te veux !
8 - Pour la vie !

Kaya est avertie ! Le nouvel objectif d'Ethan sur son tableau est clair : l'épouser, et ce, par tous les moyens possibles !

S'ils se sont retrouvés, une dernière grosse épreuve attend Ethan. Kaya doit apprendre la vérité sur son passé et il doit tout faire pour que cela n'affecte pas ses plans d'avenir avec elle. Mais voilà que Sylvia refait surface dans sa vie. Pourquoi maintenant ? Qu'attend-elle de lui ? Tout son travail avec le docteur Courtois va-t-il vaciller face à sa mère biologique ? Pourra-t-il dépasser ces retrouvailles déstabilisantes pour épouser Kaya ?

Voici l'ultime tome de l'histoire de Princesse et de son connard préféré !

Vous avez pu choisir le visuel de cover du dernier tome via l'abonnement à la newsletter. Je vous avais proposé 4 visuels et vous deviez voter parmi une des 4.

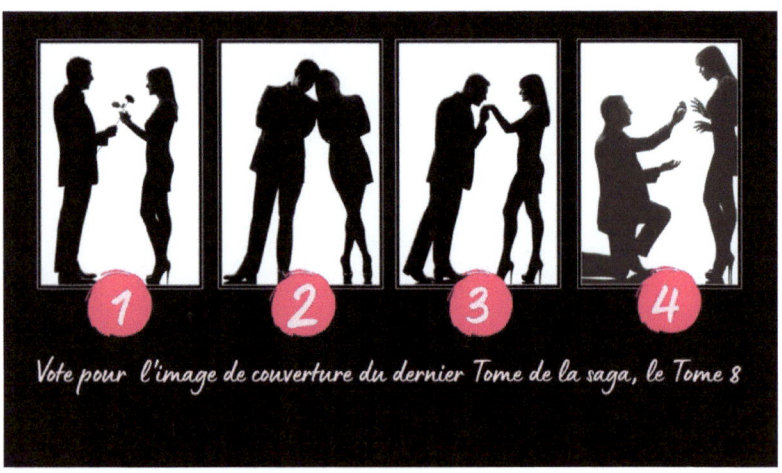

Voici les résultats :

1 – 12%
2 – 43%
3 – 14%
4 – 31%

Ce fut donc la seconde photo qui fut sélectionnée. Il y a eu 96 participations ! Merci énormément pour votre vote ! Ce fut assez serré entre la 2 et la 4, mais l'écart s'est creusé au fur et à mesure. J'espère que le visuel final vous convient Pour marquer la fin de la saga. En attendant, rendez-vous bientôt pour la lire !

Et de sept ! Je crois qu'on peut dire que *Je te veux !* fait partie des sagas en romance contemporaine les plus longues actuellement. Sept ! Incroyable. Il s'agit de la pénultième ! Le T8 à venir sera donc le dernier. On sent dans l'évolution des personnages qu'on se rapproche à présent de la fin et notamment avec cette demande en mariage. La nostalgie commence à se dessiner dans un coin de notre cœur en se disant que le prochain sera le dernier et qu'après, ce sera fini. On voit aujourd'hui le chemin traverser plutôt que ce qui reste encore à parcourir avant la ligne d'arrivée. On sent qu'Ethan et Kaya vont nous délivrer leurs dernières émotions…

C'est un sentiment assez étrange. J'ai passé un an et demi avec Ethan et Kaya entre l'écriture du T6 et du T7. Je n'ai pas entrecoupé ces deux tomes avec une autre histoire ; les deux volumes ont donc été écrits à la suite. Si pour vous, il ne s'agit à chaque fois de quelques heures avec eux sur chaque tome dans un intervalle de six mois, pour moi, le temps est plus élastique et donc l'imprégnation plus grande, car il y a eu une continuité sur un an et demi.

Je suis contente d'avoir fini ce tome, mais je pense que j'ai besoin de souffler un peu. Vous l'avez remarqué : ce tome est le plus psychologique de tous, surtout avec la mise en pratique des compétences du Docteur Courtois. Mes bêtas lectrices ont été assez admiratives sur les scènes des séances entre Ethan et ce psy et elles m'ont demandé avec pertinence si je n'avais pas galéré à les écrire. La réponse est non. Les écrire ne m'a pas été particulièrement compliqué dans le sens où je savais ce qui devait être révélé par le personnage. Là où j'y ai passé du temps, c'est surtout dans la formulation, pour que ce jargon psychologique paraisse clair à comprendre. J'ai donc évité les mots scientifiques bien barbares, j'ai pris le temps d'entrecouper chaque propos du docteur pour que chaque dialogue ne soit pas trop lourd à digérer et qu'on puisse souffler entre, j'ai travaillé sur le vocabulaire, le rythme.

Un travail qui s'est, en fin de compte, déroulé sans trop de réelles difficultés. De manière générale, ce tome a vite été écrit : trois mois d'écriture ! Je crois que c'est un record chez moi. Je l'ai écrit sans chercher à me complexifier la tâche. J'ai écrit, non pas en enchaînant les chapitres, mais par scènes, de façon aléatoire chronologiquement. En gros, celles que j'avais envie d'écrire à l'instant T. Du coup, chaque scène a été écrite dans les conditions les plus optimales avec Muse pour que ça déroule sans difficulté.

Ce tome est un tome où le pire côtoie le meilleur. Les deux héros ne pouvaient pas plonger plus bas dans le malheur et la tristesse (et pourtant ils en ont vécu !), mais ils n'ont jamais remonté aussi haut également ! Je crois que ce sont des pires épreuves que la quête de bonheur est la plus belle. Ce tome est une image de cela. Des profondeurs de chacun est sortie la lumière. Une lumière éclatante, qui balaie toute négativité et gonfle d'espoir tous ceux qui suivent nos héros depuis le premier tome. Je ne vous explique pas le bonheur que j'ai vécu en écrivant les retrouvailles d'Ethan et Kaya au marché et l'excitation qui en a résulté au moment de l'énonciation du contrat par Ethan.

Cela faisait huit ans que j'attendais d'écrire ce passage ! Tous ces contrats signés, toutes ces clauses négociées, tous ces revirements et toutes ces concessions entre eux pour arriver à l'ultime contrat, THE contrat, le plus éloquent ! Et comme c'est Ethan, je ne voulais pas une demande en mariage banale.

N'oubliez pas ! Ethan est un homme de l'excessif, du trop, de l'incroyable ! Donc, il fallait une déclaration à la hauteur du personnage, et quoi de plus logique et émouvant que de proposer un nouveau contrat bien particulier ! Mon petit cœur de midinette était complètement IN LOVE de cette action à la fois touchante et tellement agaçante, tellement lui, dans toute sa splendeur… J'étais à la fois émue et fière devant mon écran de ce résultat, de toute cette progression pour mes personnages et de tout l'amour qu'un simple bout de papier à signer peut évoquer aux personnes qui ont suivi leur histoire.

Et comme ce n'est jamais assez, il fallait enfoncer le clou avec la seconde demande ! Parce qu'Ethan, c'est Ethan, et parce que leur histoire d'amour est tout sauf banale. Elle est unique et tellement belle, parce que tout a du sens chez eux. Le choix de la bague d'Adam m'a paru être une évidence, tant le lien entre Ethan et Adam s'est resserré et a évolué depuis le début. Homme du passé pour l'un, et homme du présent pour l'autre, ils se retrouvent finalement tous les deux dans un domaine, une conviction : vouloir le bonheur de Kaya. Même si ça a été chaotique, leur amour pour Kaya leur a permis de se dépasser, au-delà de leurs possibilités. Si pour Adam, ce fut fatal, pour Ethan, cela l'a obligé à déconstruire pour reconstruire autrement. En ressortant la bague d'Adam, il y a toute la symbolique de ces deux hommes qui ont chacun lutté de leur côté, à leur manière, avant de s'accorder sur un même objectif : que la vie de Kaya devienne plus douce. Cette bague, c'est le symbole d'une promesse que les deux hommes se sont faits pour faire perdurer son bonheur. C'est aussi un moyen que donne

Ethan à Adam de prendre sa revanche sur la vie qu'il avait espérée pour Kaya. Ethan assure la continuité d'Adam.

J'ai hâte de savoir comment votre petit cœur a réussi à supporter toutes ces nouvelles émotions que Princesse et son Mister Connard ont insufflées en vous dans cet avant-dernier tome. J'espère vraiment que cela va vous toucher. Et ce n'est pas fini ! Il reste encore le dernier tome et, malgré le « oui, mais pas tout de suite » de Kaya, on se doute qu'Ethan ne va pas en rester là ! Parce que n'est pas connard qui veut…

JORDANE CASSIDY

20/02/2021

Bonus

ANDRÉA LORENZO

Nom : LORENZO
Prénom : Andréa

Age : 34 ans
Taille : 1m86
Poids : 84kg
Groupe sanguin : AB+

Situation professionnelle : Directeur de ma chaîne de magasins de vêtements *Armadio*

Qualités : travailleur, attentif, doux
Défauts : mauvais séducteur, panique vite
Ce qu'il aime : son filleuil, ses boutiques, sa famille
Ce qu'il n'aime pas : voir Kaya triste, Ethan Abberline
Petites manies : ne ferme pas le bouchon de son tube de dentifrice !
Dicton : " Aime les autres et on t'aimera davantage."
Objet fétiche : le doudou de son filleuil, même si c'est ce dernier qui l'a en sa possession.

ERIC COURTOIS

Nom : COURTOIS
Prénom : Eric
Surnommé le sniper par Ethan !

Age : 48 ans
Taille : 1m77
Poids : 77kg
Groupe sanguin : B+

Situation professionnelle : psychiatre

Qualités : consciencieux, habile, préfère la légèreté au dramatique, sûr de lui, réputé dans sa profession
Ce qu'il aime : démêler les nœuds mentaux des gens, draguer l'hôtesse d'accueil de l'hôpital pour la taquiner, le challenge
Ce qu'il n'aime pas : qu'on ne suive pas ses recommandations
Petites manies : donner un objet à chaque patient comme thérapie. Pour Ethan, il a opté pour la sucette pour attendrir son cœur fermé.
Dicton : " l'ordre dans son esprit commence par le rangement de ses affaires !"
Objet fétiche : Il n'en a pas. Il ne s'attache pas aux objets.

CONFIDENCES

La thérapie de la petite culotte !

Je n'arrive pas à y croire ! Je suis en train de refaire ma valise pour retourner auprès d'Ethan.

Nous nous sommes réconciliés !
Disons plutôt qu'on essaie de recoller les morceaux. Je suis contente qu'il revienne vers moi, même si le contexte et les causes l'ayant poussé à revenir vers moi sont plutôt sombres. Mais je suis soulagée. Il m'a révélé suivre une thérapie avec le psychiatre que j'ai croisé à l'hôpital et qu'il regrettait ce qu'il s'était passé vis-à-vis du bébé. Même si tout n'est pas clair dans sa tête, il y a toutefois une avancée entre nous qui me donne un second souffle à moi aussi. J'en avais besoin.

Le besoin. C'est ce qui nous a animés à revenir auprès de l'autre à chaque fois. Je crois qu'on a besoin de la tendresse de l'autre, plus qu'autre chose. Nous avons vécu quelque chose de douloureux avec ma fausse-couche et nous avons réellement besoin de nous reconnecter à l'autre. J'ai une nouvelle chance de revenir dans ses bras, je ne vais pas la perdre. Je suis en manque de ses câlins, de son réconfort. Si on m'avait dit il y a quelque temps que ce mot « réconfort » prendrait autant de sens à mes yeux, je ne l'aurais pas cru. Et pourtant, oui, je veux qu'on se réconforte mutuellement de cette terrible épreuve que nous traversons. Je crois que je serais même prête à signer un nouveau contrat avec lui pour qu'il se réalise !

Je ne me suis jamais sentie aussi hésitante à faire ma valise. Pourtant, je l'ai fait assez souvent ces derniers temps. Je sais que pour l'instant, je reviens à l'appartement d'Ethan pour une période d'essai que nous avons conclue et qui est censée être différente de celle que j'ai passée durant ma convalescence. Il m'a promis que son attitude sera différente. Je le crois. J'ai envie d'y croire même si dernièrement, j'ai souvent été déçue au point de baisser les bras et de vouloir tout abandonner. Mais la façon dont il s'est effondré dans mes bras me fait comprendre que j'ai toutes les raisons d'y croire. Ses sentiments pour moi sont toujours là et il me

CONFIDENCES

l'a prouvé.

À moi aussi de lui prouver qu'on peut s'en sortir !

Seulement, devant ma valise, je m'interroge sur le contenu à y mettre. Si j'ai envie d'affirmer la profondeur de notre relation et de le rassurer à ce sujet, j'hésite sur la manière de m'y prendre et notamment quand je dois choisir ma lingerie. Je reste interdite devant mes culottes. Est-ce trop tôt si je prends des dessous plutôt olé olé ? Ne vais-je pas provoquer un blocage si j'ose en prendre ? Et ne vais-je pas le décevoir si je reste soft ? Il pourrait penser que finalement, je prends nos retrouvailles comme une simple formalité.

Rhhhaaa ! Je m'arrache les cheveux devant cette foutue valise. Et si je ne me grouille pas, Ethan va rentrer du travail et va croire que j'ai changé d'avis ; je ne serai pas là pour l'accueillir chez lui. J'ai envie de me frapper tellement je me sens idiote.

Prise dans un immense désespoir, mes yeux se posent sur une culotte en boule au milieu des autres. Une culotte oubliée et qui pourtant avait une histoire qui me reliait à Ethan. Je l'attrape et la déplie. Je tends son élastique devant mon visage puis l'examine attentivement. Des souvenirs me reviennent comme de douces caresses.

« À moi la petite culotte bleu nuit, en denteeeeeelle ! »

La voix d'Ethan me revient en écho et un énorme sourire apparait sur mon visage. Je le revois devant la machine à pinces, à la fête foraine, se frottant les mains sur son jean et le regard déterminé à choper la culotte pleine de promesses.

— On n'a même pas réalisé cette soirée…

Une pointe de regret me traverse.

— Allez, Kaya ! Tout n'est pas encore perdu !

Je glisse la culotte dans la valise. Je ne sais pas comment je vais amener l'histoire de cette petite culotte bleue en dentelle dans la conversation, mais elle ne peut que me relier un peu plus à Ethan.

CONFIDENCES

Ethan rentre du travail dix minutes après mon arrivée à l'appartement. Je n'ai pas eu le temps de défaire ma valise, mais je suis face à lui. C'est le principal. Il m'offre un grand sourire et fonce me serrer dans ses bras. Je suis heureuse. Je redoute encore chacune de ces journées où il revient du boulot et je l'attends sagement. J'ai tellement peur qu'il rebrousse chemin une nouvelle fois. Il m'embrasse et j'en redemande. Même quelques heures loin de lui deviennent des heures douloureuses où le manque se mélange à l'impatience de le retrouver.

— Tu m'as manqué ! me dit-il alors.

Il ne pouvait pas être plus juste.

— Tu m'as aussi beaucoup manqué.

— Vraiment ? Beaucoup… beaucoup ?

— Vraiment beaucoup !

Je lui souris tandis que je me blottis contre lui.

— Tu as pu récupérer tes affaires ? me demande-t-il alors.

— Oui, je viens à peine d'arriver, je n'ai pas eu le temps de défaire ma valise.

Je cerne une pointe de soulagement sur son visage en me voyant lui confirmer mon installation chez lui.

—Tu as rendez-vous chez le psy, c'est ça ?

— Moui… Mais j'ai un peu de temps avant de partir. On peut défaire ta valise ensemble !

Je n'ai pas le temps de répondre quoi que ce soit qu'il m'attire dans le salon et remarque la valise près de la table. De l'autre main, il porte ma valise et nous nous rendons dans sa chambre. Mon cœur s'emballe. Si j'avais regretté la dernière fois qu'il me propose la chambre d'amis, cette fois, il tient sa promesse de me faire revenir avec une intention plus affectueuse.

Il pose la valise sur le lit et l'ouvre sous mes yeux. Ethan semble investi d'une mission : celle de vérifier que je suis bien installée au plus près de lui. Il retire par pile mes affaires et va les poser dans le dressing tout en sifflant.

CONFIDENCES

— Je peux le faire, tu sais !
— Oui, tu peux le faire… Tiens ! Tu n'as qu'à m'aider et ranger tes chaussettes dans ce tiroir !

Je grimace. Autant dire que je participe juste pour dire que j'ai participé ! Je prends mes chaussettes et les dépose dans le tiroir qu'il m'a suggéré.

Lorsque je me retourne vers lui, je le vois soulever ma petite culotte bleue en dentelle, l'étirer sous ses yeux, puis sourire. Je fonce vers lui, mais il me sent dans son dos et esquive ma main voulant récupérer mon bien. Il lève son bras pour rendre le bout de tissu inaccessible.

— Je me trompe peut-être, mais il me semble que cette lingerie m'est familière ?!

Je suis morte de honte. Il doit s'en rendre compte, vu mon silence et ma ferveur à vouloir récupérer la lingerie.

— Tu l'as prise parce que tu comptes la mettre ou c'est juste pour me narguer ?

Je tente un nouvel assaut et me jette sur lui. Nous perdons l'équilibre et tombons sur le matelas, à côté de la valise. Nous restons un instant tous deux surpris par cette chute, jusqu'à ce qu'il enserre ma taille.

— Il semblerait que j'ai touché un point sensible ! me murmure-t-il alors avant de déposer un baiser sur mon nez. Trop mignonne !

Je dois avoir les joues rouges. Je suis prise sur le fait, mais en plus je ne peux nier mes intentions. Je décide finalement de faire face.

— Tu souhaiterais… que je la porte ? je lui demande alors, timidement.

Ethan sourit avec amusement.

— Je souhaiterais surtout te l'enlever ! me répond-il d'un air enjôleur, tout en glissant ses mains vers mes fesses.

Ses mots touchent mon cœur et réveillent ma libido. Je l'imagine déjà glisser ses mains sur mes hanches et accompagner la dentelle le long de mes cuisses, mes genoux et enfin mes chevilles. J'ai chaud ! Je regarde, déjà fiévreuse. Il est tellement beau et il me manque tellement le. Je dépose doucement mes lèvres sur les siennes et craque.

— J'ai envie de la porter pour que tu la retires vite dans ce cas…

CONFIDENCES

Je n'arrive pas à croire ce que je suis en train de lui dire ! Il n'y a pas plus aguicheuse que moi et pourtant, mes mots ne reflètent que cette envie. Et Ethan n'en semble pas indifférent. Il s'écarte de moi et pose ses mains sur son visage.

— Tu es horrible ! J'ai rendez-vous avec le psy et toi, tu m'invites au plus délicieux effeuillage qui soit. Soit j'annule le rendez-vous, je fais la fête à cette culotte, mais je retarde les bienfaits de ma thérapie, soit je vais au rendez-vous avec cette petite culotte en tête et la thérapie n'aura pas d'effet, car ma tête sera en train d'imaginer tes courbes dénudées !

Il revient vers moi et me serre contre lui.

— Maudite petite culotte !

Il m'embrasse alors et grogne. Il se relève ensuite et me relève également.

— J'appelle le psy ! Va enfiler ma nouvelle thérapie !

Je souris. Tant pis pour le psy ! Juste une fois ! Juste un peu ! J'ai envie d'être égoïste et ne penser qu'à moi !

CONFIDENCES

Monsieur Grey

Il y a des jours plus difficiles que d'autres… Des jours où un détail, un objet, un lieu, vous rappellent combien tout est éphémère et que l'on peut tout perdre. Aujourd'hui est un jour comme ceux-ci. Tandis que je me rends au Sanctuaire retrouver Barney et Simon, mon cœur se serre. Je passe par les mêmes rues que l'autre fois… Cette fameuse fois où nous étions allés chercher les pizzas, Kaya et moi, durant l'inventaire du Sanctuaire. Nous étions alors en froid ; je l'avais quittée après mon retour des États-Unis. Et pourtant, mon attention lui était complètement dédiée. Encore. Toujours. Il avait fallu la présence d'un homme et d'une cloque à son pied et j'étais à genoux. Toutes mes résolutions s'étaient étiolées avec ma volonté.

Aujourd'hui, c'est elle qui m'a quitté. C'est elle qui a instauré une mise à distance et c'est moi qui la refuse ardemment. À croire que nous ne sommes bons qu'à nous rabibocher que pour mieux nous séparer. Pourtant, j'ai envie de croire à l'inverse : J'ai envie de croire que nous ne sommes bons qu'à nous séparer pour mieux nous rabibocher. Et cette fois, je compte tout faire pour qu'il n'y ait plus de séparation derrière !

Je ne peux m'empêcher de passer devant la boutique de vêtements pour bébé comme si de rien n'était. Mon cœur crie et je m'arrête. Si j'avais su à cette époque ce qui s'en suivrait… Ma bataille pour la couleur d'un doudou me semble tellement idiote, et pourtant, je m'y accroche comme le lierre s'accroche à un arbre pour l'étouffer. Je ne veux pas perdre le moindre souvenir. Je ne veux pas croire que tout cela fait partie d'un temps révolu. Je rentre dans la boutique avec l'intention de raviver ces souvenirs et me consoler de la moindre chose qui me reconnecterait à Kaya. La vendeuse me sourit et me dit bonjour. Je me contente d'un signe de tête, bien trop absorbé par ma tentative de ne pas flancher devant elle et m'écrouler. Rien n'a changé. Même configuration, mêmes portiques, mêmes produits à quelque chose près. Seule la déco a un peu changé. En même temps, il s'est passé de nombreux mois depuis notre venue ici.

Je regarde un peu partout et la vendeuse le remarque.

CONFIDENCES

— Vous cherchez quelque chose de précis ?

Sa question me déstabilise, car je réalise que oui, mes yeux cherchent dans tout ce qui m'entoure un objet en particulier, symbole d'un beau souvenir.

— Je suis venu il y a plusieurs mois avec… une femme qui hésitait entre deux doudous : un vert pâle et un gris.

La vendeuse ne semble pas se souvenir de nous.

— J'étais en conflit avec un autre homme à propos de la couleur du doudou… lui dis-je alors, peu ravi de le mentionner.

Elle doit le remarquer à ma grimace. Je la vois réfléchir, puis sourire.

— Ce sont des doudous de l'ancienne collection.

— Oh…

— Je ne sais pas s'il m'en reste…

Je la vois alors partir dans la réserve. Mon regard fait un tour panoramique du magasin. Je revois Kaya regarder les vêtements… Si seulement je n'avais pas merdé, elle serait peut-être avec moi aujourd'hui dans ce magasin. Si elle n'avait pas fait cette fausse couche… Mes yeux commencent à s'inonder de larmes en l'imaginant chercher des vêtements pour notre bébé. Je ravale un sanglot et sèche rapidement les larmes qui tentent de s'échapper du coin de mes yeux. La vendeuse réapparait avec un petit sourire.

— Je n'ai plus le vert pâle, mais il me reste un gris.

Elle me tend le doudou et je souris.

— Je n'aimais pas le vert pâle, c'est donc parfait !

Je ressors du magasin avec le doudou dans un sac. Je l'ai acheté. Je ne sais même pas pourquoi. Peut-être pour me rassurer. Peut-être pour me déculpabiliser. Je n'en sais trop rien. J'observe le sac en papier dans lequel il se trouve. Tout ce que je sais, c'est que je suis content de l'avoir.

Je crois que j'ai juste envie de posséder tout ce qui me relie à Kaya. Peut-être est-ce pour moi une manière de garder le cap pour la retrouver ? Dans tous les cas, je me sens plus serein.

CONFIDENCES

Aujourd'hui, BB est parti à l'hôpital. Sam m'a appelé pour me prévenir. Il était complètement paniqué. Il allait assister à l'accouchement de sa femme et se demandait s'il aurait assez de couches pour l'arrivée du bébé. Cela fait des semaines qu'ils préparent la venue du bébé et il se fait du souci pour des détails tellement insignifiants !

Lorsque j'arrive à l'hôpital, je ne me sens pas bien. La dernière fois que je suis venu ici, c'était pour m'annoncer que Kaya perdait notre bébé. Aujourd'hui, je viens pour féliciter la naissance d'un autre bébé. Le monde est parfois bizarre. Je ne peux m'empêcher de faire le parallèle avec Kaya. C'est dur. Si j'ai promis à Sam de fournir des efforts vis-à-vis de son enfant, je n'en reste pas moins frileux. Je ne sais pas si je me sens prêt. Le docteur Courtois estime que mes réticences sont justifiées. Au-delà de mon passé difficile, la fausse couche de Kaya m'a affecté plus que je ne l'aurais pensé. J'ai toujours mal et chaque détail m'y rappelant me glace le sang. J'ai peur de la douleur que je pourrais ressentir, je l'appréhende. Elle m'effraie. Je la déteste. Quand j'ai dit cela au doc, il a souri. Il m'a dit que c'est ce que je rejette depuis des années en évitant toute source de douleur comme l'affection ou la parentalité et qu'à force de la craindre, de la redouter, je la rendais inconsciemment plus forte que si je l'affrontais. L'affrontement peut être difficile, mais aussi libérateur.

Je soupire. L'affrontement plutôt que la fuite, l'évitement. C'est ce qu'il me recommande. Cela n'en reste pas moins compliqué à gérer.

J'arrive dans le couloir maternité et mon cœur se serre. Je repense à Kaya. Je ne peux me soustraire à la façon dont elle aurait réagi en venant ici. Je l'imagine excitée à l'idée de voir le bébé de Sam et Brigitte. Je l'imagine heureuse de découvrir ce bébé. Je l'imagine me disant que la prochaine naissance sera celle de notre bébé, non sans une pointe de tristesse traversant ses yeux en pensant à celui que nous avons perdu. Je m'arrête et m'appuie contre le mur. J'ai mal. Le cerveau est quelque chose de traître. Il vous montre des images qu'on aime autant qu'on déteste. Je n'arrive même plus à pleurer. Mes larmes ont tellement coulé depuis son départ qu'aujourd'hui, il n'y a qu'un trou béant en moi. Elle me manque à un point indescriptible. Une infirmière arrive dans mon dos et pose sa main sur mon épaule.

CONFIDENCES

— Tout va bien, Monsieur ?
Je sursaute et sors de ma mélancolie immédiatement.
— Oui, pardon…
Je lui offre un petit sourire pour la rassurer.
— Je viens voir une amie qui a accouché. Chambre 309.
— Elle est au bout du couloir à gauche.
— Merci.
Je la quitte et arrive devant la porte. Je frappe puis entre. Sam sourit en me voyant tandis que je vois Brigitte dans son lit, le bébé dans ses bras.
— Salut ! dis-je d'une petite voix.
— Entre ! m'invite alors Brigitte.
Je m'avance timidement, pris entre hésitation et malaise. Sam m'offre une chaise sur laquelle m'asseoir. Brigitte regarde mon paquet avec intérêt. Je comprends tout à coup ma maladresse. Je sors alors le doudou du sac et lui tends. BB observe le doudou et sourit.
— Gris ? J'aime bien ! C'est neutre, sobre, pas agressif, reposant même.
Je baisse la tête.
— C'était… le doudou que Kaya voulait t'offrir…
Sam et BB remarquent ma tristesse à cette évocation.
— C'est un bon choix.
— La couleur, c'est de mon idée !
Elle pose alors le doudou contre le bébé. Je remarque alors qu'elle a déjà 4 doudous autour d'elle.
— Désolé, j'ai manqué… d'originalité
— Ça ira ! intervint Sam, bien conscient de mes efforts. Ne t'inquiète pas.
— Millie, je te présente ton nouveau doudou ! Celui de Tonton Ethan.
Je grimace à la mention du nom « tonton ». Ça grince un peu à mes oreilles. Le bébé bouge légèrement. Je n'ose pas m'en approcher pour mieux l'observer. Je sais que c'est ce qu'ils attendent de moi, mais cela me reste difficile.
— Tu veux dire bonjour à Tonton Ethan ?

CONFIDENCES

J'écarquille un peu les yeux. Elle me tend alors le bébé pour que je prenne Millie avec moi. Je regarde alors Brigitte avec panique, mais je vois dans son sourire une sérénité qui m'apaise.

— Elle ne va pas te manger ! Promis ! Au pire, elle régurgitera sur toi, mais on considèrera cela comme un baptême de bienvenue !

Elle pouffe alors tandis que j'hésite encore. Sam pose alors sa main sur mon épaule et me fait un signe de tête positif.

Je me sens un peu maladroit en tentant de la prendre dans mes bras. Sam me montre comment faire et me signifie que l'essentiel est de lui tenir la tête. Je ne sais pas trop quoi dire ou faire. Pourtant, quand je regarde Millie, la tristesse me reprend en pensant au bébé que Kaya et moi avons perdu.

— Si tu allais faire un tour avec Millie dans les couloirs, histoire qu'elle voie un peu autre chose que les murs de la chambre ? me propose sa mère.

Je regarde BB de façon hébétée, puis le visage de Millie qui semble paisible dans mes bras. J'observe ensuite la réaction de son père qui semble aussi hésitant que moi. Réaction paternelle protectrice envers sa fille peut-être.

— Allez faire connaissance tous les deux ! ajoute Brigitte, confiante. J'ai un truc à dire à Sam.

Je contemple Millie un instant. Brigitte fronce alors les sourcils.

— Tu envisages de reconquérir Kaya et de lui faire un bébé, oui ou non ? Alors tu as intérêt à te faire la main dès maintenant avec Millie ! me dit-elle alors plus durement.

Autant me mettre une gifle pour me réveiller de ma torpeur et me remettre sur les rails de mon objectif primordial. Je me lève d'un bond avec Millie dans les bras, je récupère notre doudou gris et quitte la chambre avec la nouvelle mission en tête.

— Et on dit : « Oui, Chef ! Compris, Chef ! », je l'entends me crier à la porte.

Nul doute. BB peut être dictatoriale si elle le souhaite et, pour la première fois, je ne lui en veux pas de l'être avec moi. Le soutien de mes amis

CONFIDENCES

dans mon objectif de retrouver Kaya est un boost indéniable pour moi. Ils sont toujours là pour me remettre sur orbite dès que je doute et flanche.

Je me retrouve dans le couloir et contemple Millie. Je pars m'isoler avec elle dans un espace détente et m'assois. Je l'allonge le long de mes cuisses, face à moi, en m'assurant qu'elle garde la tête relevée. Je lui cale ensuite le doudou contre elle.
— Salut Millie. Tes parents me présentent à toi comme un tonton. Personnellement, je ne suis pas sûr que ce soit le bon terme. Je ne sais pas encore quel mot correspond le mieux à notre future relation, mais en attendant de trouver le bon mot, si cela ne te dérange pas, je te propose qu'on apprenne chacun l'un de l'autre. Si tu m'apprends comment on s'occupe d'un bébé, je t'apprendrai des trucs aussi en échange.
Je regarde Millie qui semble ne pas prêter plus attention que ça à mes propos. Je regarde autour de moi. Je dois paraître débile à parler à un bébé de cette manière, en même temps. Et pourtant, je ne sais pas pourquoi, je continue.
— J'ai besoin de toi, Millie,… pour devenir l'homme parfait aux yeux de la femme que j'aime, tu comprends ? Qu'en penses-tu ? Tu veux bien m'aider ?
Millie me serre le petit doigt et bâille. Est-ce que je la soûle d'entrée avec mon charabia d'adulte ?
— OK, je prends ça comme ma première épreuve ! Tu me testes direct ! Tu es aussi coriace que ta mère ! C'est cool !
Je souris puis la soulève devant moi.
— Ça marche ! je relève le premier défi ! Mais en échange, Monsieur Grey sera ton unique doudou ! Ton préféré ! Le meilleur de tous ! Marché conclu ?
Millie bouge sa main sur Monsieur Grey. Je prends ça comme un accord, faute de pouvoir lui faire signer un contrat, et souris.
— Bienvenue Millie parmi nous. Je sens que tous les deux, nous allons former une bonne équipe !

Vous avez aimé votre lecture, dites-le !

Laissez votre avis soit sur :

- sur les plate-formes de ventes sur internet où vous avez acheté le livre
- sur le livre d'or du site de l'auteur (www.jordanecassidy.fr)
- sur les sites communautaires de lectures tels que booknode, babelio, goodreads, livraddict
- sur les réseaux sociaux via vos profils ou pages
- sur la page facebook, instagram, twitter de l'auteur

Soutenez les auteurs, aidez-les à agrandir leur communauté de fans !

Envie de plus de lecture?

Saga en 2 tomes.
Disponible en numérique et papier, chez tous les revendeurs.

♦ **Romance feel-good** ♦ **Projet d'avenir** ♦ **Triangle amoureux** ♦ **Amour véritable** ♦ **Relation patron/employée** ♦ **"Je réaliserai tous tes voeux."**

En recherche urgente d'emploi, Camille Bonin se présente à un entretien d'embauche pour être l'employée de maison de Valentin Duval, un architecte touchant sa bille. Alors que le rendez-vous se profile très mal pour la jeune femme qui cumule les maladresses, Valentin décide tout de même de l'embaucher, à sa grande surprise.

Débute donc sa prise de poste non sans certaines appréhensions, à commencer par être H24 à son service et devoir respecter un cahier des charges bien précis. Pourtant si tout semble extrêmement cadré, la présence de Camille dans la vie de Valentin pourrait bien changer les choses...

JORDANE CASSIDY

De formation littéraire, c'est en écrivant des fanfictions pour un manga que Jordane Cassidy s'est essayée à l'écriture. Avoir un cadre déjà défini lui permet alors de prendre confiance et d'acquérir l'engouement de lecteurs saluant son style : entre familier et soutenu, mélangeant humour, amour et action.

Après une pause de quelques années, elle revient sur son clavier, mais cette fois-ci pour écrire une histoire sortant entièrement de son imagination. Une comédie sentimentale érotique en 6 tomes : "Je te veux !", où elle prend le temps de développer les sentiments de ses personnages, entre surprises, déceptions, interrogations, joies, colères, culpabilité, égoïsme, etc. C'est une réussite ! Première sur le classement toutes catégories confondues sur le site MonBestseller.com, elle signe en maison d'édition et confirme le succès.

Aujourd'hui, elle continue d'écrire des romances contemporaines en autoédition.

SUIVRE MON ACTUALITÉ :

Entre dans la team #cassiaddicts !
Abonne-toi !

OÙ LA CONTACTER :

Site web : www.jordanecassidy.fr
Facebook : https://www.facebook.com/JordaneCassidyAuteur/
Twitter : https://twitter.com/JordaneCassidy
Instagram : https://www.instagram.com/jordane.cassidy/

TABLE DES MATIÈRES

1 - DÉTERMINÉS _____ 9

2 - MATERNEL _____ 25

3 - SAUVEUR ! _____ 37

4 - PATERNEL _____ 51

5 - BLESSÉS _____ 65

6 - PROTECTEUR _____ 79

7 - TRAÎTRE _____ 93

8 - SOIGNÉS _____ 113

9 - ÉPAULÉS _____ 125

10 - POSSESSIF _____ 139

11 - IMPATIENT _____ 151

12 - EXCESSIF _____ 167

13 - DÉCHIRÉ _____ 187

14 - ÉQUILIBRÉ _____ 201

15 - ENLEVÉE _____ 215

16 - SOLIDAIRES ! _____ 229

17 - INSISTANT _____ 243

18 - AMBITIEUX _____ 257

19 - HÉSITANT	**271**
20 - TÊTUS	**283**
21 - RETROSPECTIF	**297**
22 - DÉCLARÉ	**317**
POSTFACE...	**336**
BONUS	**345**

Mars 2022